CASEI-ME COM UM MORTO

Dados Internacionais de Catalogação na Publicação (CIP)
(Câmara Brasileira do Livro, SP, Brasil)

Irish, William
Casei-me com um morto / William Irish ; tradução Rubens Figueiredo. — São Paulo : Companhia das Letras, 1996.

Título original: I married a dead man.
ISBN 85-7164-615-5

1. Romance norte-americano I. Título.

96-4635 CDD-813.5

Índices para catálogo sistemático:
1. Romances : Século 20 : Literatura norte-americana 813.5
2. Século 20 : Romances : Literatura norte-americana 813.5

CORNELL WOOLRICH
(sob o pseudônimo de William Irish)

CASEI-ME COM UM MORTO

Tradução:
RUBENS FIGUEIREDO

COMPANHIA DAS LETRAS

Título original:
I married a dead man

Capa:
Ettore Bottini

Foto da capa:
Hilton Ribeiro

Preparação:
Marcos Luiz Fernandes

Revisão:
Ana Maria Barbosa
Beatriz de Freitas Moreira

1996

EDITORA SCHWARCZ LTDA.
Rua Bandeira Paulista, 702, cj. 72
04532-002 — São Paulo — SP
Telefone: (011) 866-0801
Fax: (011) 866-0814

Este livro é dedicado a Zsuzsa Molnar e sua falecida mãe Margit Molnar, e ao produtor Dale Pollock, que tem trabalhado com empenho para produzir um novo filme na TriStar, com base neste romance.

Sheldon Abend, também conhecido como Buffalo Bill

As noites de verão são muito agradáveis em Caulfield. Cheiram a heliotrópio e jasmim, madressilvas e trevos. Aqui, as estrelas são calorosas e amigas, e não frias e distantes como no lugar de onde vim; parecem pairar mais baixo, mais perto de nós. A brisa que balança as cortinas nas janelas abertas é mansa e delicada como o beijo de um bebê. E nela, se prestarmos atenção, podemos ouvir o farfalhar das árvores frondosas virando de um lado para o outro e, depois, voltando a dormir. A luz que vem de dentro das casas se derrama sobre os gramados no lado de fora, imprimindo sobre eles gravuras de cobre a longos golpes de foice. Há o silêncio, o sossego da paz e da segurança perfeitas. Ah, sim, as noites de verão são agradáveis em Caulfield.

Mas não para nós.

As noites de inverno também. As noites de outono, as noites de primavera. Não para nós, não para nós.

A casa em que vivemos, em Caulfield, é muito agradável. O matiz verde-azulado do seu gramado, que sempre, a qualquer hora do dia, parece ter sido regado há pouco. Os rodopios cintilantes, vaporosos dos irrigadores, girando sem parar, girando para sempre; se os olharmos fixamente, formam-se arco-íris diante de nossos olhos. A curva fechada e limpa da entrada para carro. A brancura deslumbrante dos pilares da varanda sob o sol. Dentro de casa, a simetria arqueada e branca da balaustrada, tão acolhedora quanto a escada escura e lustrosa que ela acompanha, de alto a baixo.

O polimento acetinado dos soalhos antigos e suntuosos, que exalam, quando paramos para sentir o seu cheiro, um revelador aroma de cera e óleo de limão. A exuberância dos tapetes felpudos. Em quase todos os cômodos, há uma poltrona acolhedora à espera, para nos saudar como a um velho amigo, quando voltamos para passar um tempinho com ela. As pessoas que vêem a casa dizem: "O que mais se pode querer? Isto é um lar, como deve ser".

Sim, a casa onde moramos, em Caulfield, é muito agradável.

Mas não para nós.

Nosso garoto, nosso Hugh, dele e meu, é uma grande alegria vê-lo crescer em Caulfield. Na casa que um dia será dele, na cidade que um dia será dele. Quer dizer, ver Hugh dar seus primeiros passos trôpegos — agora que ele sabe andar. Reter e afagar cada palavra recém-inventada que escapa titubeante de seus lábios — quer dizer, agora que ele também é capaz disso, agora que ele sabe falar.

Mas, de certa forma, nem isso é para nós. Até isso parece roubado, furtado, de um modo vago que não consigo entender. Algo a que não temos direito, algo que não é legitimamente nosso.

Eu o amo tanto. Falo agora de Bill, o homem. E ele me ama. Sei que o amo, sei que ele me ama, não posso duvidar. No entanto, com a mesma certeza, sei que virá o dia, talvez ainda este ano, talvez no próximo, em que de repente ele vai fazer as malas, partir e me deixar. Mesmo que não queira. Mesmo que ainda me ame, tanto quanto no dia em que estou dizendo isto.

Ou, se ele não o fizer, eu o farei. Vou pegar minha mala e passar pela porta para nunca mais voltar. Mesmo que eu não queira partir. Mesmo que ainda o ame, tanto quanto no dia em que estou dizendo isto. Vou deixar minha casa para trás. Deixar meu filho para trás, na casa que um dia será dele, deixar para trás meu coração, com o homem a quem ele pertence (como eu poderia levá-lo comigo?), mas vou partir e nunca mais voltar.

Nós lutamos contra essa coisa. E lutamos arduamente, de todas as formas que sabíamos. De todas as formas que existem. Nós a enxotávamos para longe, mil vezes seguidas, e ela retornava, num olhar, numa palavra, num pensamento. Pronto, aí está ela.

De nada me adianta dizer para Bill:

— Você não fez isso. Você me contou uma vez. Uma vez basta. Não é preciso repetir várias vezes, a essa altura. *Sei* que você não fez. Ah, meu querido, meu Bill, você não mente. Você não mente em questões de dinheiro, de honra ou de amor...

(Mas *isso* não é dinheiro, honra nem amor. É uma coisa à parte. É assassinato.)

De nada adianta, quando não acredito nele. No instante em que Bill fala, eu consigo acreditar. Mas logo depois, ou uma hora mais tarde, ou um dia, uma semana, de novo já não consigo. De nada adianta, pois não vivemos apenas num instante único, não podemos. Os outros momentos chegam, as horas, as semanas e, ah, meu Deus, os anos.

Pois sempre que ele fala, sei que não fui eu. É tudo o que sei. E sei muito bem, bem demais. E assim só resta...

E sempre que eu falo, talvez ele saiba que não foi ele (mas não há como saber isso; não existe um meio de ele me entender). Bill sabe muito bem, muito bem. E assim só resta...

Não adianta, não adianta absolutamente nada.

Certa noite, seis meses atrás, me atirei de joelhos diante dele, com o menino entre nós. Sobre meus joelhos dobrados. Pus minha mão sobre a cabeça do menino e jurei para Bill, sem vacilar. Falando baixo, para que a criança não entendesse.

— Por meu filho. Bill, juro a você sobre a cabeça do meu filho que não fiz isso. Ah, Bill, eu não fiz isso...

Ele me pôs de pé, segurou-me em seus braços e me apertou contra si.

— Sei que você não fez isso. Eu sei. O que mais posso falar? De que outro modo posso lhe dizer? Pronto, fique bem junto do meu coração, Patrice. Talvez isso diga mais do que eu... Escute o meu coração, não percebe que ele acredita em você?

E por um momento funciona, nesse momento único de nosso amor. Mas então vem outro momento, aquele que sempre vem depois. E Bill já pensou: "Mas sei que não fui eu. Sei muito bem que não fui eu. E assim só resta...".

E, mesmo quando seus braços me apertam como nunca e seus lábios beijam meus olhos molhados, ele já não acredita mais. Ele já não acredita.

Não há escapatória. Fomos apanhados, caímos numa armadilha. O círculo implacável sempre se fecha e ficamos do lado de dentro, não conseguimos rompê-lo. Pois, se ele é inocente, então tem de ser eu. E, se eu sou inocente, tem de ser ele. Mas *sei* que sou inocente. (No entanto ele pode saber que também é inocente.) Não há escapatória.

Ou então, cansados de tanto esforço para manter essa coisa longe de nós, nos atiramos em sua direção com um abandono desesperado, tentamos abraçá-la e, desse jeito, acabar com essa história de uma vez por todas.

Certa vez, incapaz de suportar sua vigília interminável, invisível, fantasmagórica, por sobre nossos ombros, Bill pulou da cadeira, de repente, embora nada tivesse sido dito entre nós durante uma hora. Jogou para longe o livro que não estava lendo, só fingindo ler, arremessando-o como um projétil. Ergueu-se de um salto, com tanto ímpeto que parecia disposto a sair correndo para agarrar alguma coisa que vira ali na sua frente. E meu coração saltou com o mesmo ímpeto, junto com ele.

Arremeteu para a extremidade da sala e ali se deteve — acuado. Cerrou o punho, ergueu o braço e arrojou-o, produzindo um estrondo devastador, contra a porta, que só não se quebrou graças à espessura da madeira. Em seguida, em sua revolta inútil, voltou-se e gritou:

— Eu não me importo! Não me interessa! Está ouvindo? Não me interessa! Muita gente já fez isso antes. Milhões de vezes. E continuaram a viver felizes depois. Por que nós não faríamos o mesmo? Ele não valia nada. Era o que ele merecia. Não valia um segundo do nosso pensamento. Todo mundo dizia isso, na época, e ainda dizem a mesma coisa. Ele não vale um único minuto desse inferno que temos vivido...

E depois ele serviu um drinque para nós dois, generoso, descuidado, e veio em minha direção com as bebidas. E eu, compreendendo, concordando, formando uma só pessoa com ele, me levantei e fui encontrá-lo no meio do caminho.

— Pronto, tome isso. Beba. Vamos afogar essa coisa. Vamos afogá-la para que desapareça para sempre. Um de nós *fez* aquilo. Não importa. Está acabado. Agora vamos continuar nossa vida.

E batendo contra o seu próprio peito:

— Tudo bem, *eu* fiz aquilo. Pronto. Fui eu mesmo. Agora está resolvido. Finalmente a questão está encerrada...

E então, de repente, nossos olhares cravaram fundo um no outro, nossos copos oscilaram no ar baixaram, e aquilo voltou mais uma vez.

— Mas você não acredita nisso — sussurrei, desanimada.

— E você acredita — retrucou ele, magoado.

Ah, está em tudo, em toda parte.

Nós partimos para longe, e isso vai com a gente. Está nas profundezas azuis do lago Louise, e nas formações das nuvens felpudas acima da baía Biscayne. Rola incessante nas ondas em Santa Barbara, e espreita em meio às rochas de coral nas Bermudas, uma flor mais escura do que as outras.

Nós voltamos para casa e isso volta conosco.

Está entre as linhas impressas nas páginas dos livros que lemos. Mas deles emana uma escuridão que faz as linhas se dissolverem na ilegibilidade. "Será que ele está pensando nisso agora, enquanto estou lendo? Enquanto estou pensando? Não vou olhar para ele, vou manter os olhos no livro, mas... será que ele está pensando nisso agora?"

É a mão que segura a xícara de café sobre a mesa do desjejum, de manhã, para se servir no bico do bule. De um vermelho sanguíneo, num momento de entusiasmo, em seguida retorna à palidez, como deve ser. Ou, talvez, seja a outra mão, aquela que inclina o bule; depende do lado da mesa em que o observador esteja sentado.

Vi seus olhos pousarem na minha mão, um dia, e no mesmo instante soube o que ele estava pensando. Porque eu havia olhado a mão dele do mesmo modo alguns dias antes, e pensara então o mesmo que ele pensava agora.

Eu o vi fechando os olhos por um instante, a fim de dissipar a ilusão doentia; e fechei os meus a fim de afastar essa idéia, que os olhos dele haviam me transmitido. Então nós dois abrimos os olhos e sorrimos um para o outro, para dizermos um para o outro que nada havia ocorrido naquele momento.

Está nos filmes que vemos no cinema.

— Vamos embora, estou... cansado, você não está? — (Alguém vai matar uma pessoa na tela, dali a pouco, e ele sabe disso.) Mas mesmo que nos levantemos e deixemos o cinema, já é tarde demais, pois Bill sabe por que estamos indo embora, e eu também. E mesmo que eu não soubesse, até aquele momento, isso — o fato mesmo de estarmos saindo — me revelaria. Assim, no final, a precaução é inútil. Mais uma vez, isso está de volta em nossas mentes.

No entanto, é mais sensato sair do que ficar.

Lembro uma noite em que a cena veio muito depressa, tão repentina que não poderíamos ter previsto, veio sem dar tantos sinais. Não conseguimos sair do cinema a tempo. Ainda estávamos no corredor, entre as poltronas, de costas para a tela, quando de repente soou um tiro e uma voz gemeu acusadora: "Você... você me matou".

Pareceu-me a voz *dele*, pareceu-me que ele estava falando para nós, para um de nós. Pareceu-me, naquele momento, que todas as cabeças na platéia se viravam para nós, com aquela curiosidade despudorada que uma multidão sempre manifesta quando alguém é exibido à sua frente.

Por um instante, minhas pernas pareceram recusar-se a me levar adiante. Vacilei um minuto como se fosse desabar ali mesmo, desamparada, sobre o carpete do corredor entre as poltronas. Voltei-me a fim de olhar para ele e vi, de forma inequívoca, que sua cabeça havia se encolhido por um momento, havia afundado entre os ombros, em uma atitude defensiva. E ele sempre andava com a cabeça erguida e ereta. Um momento depois, ela *estava* ereta de novo, mas naquele breve instante não esteve, ficara curvada.

Então, como se percebesse que eu precisava dele naquele momento, ou porque, talvez, ele precisasse de mim, Bill pôs o braço em volta da minha cintura e me amparou no resto do caminho pelo corredor entre as poltronas, me escorando, antes me prometendo apoio do que me proporcionando um apoio efetivo.

No saguão, nossos rostos estavam brancos como giz. Não olhamos um para o outro, foram os espelhos ao lado que nos revelaram isso.

Nunca bebemos. Sabemos muito bem que não devemos beber. Acho que sentimos que, em vez de fechar a porta para a consciência, a bebida a deixaria escancarada e todo o horror poderia entrar. Mas lembro que, naquela noite, quando saímos, ele disse:

— Você quer alguma coisa?

Não falou em beber; disse apenas "alguma coisa". Mas entendi o que significava aquele "alguma coisa".

— Sim — respondi, e tremi em silêncio.

Nem sequer esperamos chegar em casa; teria demorado demais. Entramos num bar vizinho ao cinema e ficamos de pé junto ao balcão por um momento, e engolimos uma bebida às pressas. Em três minutos, estávamos de novo na rua. Entramos no carro e fomos para casa. E não trocamos uma única palavra durante todo o trajeto.

Está em cada beijo que damos um no outro. De algum modo, sempre o trazemos oculto entre os lábios. (Será que o beijei com muita força? Será que ele vai pensar que eu o perdoei, de novo? Será que o beijei muito de leve? Será que ele vai pensar que eu estava pensando naquilo, de novo?)

Está em toda parte, está em todo o tempo, é *nós*.

Eu não sei que jogo era. Só sei o seu nome; chamam de vida.

Não sei ao certo como se deve jogar. Ninguém jamais me disse. Ninguém explica nada para ninguém. Só sei que devemos ter jogado de um modo errado. Violamos uma ou outra regra no caminho, e na hora não o notamos.

Não sei quais são as apostas. Só sei que perdemos a vez, elas não são para nós.

Perdemos. É tudo o que sei. Perdemos, perdemos.

1

A porta estava fechada. Havia nela um ar cruel de coisa definitiva, como se daí em diante fosse ficar fechada para sempre. Como se nada no mundo fosse capaz de abri-la de novo. Portas podem exprimir certas coisas. Aquela porta podia. Estava inerte, estava sem vida; não levava a parte alguma. Não era o começo de nada, como uma porta deveria ser. Era o final de alguma coisa.

Acima do botão da campainha havia uma pequena moldura retangular, de metal, aparafusada à madeira, destinada a exibir um cartão com um nome. Estava vazia. O cartão se fora.

A moça estava imóvel, de pé, diante da porta. Absolutamente imóvel. Do jeito que ficamos quando estamos parados há muito tempo no mesmo lugar; há tanto tempo que esquecemos como nos mexer, nos acostumamos a não nos mexer. Seu dedo tocava no botão da campainha, mas já não apertava. Não exercia nenhuma pressão; não provinha ruído algum da cigarra atrás da porta. Era como se ela estivesse com o dedo naquela posição há tanto tempo que se esquecera de retirá-lo dali.

Tinha uns dezenove anos. Dezenove anos melancólicos e desanimados, não exuberantes nem radiosos. Seus traços eram miúdos e bem definidos, mas havia uma opressão excessiva em seu rosto, uma lividez excessiva em sua cor, uma magreza excessiva em suas faces. A beleza se achava ali, implícita, pronta para reclamar o seu rosto, se lhe fosse oferecida uma chance, mas algo a havia rechaçado, a mantinha em suspenso, a distância, incapaz de levar adiante o seu intento.

Seus cabelos eram castanhos, desalinhados e sem viço, como se nenhum zelo especial tivesse sido dedicado a eles havia já algum tempo. Os saltos de seus sapatos estavam um pouco gastos. Um remendo franzido no calcanhar da meia despontava um pouco acima de um dos sapatos. Sua roupa era prática, como se sua finalidade fosse cobrir o corpo e não seguir a moda, tampouco torná-la atraente. Tinha boa altura para uma moça, um metro e sessenta e oito ou setenta. Mas era magra demais, exceto em um ponto.

Sua cabeça estava um pouco abaixada, como se ela estivesse cansada de mantê-la ereta. Ou como se, um a um, golpes invisíveis a tivessem baixado.

Por fim, ela se moveu. Depois de longo tempo. Sua mão desceu do botão da campainha, como se puxada pelo próprio peso. Baixou até o lado do corpo, pendeu ali, abandonada. Um pé virou, como se ela fosse partir. Houve uma pausa. Então o outro pé virou-se também. Suas costas estavam voltadas para a porta. A porta que não ia abrir. A porta que era um epitáfio, a porta que era definitiva.

Deu um passo adiante. Em seguida, outro. Sua cabeça estava abaixada, agora mais do que nunca. Ela se movia devagar, para longe dali, e deixou a porta para trás. Sua sombra foi a última parte dela a ir embora. Seguiu-a lentamente, numa linha vertical contra a parede. Sua cabeça também estava um pouco abaixada; também era magra demais, também era indesejável. Permaneceu ainda um instante, depois que ela mesma já havia partido. Então deslizou para fora da parede, atrás da moça, e também *aquilo* enfim se foi.

Nada restou senão a porta. Que se manteve muda, inexorável, fechada.

2

Na cabine telefônica, ela ficou imóvel mais uma vez. Tão imóvel quanto antes. Um telefone público, a porta entreaberta a fim de permitir que entrasse ar bastante para respirar. Quando se fica em uma cabine dessas por mais de alguns poucos momentos, elas se tornam sufocantes. E a moça se achava ali havia mais do que alguns poucos momentos.

Era como uma boneca escorada na vertical dentro da sua caixa de presente, com um dos lados aberto, a fim de que se pudesse ver o seu interior. Uma boneca usada. De ponta de estoque, de liquidação, sem fitas vistosas nem embrulho de papel de seda. Uma boneca que ninguém queria comprar para dar de presente, que ninguém queria ganhar. Uma boneca que ninguém se dava ao trabalho de pedir de presente.

Ela estava em silêncio, embora o lugar fosse próprio para falar. Ela esperava ouvir alguma coisa, alguma coisa que não era dita. Segurava o receptor na direção do ouvido e, no início, ele devia ter ficado junto à orelha, em ângulo reto, como devem ficar os receptores. Mas isso foi muito tempo antes. Com o correr dos longos e decepcionantes minutos, o receptor baixara mais e mais, até chegar onde estava agora, pendurado no seu ombro, murcho, derrotado, como uma orquídea feia e preta, feita de borracha, usada como adorno de vestidos.

O silêncio anônimo tornou-se, afinal, uma voz. Mas não a voz que ela queria, não a voz que ela esperava.

"Desculpe, mas eu já expliquei à senhora. Não adianta esperar na linha. Este número foi cortado e não há nenhuma outra informação que eu possa lhe dar."

A mão dela se soltou do ombro e baixou, levando consigo o receptor, e tombou no seu colo, sem vida. Pelo jeito definitivo como tombou e se imobilizou, era como se estivesse em sintonia com alguma outra coisa dentro da moça, que também tivesse morrido.

Mas às vezes a vida não concede uma dignidade apropriada nem sequer aos seus epitáfios.

— Posso pegar minha moeda de volta? —, perguntou, num sussurro. — *Por favor.* Não completei minha ligação e esta é... é a minha última moeda.

3

Ela subiu a escada da pensão oscilando como uma marionete cujos cordões tivessem, em parte, se soltado. Uma luminária presa à parede pendia com a boca virada para baixo, como uma tulipa murcha, com seu quebra-luz de vidro em forma de sino, ornado com festões, e lançava um brilho amarelo e enfumaçado. Uma passadeira de carpete, puída até tomar o aspecto de matéria vegetal em decomposição, com seus desenhos e sua cor apagados havia muito tempo, aderia aos degraus como uma espécie de pólen ou uma incrustação de fungos. O odor combinava com o aspecto visual. Ela galgou três andares e virou para a parte dos fundos.

Parou na última porta e pegou uma chave de ferro com o cabo comprido. Em seguida, olhou para o chão. Havia um triângulo branco perto dos seus pés, despontando por baixo da porta. O triângulo foi crescendo à medida que a porta se abria sobre ele, até tomar a forma de um envelope.

A moça enfiou o braço na escuridão, tateou a parede ao lado da porta e uma lâmpada se acendeu. Sua luz era muito fraca.

A moça fechou a porta e pegou o envelope. Estava com a parte da frente voltada para baixo. Ela o virou. Sua mão tremeu um pouco. Seu coração também.

Sobre o papel, rabiscado a lápis, às pressas e sem cuidado, havia apenas isto:

Helen Georgesson

Nem senhorita, nem senhora, nenhuma fórmula de tratamento.

Ela pareceu ganhar mais vida. Um pouco da palidez desesperada abandonou seus olhos. Um pouco da tensão atormentada abandonou seu rosto. Ela segurou o envelope com força, até que ele dobrou um pouco na sua mão. Ela se moveu com mais vivacidade do que fizera até então. Levou o envelope para o meio do quarto, ao lado da cama, onde a luz brilhava com mais intensidade.

Parou ali de pé e olhou para o envelope mais uma vez, como se estivesse com certo medo dele. Havia uma espécie de sofreguidão ardente no seu rosto; uma premência antes desesperada do que exultante.

Afobada, rompeu a borda do envelope, a mão dando puxões para cima, como se estivesse dando longos pontos de costura com agulha e linha invisíveis.

Sua mão mergulhou no envelope para puxar o que ele dizia, para ler o que ele tinha a dizer. Pois envelopes trazem palavras que nos contam coisas; para isso servem os envelopes.

Sua mão saiu mais uma vez vazia, frustrada. Virou o envelope para baixo e o sacudiu, para soltar aquilo que poderia conter, aquilo que poderia ter resistido teimosamente aos seus dedos, na primeira investida.

Nenhuma palavra, nenhum texto saiu.

Duas coisas tombaram sobre a cama. Só duas coisas.

Uma delas era uma nota de cinco dólares. Apenas uma anônima e impessoal nota de cinco dólares, com a imagem de Lincoln estampada. E, no outro lado, a correta e breve inscrição que vem em todas as cédulas, em versaletes: "Este certificado é moeda legal para todas as dívidas públicas e particulares". Para todas as dívidas, públicas e *particulares*. Como o homem que gravou isso poderia adivinhar que essas palavras, um dia, em algum lugar, partiriam o coração de alguém?

E a segunda coisa era uma tira de bilhetes de trem, abrangendo uma viagem do início ao fim, como é comum nos bilhetes de trem. Cada bilhete seria destacado à medida que passassem as etapas do trajeto. No primeiro, estava inscrito: "Nova York"; ali, onde ela se achava agora. E no último estava inscrito "San Francisco"; o lugar de onde ela viera, cem anos atrás — na última primavera.

Não havia passagem de volta. Era para uma viagem só de ida. Para ir e... ficar.

Assim, o envelope lhe *dissera* algo afinal, embora não contivesse palavra alguma. Uma nota de cinco dólares, para todas as *dívidas*, públicas e particulares. Ir para San Francisco... e não voltar.

O envelope caiu no chão.

Por um longo tempo, ela pareceu incapaz de entender. Era como se nunca tivesse visto uma nota de cinco dólares. Era como se nunca tivesse visto uma tira sanfonada de bilhetes de trem como aquela. Ficou parada, olhando para aquilo.

Então começou a tremer um pouco. No início, sem fazer ruído. Seu rosto se contraindo de forma intermitente, ao longo dos olhos e em volta dos cantos da boca, como se a sua expressão estivesse lutando para irromper em uma espécie de emoção fulminante. Por alguns momentos, pareceu que, quando isso acontecesse, seria um choro. Mas não foi assim.

Foi um riso.

Seus olhos se retorceram em fissuras oblíquas, seus lábios recuaram num talho profundo e através deles saíram sons ásperos, entrecortados. Como um riso enferrujado. Como um riso que deixaram muito tempo na chuva, que ficou todo bolorento e estragado.

Ela ainda ria quando apanhou a mala surrada, colocou-a sobre a cama e abriu a tampa. Ainda ria quando encheu a mala e a fechou de novo.

Ela parecia não se cansar de rir. Seu riso não parava nunca. Como uma piada muito comprida, que continua e continua, e nunca chega ao final.

Mas o riso deve ser alegre, vibrante e vivo.

Esse não era.

4

O trem já havia cumprido quinze minutos de trajeto, resoluto e constante, e ela ainda não encontrara lugar para sentar. Os assentos estavam lotados com a multidão dos feriados, os corredores estavam lotados e até os compartimentos entre os vagões estavam lotados; ela nunca vira um trem como esse antes. Ficara muito para trás na maldita fila na hora da entrada e se movera de forma muito lenta e desajeitada, com sua mala pesadona, e embarcara muito tarde. Seu bilhete só lhe permitia embarcar, não garantia nenhuma prioridade nem lugar para sentar.

Desanimada, abatida, exausta, ela abria caminho pelos corredores, vagão após vagão, seguindo na direção contrária ao movimento do trem, oscilando, rodando de um lado para o outro, a mala pesada como chumbo puxando-a para baixo.

Os vagões estavam todos entupidos de gente de pé, e esse era o último da composição. Não havia nenhum depois desse. Ela atravessara todos. Ninguém lhe oferecera um lugar. Era um trem expresso, atravessava estados inteiros sem fazer paradas, e um gesto de gentileza a essa altura seria pedir demais. Não se tratava de um ônibus urbano comum, com um trajeto curto, de alguns momentos. Se a pessoa se mostrasse gentil e se levantasse para outra, teria de ficar de pé por centenas e centenas de quilômetros.

Enfim, ela parou e ficou ali mesmo, por total incapacidade de se virar e voltar para o ponto de onde viera. De nada adiantava continuar andando. Dava para ver o final do vagão, e não havia lugar para ela.

Baixou a mala, paralela ao corredor, e tentou sentar sobre ela, na parte de cima, como vira tanta gente fazer. Mas se atrapalhou toda, por um momento, com a própria falta de equilíbrio e quase caiu ao se abaixar. Em seguida, quando conseguiu sentar, deixou a cabeça reclinar-se de encontro à borda lateral do assento a seu lado, e assim ficou. Cansada demais para compreender, cansada demais para se preocupar, cansada demais até para fechar os olhos.

O que nos faz parar, quando paramos, no lugar onde paramos? O que é isso, o quê? É alguma coisa ou não é nada? Por que não seguir mais um metro, por que não um metro a mais? Por que justamente ali onde paramos e em nenhum outro lugar?

Alguns dizem: é apenas o acaso, e, se não tivéssemos parado ali, teríamos parado no ponto seguinte. Assim, nossa história teria sido diferente. Nós tecemos nossa própria história enquanto seguimos adiante.

Mas outros dizem: não poderíamos ter parado em outro lugar senão ali, mesmo que quiséssemos. Estava estabelecido, determinado, estávamos destinados a parar nesse ponto e em nenhum outro. Nossa história está aqui, à nossa espera, esteve esperando por nós durante cem anos, muito antes de nascermos, e não podemos mudar uma única vírgula dela. Tudo aquilo que fazemos, precisamos fazer. Somos o galho, e a água em que viemos flutuando nos arrastou até aqui. Somos a folha, e a brisa em que fomos carregados nos soprou até aqui. Essa é a nossa história, e não podemos escapar; somos apenas os atores, e não o diretor de cena. Pelo menos, é o que dizem alguns.

No chão, diante de seus olhos abaixados, por cima da beirada do braço da poltrona, ela podia ver dois pares de sapatos, lado a lado, inclinados para cima. No lado de dentro, junto à janela, um par de escarpins elegantes, ousados, sem a parte de trás, sem laterais, sem cobertura para os dedos, na verdade quase nada além de saltos finos como punhais e um par de tiras. E no lado de fora, mais perto dela, um par de botinas de homem parecendo, em contraste, rudes, grosseiras e tremendamente pesadas. Pendia uma sobre a outra, das pernas dobradas na altura do joelho.

Ela não via seus rostos e não queria ver. Não queria ver o rosto de ninguém. Não queria ver coisa alguma.

Nada aconteceu, por um tempo. Então um dos escarpins aproximou-se lentamente de uma das botinas, cutucou-a de leve, como um hábil esforço de comunicar alguma coisa. A botina se manteve alheia; não captou a mensagem. Percebeu o toque mas não a intenção. Uma grande mão desceu e experimentou coçar sobre a meia, logo acima da botina, e depois subiu de novo.

O escarpim, como se estivesse impaciente com tanta incompreensão, repetiu o esforço. Só que dessa vez desfechou um cutucão contundente, com vontade, na canela desprotegida, acima da couraça da botina.

Deu resultado. Um jornal farfalhou em algum ponto mais acima, como se tivesse sido abaixado para sair da frente, para verificar o que eram aquelas cutucadas desagradáveis.

Ouviu-se um comentário cochichado, acima, emitido num volume baixo demais para ser decifrado por qualquer outra orelha que não aquela a que fora destinado.

Um grunhido interrogativo, num timbre masculino, respondeu.

As duas botinas baixaram sobre o chão, lado a lado, quando as pernas se desdobraram. Em seguida, giraram de leve na direção do corredor, como se o seu dono tivesse virado a parte superior do corpo para olhar nessa direção.

A moça sobre a mala fechou os olhos fatigada, a fim de evitar o olhar que sabia se dirigir para ela.

Quando abriu os olhos de novo, as botinas haviam saído pelo vão entre as poltronas e aquele que as usava se achava de pé, no meio do corredor, ao lado dela. Tinha uma boa altura, um metro e oitenta.

— Fique com o meu lugar, senhorita — ofereceu. — Vamos, sente no meu lugar, por um tempo.

Ela tentou objetar com um sorriso frouxo e uma oscilação desanimada da cabeça. Mas o encosto de veludo parecia muito tentador.

A moça que permanecera no lugar acrescentou à oferta do homem a sua própria insistência.

— Vamos logo, querida, sente aqui — insistiu ela. — Ele quer que você sente. Nós dois queremos. Você não pode ficar aí desse jeito, onde está agora.

O encosto de veludo parecia muito tentador. Ela não conseguia afastar os olhos dali. Mas estava quase cansada demais para levantar e levar a cabo a mudança. O homem teve de abaixar e erguê-la pelo braço, ajudá-la a se levantar da mala e se deslocar até a poltrona.

Seus olhos se fecharam de novo, por um momento, em uma felicidade inefável, quando se recostou.

— Pronto — disse o homem. — Não é melhor?

E a moça ao lado dela, sua nova companheira de viagem, disse:

— Puxa, você está cansada *mesmo.* Nunca vi ninguém assim tão pregada.

Ela sorriu em agradecimento e tentou ainda protestar um pouco, embora o ato já se tivesse consumado, mas ambos ignoraram seus protestos.

Ela olhou para os dois. Agora, enfim, queria ver seus rostos, pelo menos esses dois, embora alguns momentos antes ela não tivesse vontade de ver o rosto de ninguém, nunca mais na vida. Mas a gentileza é uma forma de cura.

Os dois eram jovens. Bem, ela também. Mas os dois eram felizes, alegres, gozando as bênçãos do mundo, e essa era a diferença entre eles e ela. Isso chamava a atenção neles. Havia uma espécie de incandescência dourada e radiosa entre os dois, algo que era mais do que simples bom humor, mais do que simples sorte, e nos primeiros momentos ela não soube dizer o que era. Então, pouco depois, os olhos deles, cada movimento de suas cabeças e cada gesto que faziam revelaram a verdade: de uma forma transbordante e sublime, estavam apaixonados um pelo outro. Aquilo irradiava em torno deles, quase como fósforo.

Amor jovem. Amor novo e sem nódoas. Aquele primeiro amor que só ocorre uma vez para todo mundo e nunca mais volta a acontecer.

Mas, na conversação, isso se expressava de forma inversa, pelo menos por parte da moça, não do rapaz. Quase todos os comentários que ela lhe dirigia eram insultos amistosos, críticas camaradas, desdém amigável. Ela não parecia disposta a lhe conceder uma palavra de ternura, nem sequer de mera consideração humana. No entanto, os olhos da moça a desmentiam. E o rapaz compreendia. Ele reagia a todas as suas insolências ultrajantes com um sorriso que venerava, que adorava, que compreendia tão bem.

— Muito bem, vá em frente — disse ela, com um aceno peremptório da mão. — Não fique aí feito um pateta, bufando no cangote da gente. Vá ver se acha alguma coisa para fazer.

— Ah, me desculpem — disse ele, e fingiu levantar a gola, como se estivesse com frio. Olhou para cima, de modo vago, e para o final do corredor do vagão. — Acho que vou dar um pulo na plataforma do vagão e fumar um cigarro.

— Fume dois — retrucou ela, distraída. — Quantos quiser.

Ele se virou, começou a abrir caminho através do corredor atravancado de gente.

— Foi muita gentileza dele — disse a recém-chegada, em tom de aprovação, olhando para o rapaz que se afastava.

— Ah, ele dá para o gasto — respondeu sua companheira. — Tem seus aspectos positivos — disse, encolhendo os ombros. Mas seus olhos diziam que ela estava mentindo.

Olhou em volta a fim de se certificar de que ele se afastara e não ia ouvir. Em seguida, inclinou-se ligeiramente para a outra e baixou a voz num tom confidencial:

— Sabe, adivinhei na mesma hora — disse ela. — Por isso mandei que ele cedesse o lugar para você. Quero dizer, adivinhei o seu estado.

A moça que estivera sentada na mala baixou os olhos um instante, confusa, contrariada. Não disse nada.

— Eu também estou. Você não é a única — apressou-se a explicar sua companheira, com um leve traço de vanglória, como se estivesse morrendo de vontade de contar de uma vez.

A moça disse:

— Oh.

Ela não sabia o que mais dizer. Sua resposta pareceu-lhe rasteira, superficial, como quando a gente diz "É mesmo?" ou "Não me diga!". Ela tentou forçar um sorriso de interesse simpático, mas não era boa para essas coisas. Falta de prática com sorrisos, talvez.

— Sete meses — acrescentou a outra, de forma gratuita.

A moça pôde sentir seus olhos sobre ela, como se esperasse algo da mesma espécie em retribuição, mesmo que fosse só para constar.

— Oito — respondeu, numa voz quase inaudível. Não queria dizer, mas disse.

— Maravilhoso — foi o elogio da sua companheira diante dessa informação aritmética. — Esplêndido. — Como se o assunto implicasse algum tipo de sistema de castas e, de uma forma inesperada, ela se visse conversando com uma pessoa das camadas superiores da nobreza: uma duquesa ou marquesa, que se situava trinta dias acima na escala. E ao redor delas, desdenhada de maneira esnobe, a ralé do gênero feminino.

— Esplêndido, maravilhoso — repetiu a moça, interiormente, e seu coração deu um soluço surdo, atemorizado.

— E o seu marido? — a outra foi logo perguntando. — Está indo ao encontro dele?

— Não — respondeu a moça, olhando fixamente para o veludo verde nas costas da poltrona à sua frente. — Não.

— Ah. Deixou-o em Nova York?

— Não — respondeu a moça. — Não. — Parecia ver essas palavras escritas nas costas da poltrona à sua frente, em letras que corriam, que se desmanchavam assim que eram lidas. — Eu o perdi.

— Ah, eu lament... — A sua animada companheira parecia ter, pela primeira vez na vida, contato com a dor, não apenas a dor por causa de uma boneca quebrada ou de uma paixonite de estudante traída. Era como se uma experiência nova passasse pelo seu rosto radioso. E, ainda assim, dizia respeito à dor de outra pessoa, não dela mesma; era a impressão que se tinha: que ela jamais sofrera uma dor dela própria, não tinha dor alguma agora, e nunca teria. Uma dessas raridades abençoadas pelas estrelas, refulgindo em seu caminho pelo vale sombrio do mundo.

Ela cortou o restante do seu arroubo de compaixão, mordeu o lábio superior, estendeu o braço num gesto impulsivo, segurou a mão da sua companheira por um momento e soltou-a em seguida.

Então, com tato, não falaram mais sobre esses assuntos. Coisas fundamentais como nascimento e morte, que podem trazer tanta alegria e tanta dor.

Tinha o cabelo dourado como o milho, aquela criatura beijada pelo sol. Ela o usava como uma auréola enevoada que irradiava por sobre a cabeça. Tinha pintinhas que eram como respingos de tinta dourada, feitas pelo pincel de algum pintor descuidado, em cima das suas bochechas de abricó, e uma depressão na ponte do narizinho atrevido. A boca era o que ela possuía de mais maravilhoso. E se o restante do rosto não estava à altura da sua incomparável beleza, aquela boca sozinha bastava para dar-lhe um aspecto fascinante, atraindo toda a atenção para si, como de fato fazia. Assim como uma única lâmpada basta para iluminar um quarto inteiro; não é preciso um lustre. Quando a boca sorria, tudo sorria com ela. O nariz enrugava, as sobrancelhas arqueavam, os olhos se contraíam e surgiam covinhas ali onde um minuto antes nada havia. Dava a impressão de que ela sorria muito. Dava a impressão de que tinha muito motivo para rir.

Ela brincava sem parar com a aliança no dedo anular. Afagava-a, por assim dizer, acariciava-a. Provavelmente não tinha consciência de estar fazendo isso naquele momento; já devia ter se tornado um hábito, àquela altura. Mas quando a aliança era uma novidade, meses atrás, ela deve ter experimentado um orgulho tão intenso que sentiu a necessidade de exibi-la para todo mundo, o tempo todo — como se dissesse: "Olhem para *mim*! Olhem o que eu consegui!" —, deve ter sentido tanta afeição pela aliança que era incapaz de manter as mãos longe dela por muito tempo. E agora, embora o orgulho e a afeição não fossem, de modo algum, menores, aquilo se convertera em um pequeno hábito cativante, que persistia. Qualquer que fosse o movimento de suas mãos, qualquer que fosse a atitude que exprimissem, a aliança se tornava o primordial, o preponderante aos olhos do observador.

A aliança tinha uma fileira de diamantes com uma safira em cada extremidade. Ela percebeu o olhar de sua nova companheira de viagem pousado sobre a aliança, por isso girou-a um pouco mais na sua direção, para que a moça a pudesse ver melhor; esfregou-a com o dedo de um modo petulante, como se fosse para remover o último, contumaz e hipotético grão de poeira. Uma esfregadela em que a moça simulava não se importar mais com o aliança. Assim como sua atitude diante do marido simulava que já não se importava de modo algum também com ele. Uma esfregadela que mentia demais.

As duas conversavam embevecidas, como fazem as novas amigas, quando o rapaz retornou, uns dez minutos depois. Aproximou-se delas de maneira reservada e misteriosa, com um ar muito grave. Primeiro, olhou com precaução para a esquerda e para a direita, como se trouxesse notícias altamente secretas. Então protegeu o canto da boca com o lado da mão. Abaixou-se e cochichou:

— Pat, um dos carregadores me deu uma boa dica. Vão abrir o vagão-restaurante em poucos minutos. Informação especial, privilegiada. Você sabe como isso é importante com toda essa multidão dentro do trem. Acho melhor a gente começar a se mexer naquela direção, se quisermos entrar na primeira leva. Vai haver um estouro da boiada logo que a notícia se espalhar.

Ela se pôs de pé, de um salto, cheia de entusiasmo.

Na mesma hora, para conter a empolgação dela, o rapaz brandiu as duas mãos espalmadas, com uma aflição cômica.

— Shh! Ninguém pode saber! O que você está querendo? Aja com indiferença. Como se não estivesse indo a nenhum lugar em especial, apenas levantando para espichar as pernas.

Ela conteve um risinho travesso.

— Quando vou para o vagão-restaurante, simplesmente não *consigo* me comportar como se não estivesse indo a nenhum lugar em especial. É uma coisa que logo salta aos olhos em mim. Dê-se por satisfeito se eu limitar meus passos ao ritmo de uma corrida de vinte metros rasos.

Mas, para mostrar-se condescendente com as idéias de maquiavélica duplicidade do marido, ela arqueou exageradamente os pés e saiu para o corredor caminhando na ponta dos pés, como se a quantidade de barulho que fizesse tivesse alguma relação com aquilo que eles tentavam realizar.

De passagem, ela puxou de modo persuasivo a manga da moça sentada ao seu lado.

— Venha. Você vem com a gente, não é? — sussurrou em tom conspiratório.

— E as poltronas? Vamos perder os lugares, não vamos?

— Não se pusermos nossa bagagem em cima dos bancos. Pronto, assim.

Ela ergueu a mala da outra, que estivera de pé no corredor até então, e, juntas, as duas a puseram estirada ao comprido sobre os assentos, de fato bloqueando os dois lugares.

Agora a moça estava de pé, desalojada pela mala, mas ainda em dúvida, hesitando em ir com eles.

A jovem esposa pareceu compreender; era bem esperta. Mandou o marido na frente, para onde não pudesse ouvir, a fim de abrir caminho para elas. Em seguida, voltou-se para a sua nova companheira de viagem, em um delicado encorajamento.

— Não se preocupe com nada; *ele* vai cuidar de tudo para nós. — Em seguida, para diminuir o constrangimento da outra, e mostrando que as duas eram agora confidentes nesse assunto, prometeu: — Eu faço meu marido cuidar de tudo, pode deixar. É para isso que eles servem, afinal.

A moça tentou esboçar uma recusa insincera, que serviu apenas para comprovar que aquela suposição estava correta.

— Não, não é isso... É que eu não gosto de...

Mas sua nova amiga já havia tomado seu consentimento como um fato consumado, não tinha mais tempo a perder com isso.

— Corra, senão vamos nos perder dele — insistiu. — Vão fechar a porta de novo depois que ele entrar.

Ela a impelia à sua frente, a mão amiga pousada de leve logo acima do seu quadril.

— Você não pode ser negligente consigo mesma agora — advertiu-a, a meia voz. — Eu *sei*. Disseram isso para mim também.

O marido batedor, enquanto isso, ia abrindo caminho para elas como uma foice no trigal, no meio do corredor atravancado, forçando as pessoas a se curvarem bastante sobre os assentos para abrir passagem. Mesmo assim, nunca lhe dirigiam um olhar contrariado. Ele parecia ter esse jeito de agir: cordial mas firme.

— É útil ter um marido que jogou futebol americano — comentou a esposa, satisfeita. — Ele pode barrar o caminho dos adversários para a gente. Olhe só a largura das costas dele, está vendo?

Quando as duas o alcançaram, a esposa queixou-se com ar petulante:

— Não pode esperar por mim, não? Tenho que comer por dois.

— Eu também — foi a resposta nada cavalheiresca que o marido lhe dirigiu, por cima do ombro. — E esses dois sou eu mesmo.

Graças à previdência do rapaz, os três foram os primeiros a entrar no vagão-restaurante, que, poucos instantes após as portas serem abertas, se viu inundado de gente. Garantiram uma mesa especial para três, na diagonal da janela. Os menos felizes tiveram de esperar na fila, no corredor lá fora, com a porta rudemente fechada diante deles.

— Mas a gente não pode sentar para comer na mesma mesa sem sequer saber os nomes uns dos outros — disse a jovem esposa, desdobrando alegremente seu guardanapo. — Ele é Hugh Hazzard, eu sou Patrice Hazzard. — Suas covinhas surgiram, em sinal de desaprovação. — Nome esquisito, não é?

— Tenha mais respeito — resmungou o jovem marido, sem erguer os olhos dos preços do cardápio. — Estou apenas testando o nome em você. Ainda não resolvi se vou deixar você usá-lo ou não.

— Agora já é meu — foi a lógica feminina que ela usou. — Eu é que ainda não resolvi se vou deixar *você* usá-lo ou não. E qual é o seu nome? — perguntou ela à sua convidada.

— Georgesson — respondeu a moça. — Helen Georgesson.

E sorriu hesitante para os outros dois. A ele, dirigiu o canto externo do seu sorriso; a ela, o centro. Não era um sorriso muito largo, mas tinha profundidade e gratidão, o pouco que lhe restava.

— Vocês foram extremamente gentis comigo — disse ela.

Olhou para o cardápio que mantinha aberto entre as mãos, para que eles não detectassem o lampejo de emoção que fez seus lábios tremerem por um instante.

— Deve ser um bocado divertido ser... vocês — Helen murmurou melancólica.

5

Na hora em que as luzes do vagão foram apagadas, por volta das dez, para que aqueles que desejassem dormir pudessem fazê-lo, elas haviam se tornado velhas e íntimas amigas. Entre si, já eram "Patrice" e "Helen"; isto, como se pode imaginar, graças ao estímulo de Patrice. A amizade floresce depressa na atmosfera de estufa de uma viagem; no intervalo de algumas horas, às vezes, a amizade já desabrochou plenamente. Depois, da mesma forma repentina, ela se desfaz de um só golpe, graças à inevitável separação dos viajantes. Raramente ou mesmo nunca sobrevive muito tempo após essa separação. É por esse motivo que, em navios ou trens, as pessoas demonstram pouca reserva umas com as outras, trocam confidências mais depressa, contam tudo sobre si mesmas; jamais terão de se ver outra vez e não se preocupam com a opinião que possam ter formado a seu respeito, seja ela boa ou má.

A maioria das pequenas luminárias individuais, com quebra-luz, instaladas sobre cada um dos assentos e que podiam ser ligadas e desligadas pelo próprio passageiro, ainda estava acesa, mas o vagão se achava mais calmo, silencioso e sombrio, e alguns passageiros já cochilavam. O marido de Patrice se encontrava em um estado de inércia, com o rosto encoberto pelo chapéu, sentado sobre a mala que, mais uma vez, estava no corredor, ao lado da poltrona. Suas pernas cruzadas estendiam-se para o alto, precariamente, apoiadas na parte de cima da poltrona da frente. No entanto, ele parecia bem confortável, a julgar pelos roncos ruidosos que volta e meia escapavam por trás de seu chapéu. Ele abandonara a conversa delas havia uma hora e — um comentário pouco delicado sobre a importância dos homens para a conversa das mulheres — sua falta, ao que tudo indica, não fora sequer sentida.

Patrice assumiu as funções de vigia, seus olhos fixos, com atenção e zelo, em certa porta, na extremidade do corredor atrás delas, na escuridão. Para fazer isso, se ajoelhava ereta na poltrona, virada para trás, vigiando diligentemente sobre as costas do assento. Essa posição um tanto fora do comum, porém, em nada inibiu o fluxo de sua conversa, que prosseguiu tão livre e jovial como antes. Mas agora, graças à postura elevada de Patrice, os dois assentos imediatamente atrás podiam partilhar da maior parte da conversa. Felizmente, contudo, seus ocupantes não tinham grande interesse nisso, por duas razões: eram ambos homens e estavam os dois dormindo.

Uma oscilação de luz refletida percorreu o cromado lustroso da porta que Patrice vigiava.

— Ela acabou de sair — cochichou com um sibilo explosivo e executou uma série de agitados giros, meneios, rodopios no assento, como se fosse algo vital que exigisse uma reação imediata. — Depressa! *Agora!* Agora é a sua chance. Mexa-se. Antes que alguém vá para lá antes de nós. Tem uma mulher gorda, três poltronas adiante, arrumando suas tralhas pouco a pouco. Se ela entrar na nossa frente, estamos ferradas! — Arrebatada pela própria excitação (e tudo na vida, para ela, parecia deliciosamente, freneticamente excitante), Patrice chegou a dar um leve empurrão no seu marido para apressá-lo: — Rápido! Segure a porta para nós. Se ela vir que você já está lá, talvez mude de idéia.

Patrice cutucou seu esposo adormecido de forma cruel e impiedosa, em muitos pontos do corpo, a fim de acordá-lo.

— Depressa! Hugh! A maleta de toalete! Vamos perder nossa chance! Ande logo, seu estúpido. Ali em cima, na prateleira...

— Tudo bem, calma — grunhiu o sonolento Hugh, com os olhos ainda completamente enterrados embaixo da aba do seu chapéu. — Falar, falar, falar, blá, blá, blá, blá. A mulher nasceu para exercitar sua mandíbula.

— E o homem nasceu para levar um soco na mandíbula, se não se mexer logo.

Enfim, ele empurrou o chapéu para trás.

— O que você quer de mim, agora? Desça a maleta você mesma.

— Então, tire suas pernas compridas do nosso caminho e nos deixe passar! Você está fechando a passagem.

Ele executou uma manobra de ponte levadiça, encolhendo as pernas para junto do corpo, dobrando-as e depois esticando-as de novo, quando elas já haviam atravessado.

— Aonde vão com tanta pressa? — indagou com ar inocente.

— Olhe só, não é mesmo um burro? — Patrice comentou com sua companheira.

As duas saíram quase correndo pelo corredor, sem se dar ao trabalho de lhe oferecer nenhum esclarecimento.

— Ele usa camisa número cinco e não me adianta de nada na hora de uma emergência — queixou-se Patrice enquanto seguia, balançando a maleta.

Hugh virara a cabeça para elas com curiosidade e numa incompreensão totalmente sincera. Em seguida, exclamou:

— Ah. — Compreendeu então o destino delas e a razão daquele tumulto. Em seguida, baixou de novo o chapéu até o nariz, para retomar sua soneca interrompida, no ponto em que fora cortada por aquela insurreição da logística feminina.

Patrice fechou a porta cromada depois que as duas entraram e, pelo lado de dentro, aplicou no trinco um rápido giro de exclusão desafiadora. Então soltou um profundo suspiro.

— Pronto. Entramos. E a posse equivale a noventa por cento do direito legal. Vou ficar o tempo que quiser — declarou resoluta, baixando a maleta de toalete e destravando o fecho da tampa. — Se alguém quiser entrar, vai ter que esperar. Em todo caso, só tem lugar para duas pessoas. E, mesmo assim, só se forem muito amigas.

— Na verdade, somos quase as últimas pessoas acordadas — disse Helen.

— Tome, quer um? — Patrice tirou da valise um punhado de lenços de papel absorvente; dividiu-os com a amiga. — Senti muita falta disso em Nova York. Não havia jeito de encontrá-los. Eu tive de sair perguntando por toda parte e ninguém entendia o que eu queria dizer...

Ela parou e olhou para a sua companheira.

— Ah, você não tem nada para tirar da pele, não é? Então tome, passe isso aqui e depois esfregue com o papel.

Helen riu.

— Você me faz sentir uma tola — disse ela com uma espécie de admiração melancólica.

Patrice recurvou os ombros e fez uma careta travessa.

— Minha última estripulia, digamos assim. A partir de amanhã à noite, devo me comportar da melhor maneira possível. Sóbria e séria. — Fechou a cara, entrelaçou as mãos sobre a barriga, numa imitação de um clérigo puritano.

— Ah, porque vai se encontrar com os pais do seu marido — recordou Helen.

— Hugh diz que eles não são assim, de modo algum; eu não tenho absolutamente com que me preocupar. Mas é claro que Hugh pode ter uma opinião um pouco tendenciosa a favor deles. Se não fosse assim, eu é que teria uma opinião ruim sobre ele.

Patrice estava esfregando um místico círculo branco em cada face, e depois o espalhava pelo rosto, mantendo o tempo todo a boca aberta, embora esta não tomasse parte alguma no ritual.

— Vamos, sirva-se — propôs Patrice. — Enfie o dedo e tire um bocado. Não sei direito que benefício pode fazer a você, mas cheira bem e portanto não há nada a perder.

— É mesmo verdade aquilo que você me contou? — perguntou Helen, atendendo ao convite da amiga. — Que eles nunca viram você? Não posso acreditar.

— Juro de coração, pela minha vida, eles nunca puseram os olhos em mim. Conheci Hugh em Nova York, como lhe contei esta tarde, nos casamos lá e temos vivido lá até agora. Meus pais morreram e pude me manter estudando música graças a uma bolsa de estudos, e Hugh tinha um emprego num desses departamentos do governo; você sabe, uma dessas instituições conhecidas por siglas. Eles não têm a menor idéia sequer da minha aparência!

— Você não mandou nem um retrato para eles? Nem depois que se casaram?

— Não tiramos nem mesmo uma fotografia de casamento; você sabe como nós, jovens, somos hoje em dia. Vapt, vupt! E já estávamos casados. Várias vezes pensei em mandar uma foto minha para eles, mas nunca ficava satisfeita com os meus retratos. Ciosa demais da minha aparência, sabe como é. Eu queria que a primeira impressão fosse muito boa mesmo. Certa vez, Hugh chegou a marcar hora para mim com um fotógrafo, mas quando vi as provas, disse: "Só por cima do meu cadáver você vai mandar essas fotos!". Esses fotógrafos franceses! Eu sabia muito bem que um dia teria que me encontrar com os pais dele e retratos são tão.. tão... Pelo menos, os que *eu* tiro. Então, no final, eu disse para Hugh: "Já esperei esse tempo todo, agora não vou mandar mais retrato nenhum. Vamos deixar para fazer uma surpresa, que em vez disso eles me vejam em carne e osso, quando me virem, afinal. Assim, não vão ficar alimentando esperanças erradas para depois se decepcionar". Eu também costumava censurar todas as cartas de Hugh, para que ele não me descrevesse para os pais. Você pode imaginar de que jeito ele faria isso. "Mona Lisa", "Vênus saindo da concha". Eu dizia "Nada disso!", quando o apanhava em flagrante, e riscava as palavras. Desse jeito, a gente tinha um monte de brigas, um perseguindo o outro em volta do quarto, ele tentando recuperar a carta ou tentando manter o papel longe das minhas mãos.

Patrice ficou séria por um momento. Ou, pelo menos, chegou o mais perto disso que era capaz.

— Sabe de uma coisa, hoje eu até gostaria de não ter feito isso. Quer dizer, brincar de esconde-esconde com os pais dele desse jeito. Agora *eu* estou morrendo de medo. Você acha que eles vão gostar mesmo de mim? Suponha que não gostem. Suponha que, em sua expectativa, tenham me imaginado como alguém totalmente diferente, e...

Ela parecia aquele menino do programa de rádio que fica tagarelando sobre um bicho-papão que ele mesmo inventou, mas acaba se assustando com ele.

— Como é que a gente pode fazer a água ficar dentro desse troço? — Patrice interrompeu sua própria fala. Ela dava pancadas de leve na tampa de vedação no ralo da pia. — Toda vez que preciso encher a pia, esse troço escapole de novo.

— Torça um pouquinho e depois empurre para baixo, acho que é assim.

Patrice retirou sua aliança antes de mergulhar as mãos.

— Segure isto aqui para mim, quero lavar as mãos. Tenho pavor de perder a aliança. Uma vez, em Nova York, ela deslizou por um ralo e tiveram que arrancar um pedaço inteiro do cano para recuperar a aliança.

— É linda — disse Helen, melancólica.

— Não é mesmo? — concordou Patrice. — Está vendo? Tem nossos nomes juntos, em volta, no lado de dentro. Não é uma idéia bonita? Fique com ela no dedo para mim um instante, é o lugar mais seguro.

— Não dizem que isso dá azar? Quer dizer, você tirar a aliança e eu colocar no meu dedo?

Patrice sacudiu a cabeça com petulância.

— É *impossível* eu ter azar — proclamou. Era quase um desafio.

"E eu", pensou Helen, sombria, "é impossível eu ter sorte."

Helen observou com curiosidade a aliança deslizando ao longo do dedo, com facilidade, sem esforço. Experimentou um sentimento curiosamente familiar em relação a ela, como se fosse algo que deveria ter estado ali há muito tempo, que pertencia ao seu dedo e, de um modo estranho, estivera ausente até agora.

— Então é isso o que a gente sente — disse para si mesma, aflita.

O trem marchava adiante e, no lugar onde elas estavam, o estrépito impetuoso chegava abafado, como uma trepidação surda.

Patrice recuou um passo; enfim sua toalete estava completa.

— Pois é, esta é minha última noite — suspirou. — Amanhã, a essa hora, já estaremos lá, o pior vai ter passado. — Patrice apertou os próprios braços, em uma espécie de meio calafrio de pavor. — Espero que fiquem satisfeitos comigo. — Nervosa, olhou de relance para si mesma no espelho, arrumando o cabelo.

— Vai dar tudo certo com você, Patrice — Helen a tranqüilizou com voz serena. — Ninguém consegue deixar de gostar de você.

Patrice cruzou os dedos e ergueu-os para mostrar a ela.

— Hugh diz que os pais dele estão muito bem de vida — Patrice continuou divagando. — Às vezes isso torna as coisas mais difíceis. — Alguma lembrança repentina levou Patrice a dar uma risadinha. — Acho que devem estar bem de vida mesmo. Sei que tiveram até que nos mandar dinheiro para a viagem. Estivemos sempre duros, o tempo todo que passamos lá. Mas nos divertimos demais. Acho que é a única hora em que a gente se diverte, quando está sem grana, não é?

"Às vezes... isso não tem graça nenhuma", refletiu Helen, mas não respondeu.

— Em todo caso — sua confidente continuou a tagarelar —, assim que souberam que eu estava grávida a coisa mudou! Não quiseram nem pensar em permitir que eu tivesse o bebê lá. Eu mesma não queria, na verdade, e Hugh também não. Os bebês devem nascer nos bons EUA dos velhos tempos, não acha? É o mínimo que se pode dar a eles.

"Às vezes isso é *tudo* o que se pode dar a eles", refletiu Helen, com amargura. "Isso... e dezessete centavos."

Ela havia terminado sua toalete.

Patrice apressou-a:

— Vamos aproveitar que estamos aqui e fumar um cigarro. Não parece que a gente esteja deixando ninguém lá fora esperando. E se ficarmos conversando muito podem nos mandar calar a boca; estão todos tentando dormir. — A pequena chama do isqueiro faiscou num reflexo cor de cobre nos espelhos e no metal cromado em torno deles. Patrice soltou um suspiro de satisfação sincera. — Adoro essas conversas com outra mulher, antes de ir dormir. Faz muito tempo que não tenho uma conversa assim. A última vez foi na escola, eu acho. Hugh diz que, no fundo, sou uma mulher completamente feminina. — Ela parou de repente e refletiu sobre aquilo com um meneio zombeteiro da cabeça. — Será que isso é bom ou ruim? Tenho que perguntar a ele.

Helen não pôde conter um sorriso.

— É bom, eu acho. Eu não gostaria de ser uma mulher masculina.

— Nem eu! — Patrice apressou-se em concordar. — Isso sempre me traz a imagem de alguém que diz coisas indecentes e cospe no chão, com o canto da boca.

As duas riram em uníssono, por um momento. Mas a mente divagadora de Patrice já havia voado para outro assunto, enquanto ela batia as cinzas do cigarro na lata de lixo.

— Será que vou ser capaz de fumar na frente de todo mundo, quando tiver chegado lá? — Encolheu os ombros. — Bem, em todo caso, posso ir para os fundos do estábulo.

E de repente ela retornou à condição que as duas compartilhavam.

— Você está assustada? Sobre *isso*, você sabe.

Helen fez que sim, com os olhos.

— Eu também. — Deu uma tragada pensativa. — Acho que todo mundo fica um pouco assim, não acha? Os homens não sabem que temos medo. Basta olhar para o Hugh... — ela aprofundou os buracos das covinhas de um jeito cômico — e vejo logo que ele está com medo suficiente para nós dois, e assim não o deixo perceber que também estou assustada. E aí *eu* é que tranqüilizo a *ele*.

Helen ficou imaginando como seria ter alguém com quem conversar sobre aquilo.

— E *eles* se sentem contentes com isso?

— Ah, claro. Estão todos bobos. O primeiro neto, sabe? Nem perguntaram se a gente queria voltar. "Vocês vão voltar", e pronto.

Ela colocou o final do cigarro embaixo da torneira, apagou-o com um curto jato de água.

— Pronta? Vamos voltar para as nossas poltronas agora?

As duas faziam pequenas coisas. A vida é isso, a contínua realização de pequenas coisas, a vida inteira. E então, de repente, uma coisa grande acontece — e onde foram parar as pequenas coisas, o que foi feito delas, o que são elas?

A mão de Helen estava na porta, girando o pequeno trinco que Patrice havia fechado antes, quando entraram. Patrice estava em algum ponto atrás dela, guardando alguma coisa no estojo de toalete, prestes a fechá-lo e trazê-lo consigo. Helen podia ver Patrice, de modo vago, refletida no revestimento de metal cromado na parede à sua frente. Pequenas coisas. As pequenas coisas de que é feita a vida. Pequenas coisas que param...

Seus sentidos lhe pregaram uma peça. Não houve tempo para que eles se sincronizassem com o que sobreveio. Eles a iludiram. Helen teve a impressão momentânea, a princípio, de ter feito algo errado com a porta, de ter desprendido a porta das dobradiças. Apenas encostando a mão no pequeno ferrolho. Era como se ela estivesse pondo abaixo a porta inteira, puxando-a para dentro. Como se tivesse desenganchado a porta inteira do caixilho, com as dobradiças e tudo o mais. E no entanto nada disso aconteceu, a porta não se soltou, não se desprendeu da parede em que estava engastada. Assim, a segunda impressão momentânea, igualmente falsa e igualmente uma questão de segundos, foi de que a parede inteira do compartimento, porta e tudo o mais, estava desabando, ameaçando despencar sobre ela. E no entanto isso não aconteceu, tampouco. Em vez disso, o cubículo inteiro pareceu virar de lado, rodar num eixo louco, de tal forma que o que fora a parede diante dela se transformou no teto acima da sua cabeça; o que fora o chão no qual ela pisara até então rodou e se converteu na parede à sua frente. A porta havia saído inteiramente do seu alcance; era um alçapão lacrado acima da sua cabeça, impossível de se alcançar.

As luzes se apagaram. Todas as luzes se extinguiram e no entanto as imagens rodopiavam de um modo tão vívido e explosivo na sua mente que, no escuro, iluminavam a si mesmas em sua própria incandescência. Helen demorou um tempo relativamente longo para entender que se achava imersa numa escuridão absoluta, incapaz de enxergar de verdade. Apenas num lampejo de terror imaginativo.

Sobreveio uma sensação nauseante, como se os trilhos, em vez de serem rígidas barras de ferro, tivessem amolecido e tomado a forma de fitas onduladas, enquanto o trem tentava ainda avançar sobre suas dobras recurvadas. O vagão parecia ir para cima e para baixo, como um trem de parque de diversões que percorresse subidas e descidas cada vez mais acentuadas, cada vez mais rápido. Soou, remoto, um ruído dilacerante, um som de trituração, que se aproximava, crescendo à medida que chegava perto. Fez Helen lembrar um moedor de café que tinha em casa quando era criança. Mas aquele moedor antigo não arrastava a gente para dentro da sua goela, esmagando tudo em volta, como este agora fazia.

— Hugh! — o próprio chão desconjuntado pareceu gritar atrás dela. Uma vez só.

Depois disso o chão ficou em silêncio.

Houve outras impressões secundárias. De soldaduras se abrindo e de pesadas peças de metal se recurvando umas contra as outras acima da sua cabeça, até que o espaço aberto em que ela se achava perdeu a forma de um quadrado e assumiu o formato de uma tenda. A escuridão clareou por um momento em uma repentina palidez fantasmagórica, que era quente e difícil de respirar. Um escapamento de vapor. Depois, isso esmoreceu de novo e a escuridão retornou com toda força. Uma minúscula luz alaranjada faiscou em algum ponto, distante. Em seguida, foi minguando e se apagou de novo, e também isso acabou.

Agora, não havia ruído algum, nenhum movimento. Tudo estava parado, alheio, esquecido. O que era isso? Sono? Morte? Ela achava que não. Mas também não era vida. Helen se lembrava da vida; a vida fora apenas alguns minutos atrás. A vida tinha muita luz, e gente, e movimento, e barulho.

Isso devia ser outra coisa. Algum estágio de transição, alguma outra condição da qual ela não tivera notícia até esse momento. Nem vida, nem morte, mas algo intermediário.

O que quer que fosse, trazia dor; era *todo* dor, só dor. Dor que começou pequena, e cresceu, e cresceu, e cresceu, e cresceu. Ela tentou mover-se e não conseguiu. Uma coisa arredondada e fina, fria e molhada, embaixo, junto aos seus pés, prendia seu corpo. Jazia estirada ao comprido, em linha reta, como se um cano de água tivesse despencado.

Dor que crescia e crescia. Se ela pudesse gritar, talvez tivesse um pouco de alívio. Mas ela não parecia capaz de fazê-lo.

Levou a mão até a boca. No seu dedo anular, encontrou um pequeno círculo de metal, uma aliança que fora enfiada no seu dedo. Helen mordeu-a. Isso ajudou, isso aliviou um pouco. Quanto mais a dor crescia, mais forte ela mordia.

Helen escutou sua própria voz gemer um pouco, e fechou os olhos com força. A dor passou. Mas levou tudo o mais consigo; pensamento, discernimento, consciência.

Helen reabriu os olhos, relutante. Minutos? Horas? Não sabia. Ela apenas queria dormir, dormir um pouco mais. O pensamento, o discernimento, a consciência voltaram. Mas a dor não voltou; parecia ter ido embora para sempre. Em lugar disso, restou a lassidão. Helen ouviu a si mesma soluçar, de leve, como um gatinho. Ou não era ela?

Helen queria apenas dormir, dormir um pouco mais. E estavam fazendo tanto barulho que não a deixavam dormir. Retinir de metal, pancadas em chapas soltas e coisas sendo arrancadas. Ela virou a cabeça de lado, um pouco, em sinal de protesto.

Um tênue feixe de luz irrompeu de algum lugar acima da sua cabeça. Era como um dedo fino e comprido, uma vara vasculhando à sua procura, apontando para Helen, tentando localizá-la nas trevas.

Não chegou exatamente a tocar nela, mas continuou sondando em busca de Helen, em todos os lugares errados, à sua volta.

Ela só queria dormir. Miou um pouco, em sinal de protesto — ou não era ela? —, e houve então um súbito e assustado surto de atividade, as pancadas se tornaram mais rápidas e os sons de chapas rasgadas se tornaram mais frenéticos.

Então tudo parou de um só golpe, houve total interrupção e uma voz de homem soou bem acima dela, estranhamente oca e obscura, como quando se fala através de um tubo.

— Agüente firme. Estamos chegando até onde você está. Só mais um minuto, meu anjo. Dá para agüentar? Está ferida? Está mal? Está sozinha aí embaixo?

— Não — disse ela, com voz frouxa. — Eu tenho... acabei de ter um bebê aqui embaixo.

6

A recuperação foi como uma progressiva regularização de solstícios mal ajustados. No início, tudo era noite, intermináveis noites polares, com diminutos fragmentos de dia durando um ou dois minutos de cada vez. As noites eram sono e os dias eram vigília. Em seguida, pouco a pouco, os dias se expandiram e as noites se retraíram. Dentro em pouco, em lugar de numerosos dias pequenos no decurso de cada intervalo de vinte e quatro horas, havia apenas um longo dia no meio, como deve ser. Em breve, isso começou a ultrapassar uma das extremidades, para prosseguir além do pôr-do-sol e invadir uma ou duas horas da noite. Agora, em vez de vários pequenos dias fragmentários no espaço de uma noite, havia muitas noites fragmentárias no espaço de um dia. Sonecas ou cochilos. Os solstícios se inverteram.

A recuperação ficou também num plano secundário, coadjuvante, do qual fazia parte a noção de dimensão, bem como a de duração. O tamanho físico do ambiente de Helen se expandia juntamente com a extensão dos seus dias. No início, ela tomava consciência, a cada vez, apenas de uma reduzida área ao seu redor; os travesseiros atrás da cabeça, a cabeceira da cama, um rosto vago à sua direita debruçado sobre ela, afastando-se e retornando. E por cima e acima de tudo, uma pequena forma que permitiam que ficasse em seus braços por alguns momentos, um pouco de cada vez. Algo vivo e quente e seu. Helen sentia-se mais viva nesses momentos do que em qualquer outro. Era comida, bebida e luz do sol; era a sua tábua de salvação, que a trazia de volta à vida. O resto permanecia fora de foco, perdido em nebulosas distâncias acinzentadas, estendendo-se para longe dela, ao redor.

Mas esse núcleo de visibilidade também se expandiu. Em breve, havia atingido o lado oposto da cama. Em seguida, foi mais além, venceu o largo fosso do quarto, para além do seu fundo oculto. Havia alcançado as paredes, dos três lados, e por ora não podia ir além; as paredes a detiveram. Mas já não se tratava de uma limitação provocada por uma percepção deficiente, e sim um impedimento de caráter físico. Mesmo olhos sadios não eram capazes de enxergar através das paredes.

Era um quarto agradável. Um quarto infinitamente agradável. Não podia ser um efeito acidental, produzido por acaso. Era imediato demais, abrangente demais; todas as emoções que despertava eram corretas: de cor, de proporção, de acústica, de perfeita tranqüilidade e bem-estar, e acima de tudo de segurança e de um santuário pessoal, a sensação de pertencer, enfim, a algum lugar, de ter encontrado um refúgio, um porto, de estar a salvo. O máximo da competência e do conhecimento científicos, portanto, deve ter sido empenhado para alcançar esse efeito cumulativo, que a sua mente conseguia apenas classificar como agradável.

O efeito geral era de um cálido e brilhante matiz de marfim, não de uma brancura clínica, fria. Havia uma janela acima, à direita, com uma veneziana. Quando a veneziana estava aberta, o sol entrava num raio sólido como uma tora, como uma placa de ouro e cobre. E quando a veneziana estava baixada, os raios fragmentados se pulverizavam, formando uma luminosidade nebulosa, salpicada com ciscos dourados, cor de cobre, pespegados por toda a superfície da janela, como um halo. E ainda, em outros momentos, os raios juntavam com firmeza suas hastes e formavam um crepúsculo frio e azulado no quarto, e mesmo isso era doce, permitia que ela fechasse os olhos sem esforço e cochilasse.

Também havia sempre flores ali, à sua direita, perto da cabeceira da cama. A cor delas nunca se repetia em seguida. Deviam ser trocadas todos os dias. Elas se repetiam, mas não numa sucessão imediata. Amarelas hoje, no dia seguinte cor-de-rosa, no dia seguinte violeta e brancas, e então, no dia seguinte, amarelas de novo. Ela se acostumou a procurar pelas flores. Isso fazia com que desejasse abrir os olhos para ver de que cor seriam. O Rosto trazia as flores mais para perto, para Helen poder ver melhor, e depois as recolocava de volta no lugar.

As primeiras palavras que ela falava todos os dias eram:

— Deixem-me ver o meu menino.

Mas as palavras seguintes, que não demoravam muito, eram sempre:

— Deixem-me ver minhas flores.

E depois vieram as frutas. Não logo em seguida, mas um pouco mais tarde, quando ela voltou a ter apetite. Ficavam em outro lugar, não tão perto, no peitoril da janela. Em um cesto, com uma fita de cetim com lacinhos cobrindo sua alça. Nunca as mesmas frutas se repetiam, ou seja, nunca o mesmo arranjo ou a mesma proporção das várias espécies, e nunca o menor sinal de deterioração, assim ela sabia que eram frutas novas todos os dias. A fita de cetim também nunca se repetia e o cesto, presumivelmente, era outro a cada dia. Um novo cesto cheio de frutas todos os dias.

E se isso não significava para ela tanto quanto as flores é porque flores são flores, e frutas são frutas. Mas era bom olhar elas. Uvas azuis, verdes e púrpuras, com a luz do sol fulgurando nelas e conferindo-lhes o brilho de um vitral de catedral; peras com um rubor rosado quase semelhante às maçãs, em suas faces amareladas; pêssegos aveludados e amarelos; pequenas tangerinas vívidas, maçãs quase púrpuras em sua intensa sanguinolência apoplética.

Todos os dias, frutas aninhadas em papel de seda novo, crespo, verde-escuro.

Helen não imaginava que os hospitais fossem tão atenciosos. Não sabia que proporcionavam coisas assim para os pacientes; mesmo aqueles que tinham apenas dezessete centavos em suas carteiras — ou teriam, se possuíssem carteira — ao ser internados.

Helen às vezes pensava em sua vida, recordava, revia o pouco passado que possuía. Mas isso trazia sombras para o quarto, escurecia seus cantos claros, embaçava os raios de sol, grossos como vigas, que entravam através da janela; despertava nela a vontade de se agarrar com mais força às suas cobertas, puxá-las sobre os ombros, e assim Helen aprendeu a evitar o passado, não mais evocá-lo em seu pensamento.

Ela refletia: "Eu estava em um trem. Estava fechada em um banheiro com outra moça". Helen conseguia lembrar o resplendor metálico dos espelhos e das peças do banheiro. Podia ver o rosto da outra moça; três covinhas numa disposição triangular, uma em cada face e a outra no queixo. Se fizesse força, até sentia de novo o abalo e a vibração, a leve instabilidade sob os pés. Mas isso a deixava levemente enjoada, pois sabia o que viria a seguir, em poucos segundos. Sabia agora, mas não soubera então. Nesse ponto, Helen interrompia a imagem como se acionasse um interruptor de luz, com afobação, para evitar aquilo que com certeza viria a seguir.

Recordou Nova York. Recordou a porta que não abriu. Recordou a tira de bilhetes de trem, só de ida, caindo do envelope. Era aí que as sombras de fato se formavam à sua volta, espessas e pesadas. Quando a temperatura do quarto de fato baixava. Quando ela recuava para um tempo anterior à viagem de trem, a fim de recordar Nova York, na outra extremidade dos trilhos.

Helen fechou os olhos depressa, virou a cabeça para o lado sobre o travesseiro e rechaçou o passado.

O presente era muito mais ameno. E Helen podia tê-lo com muita facilidade, a qualquer momento do dia. Sem o menor esforço. Ficar no presente, deixar o presente permanecer. O presente era seguro. Não se desviar dele — em nenhuma direção, nem para a frente, nem para trás. Porque fora dele só havia trevas, em toda a parte, e não se sabia o que se encontraria lá. Fique bem firme; apóie-se bem firme, no lugar onde está.

Helen abriu os olhos e se reanimou. O sol entrando, quente, espesso e forte o bastante para sugerir o peso de um escorregador, do peitoril da janela até o soalho. A explosão colorida das flores, a cesta de frutas adornada com uma fita. O silêncio tranqüilizador em volta. Em breve, trariam a pequena criatura e a deixariam aninhada junto a ela, e Helen experimentaria aquela felicidade que era uma coisa nova, em torno da qual tinha vontade de cingir os braços para nunca mais soltar.

Deixe o presente seguir. Deixe o presente durar. Não pergunte nada, não procure saber, não indague, não discuta com o presente. Agarre-se a ele com todas as suas forças.

7

E na verdade foram as flores que, num ato de sabotagem, puseram um fim ao presente.

Certo dia, Helen quis uma das flores. Quis separar uma flor das demais, segurá-la na mão, sentir sua doçura bem embaixo do nariz; não bastava mais desfrutar de seu encanto visual, olhar para elas em abstrato, em grupo.

Dessa vez, elas foram trazidas mais para perto. E agora Helen também podia se mover com mais liberdade. Estava deitada de lado, em silêncio, admirando as flores havia algum tempo, quando o impulso se formou.

Havia uma flor pequena, inclinada para baixo, arqueada na sua direção, e Helen pensou em apanhá-la. Virou mais o corpo de forma que ficou totalmente de lado e esticou o braço para pegar a flor.

Sua mão aproximou-se da haste e a flor tremeu delicadamente com a pressão. Helen sabia que não seria capaz de partir a haste apenas com uma das mãos e, na verdade, não queria mesmo fazer isso; não queria ferir a flor, apenas tomá-la emprestada por um tempo. Assim, começou a puxá-la verticalmente do vaso e, como a flor se vingasse e a haste desse a impressão de que nunca ia terminar, sua mão foi impelida para cima e depois para baixo, por trás da sua cabeça.

A mão chocou-se com o encosto da cama, aquela parte que se achava tão perto que Helen nunca poderia ver sem dar uma volta completa com a cabeça, e algo ali sacudiu e tremeu um pouco, como se ameaçasse soltar-se e despencar.

Helen deu uma volta completa com a cabeça e até recuou um pouco, meio sentada, uma posição que nunca tentara antes, a fim de focalizar a visão.

Era uma armação de metal muito leve, um retângulo, enganchado numa barra acima da cama, com os três outros lados soltos. Dentro dele, um fundo de papel liso, com letras escritas com muito capricho, mas que só perderam a aparência de um borrão e se tornaram claras depois que cessou o balanço provocado pelo choque do seu braço.

Estivera a poucos centímetros da sua cabeça, logo acima dela, por todo o tempo, mas até agora Helen não a tinha percebido.

Sua ficha.

Observou-a com atenção.

De súbito, o presente e toda a sua segurança explodiram em fragmentos, e a flor soltou-se da sua mão e tombou no chão.

Havia três linhas no alto, em clara simetria. Apenas a primeira parte de cada linha vinha impressa; o restante estava batido à máquina.

Estava escrito, no alto: "Seção...".

E depois: "Maternidade".

Embaixo: "Quarto...".

E depois: "25".

Embaixo indicava: "Nome do paciente...".

E então vinha: "Hazzard, Patrice (sra.)".

8

A enfermeira abriu a porta e seu rosto se modificou. O sorriso apagou-se. Dava para detectar a mudança em seu rosto mesmo olhando dali, mesmo antes de ela chegar perto da cama.

A enfermeira se aproximou e tirou a temperatura da paciente. Em seguida, arrumou a ficha.

Nenhuma das duas disse nada.

Havia medo no quarto. Havia sombra no quarto. O presente não estava mais no quarto. O futuro viera tomar o seu lugar. Trazendo o medo, a sombra, trazendo a estranheza; pior até do que aquilo que o passado poderia ter trazido.

A enfermeira segurou o termômetro sob a luz e o esquadrinhou. Em seguida, suas sobrancelhas se curvaram. Baixou o termômetro.

Ela interrogou-a com cautela, como se tivesse medido seu tom de voz e seu ritmo antes de se permitir fazer a pergunta:

— O que aconteceu? Alguma coisa perturbou você? Sua temperatura subiu um pouco.

A moça no leito respondeu com outra pergunta. Assustada, tensa:

— O que isto está fazendo na minha cama? Por que está aqui?

— Todos os que estão doentes precisam de uma ficha como essa — explicou a enfermeira, acalmando a paciente. — Não é nada demais, apenas...

— Mas olhe... o nome. Está escrito...

— A visão do seu próprio nome a assustou? Você não devia olhar para ele. Na verdade, não era para você ver o seu nome ali. Shh, agora não fale mais nada.

— Mas há uma coisa que eu... Mas você precisa me explicar, eu não entendo...

A enfermeira tomou o seu pulso.

E, enquanto ela o fazia, a paciente se viu de repente olhando para a própria mão, gelada e dominada pelo horror. Para o pequeno círculo com diamantes, em torno do seu dedo anular. Para a aliança. Como se nunca antes a tivesse visto, como se quisesse saber o que ela fazia ali no seu dedo.

A enfermeira percebeu que a paciente tentava tirar a aliança, com pequenos puxões nervosos. Estava difícil tirar o anel.

O rosto da enfermeira se alterou.

— Espere um pouquinho, vou voltar num instante — disse ela, preocupada.

Trouxe consigo o médico. Os murmúrios da paciente cessaram quando eles atravessaram a soleira da porta.

O médico aproximou-se do leito, pôs a mão na testa da paciente.

Fez um aceno com a cabeça para a enfermeira e disse:

— Um pouquinho.

E depois:

— Beba isto.

Tinha um gosto salgado.

Puseram a mão dela embaixo das cobertas, fora de vista. A mão com a aliança.

Afastaram o copo dos seus lábios. A paciente não queria mais fazer perguntas. Ou melhor, queria, mas só mais tarde, não agora. Havia algo de que eles precisavam ser informados. Um minuto antes, ela sabia o que era, mas agora havia escapado de novo.

Suspirou. Em outro momento, não agora. Não queria fazer nada agora, senão dormir.

Virou o rosto para o travesseiro e adormeceu.

9

Voltou logo, mais uma vez. A primeira coisa. Com o primeiro olhar na direção das flores, o primeiro olhar na direção das frutas, assim que as pálpebras se abriram e o quarto adquiriu vida. Aquilo voltou, mais uma vez.

Algo lhe disse: pise de leve, fale devagar. Tome cuidado, tome cuidado. Ela não sabia o que, nem por que, mas sabia que devia ser tratado com cautela.

A enfermeira lhe disse:

— Beba o seu suco de laranja.

A enfermeira lhe disse:

— Pode pôr um pouco de café no leite, a partir de hoje. A cada dia, um pouquinho mais. Não é uma boa novidade?

Pise de leve, fale com cuidado. Ela disse:

— O que houve com...?

Tomou outro gole do leite bege. Pise com prudência, fale devagar.

— Com quem? — enfim, a enfermeira completou para ela.

Ah, cuidado, agora.

— Havia outra moça no toalete comigo. Ela está bem? — Tomou outro gole de leite para pontuar sua fala. Segure o copo com firmeza, agora; está bem, assim. Não o deixe tremer. Ponha de volta na bandeja, devagar e firme; assim.

A enfermeira balançou a cabeça de forma reticente. E disse:

— Não.

— Ela morreu?

A enfermeira não respondeu. Ela também pisava de leve. Ela também tateava o chão, ela também não ia sair correndo. Perguntou:

— Você a conhecia bem?

— Não.

— Você só a conheceu no trem?

— Só no trem.

Agora a enfermeira havia calçado o caminho. Podia avançar em segurança. Ela meneou a cabeça. Estava respondendo a pergunta, duas frases antes, por uma ação retardada.

— Ela se foi — explicou, com voz serena.

A enfermeira observou seu rosto com atenção. O calçamento agüentou; o piso não cedeu nem um pouco.

A enfermeira arriscou mais um passo.

— Não há outra pessoa a respeito de quem você gostaria de perguntar?

— O que aconteceu com...?

A enfermeira retirou a bandeja, como se limpasse o terreno para uma crise.

— Com *ele*?

Eram essas as palavras. Elas as adotou.

— O que aconteceu com ele?

A enfermeira respondeu:

— Só um momento. — Foi até a porta, abriu, e acenou para uma pessoa fora da vista da paciente.

O médico entrou, acompanhado de outra enfermeira. Ficaram de pé, esperando, preparados para enfrentar uma emergência.

A primeira enfermeira disse:

— Temperatura normal. — Continuou: — Pulso normal.

A segunda enfermeira misturava alguma coisa em um copo.

A primeira enfermeira, a sua, ficou de pé ao lado da cama. Tomou a mão da paciente e segurou-a com força. Apenas segurou-a, com uma pressão firme e inflexível.

O médico fez que sim com a cabeça.

A primeira enfermeira umedeceu os lábios e falou:

— O seu marido também não pôde ser salvo, senhora Hazzard.

Ela chegou a sentir seu rosto pálido com o choque. A pele repuxou, como se estivesse apertada no rosto.

Ela disse:

— Não, por favor, deixem que eu explique a vocês!

A segunda enfermeira estava segurando alguma coisa junto aos seus lábios. A primeira segurava sua mão, firme e afetuosamente, como se quisesse dizer: "Estou aqui. Não tenha medo, estou aqui". A mão na sua testa era fria mas competente. Pesada, mas não em demasia; apenas bastante persuasiva para manter sua cabeça imóvel.

— Por favor... — disse ela, desalentada.

Nada mais falou depois disso. Nem eles.

Por fim, entreouviu o médico murmurar, como se pusesse um ponto final:

— Ela suportou muito bem.

10

Aquilo voltou, mais uma vez. Como poderia ser de outro modo, agora? Não se pode dormir o tempo todo, apenas períodos curtos. E, assim, aquilo voltou: pise de leve, fale com cuidado.

O nome da enfermeira era srta. Allmeyer, aquela que ela conhecia melhor.

— Senhorita Allmeyer, o hospital dá flores como essas a todos os pacientes, todos os dias?

— Gostaríamos de dar, mas não podemos. Cada arranjo de flores custa cinco dólares. São só para você.

— É o hospital que fornece essas frutas todos os dias?

A enfermeira sorriu com doçura.

— Também gostaríamos de fazer isso. Quem dera pudéssemos. Essas frutas custam dez dólares a cesta. São uma encomenda permanente, feita só para você.

— Ora, mas quem...? — Fale de leve.

A enfermeira sorriu, de modo cativante:

— Não adivinha, meu anjo? Não deve ser muito difícil.

— Há uma coisa que preciso contar. Algo que você precisa saber. — Virou a cabeça irrequieta sobre o travesseiro, primeiro para um lado, depois para o outro, em seguida de volta para lado oposto.

— Escute, meu anjo, será que vamos ter um dia ruim? Pensei que íamos ter um dia muito bom.

— Você pode encontrar uma coisa para mim?

— Posso tentar.

— A maleta; a maleta que estava no toalete do trem, comigo. Quanto dinheiro havia nela?

— A *sua* maleta?

— A maleta. A que estava lá, quando eu estava no toalete.

A enfermeira voltou mais tarde e disse:

— Está a salvo; estão guardando para você. Tinha uns cinqüenta dólares.

Não pertencia a ela, era da outra.

— Havia duas.

— Há outra — admitiu a enfermeira. — Agora já não pertence a mais ninguém. — Baixou os olhos, condoída. — Havia nela apenas dezessete centavos. Duas moedas de um centavo, uma de cinco centavos e uma moeda de prata de dez centavos.

— Poderia me trazer os dezessete centavos? Eu poderia pelo menos olhar para eles? Poderia ter as moedas aqui do lado da minha cama?

A enfermeira disse:

— Não sei se é bom para você, preocupar-se dessa forma. Vou ver o que dizem.

No entanto, ela trouxe as moedas dentro de um pequeno envelope.

Ela estava sozinha com o dinheiro. Despejou as quatro moedinhas do envelope na palma da mão. Fechou os dedos sobre elas, com força, prendeu-as assim, com vigor, no laço de um dilema.

Cinqüenta dólares, simbolicamente. Símbolo de uma indeterminada quantidade de dinheiro.

Dezessete centavos, literalmente. Símbolo de nada, pois não havia mais coisa alguma. Dezessete centavos e mais nada.

A enfermeira voltou e sorriu para ela.

— E então, o que era aquilo que você queria me contar?

Ela devolveu o sorriso, abatida.

— Isso pode esperar mais um pouco. Vou contar em outra hora. Talvez amanhã, ou depois. Não... não hoje.

11

Havia uma carta na bandeja do café da manhã.

A enfermeira disse:

— Está vendo? Agora você está começando a receber cartas, como as pessoas sadias.

A carta estava voltada para ela, encostada no copo de leite. No envelope, vinha escrito:

Sra. Patrice Hazzard

Ela ficou assustada. Não conseguia tirar os olhos do envelope. O copo de suco de laranja tremeu na sua mão. As letras do envelope pareceram crescer, crescer, crescer.

SRA. PATRICE HAZZARD

— Abra — a enfermeira encorajou-a. — Não fique só olhando desse jeito. O envelope não vai morder.

Ela tentou abrir duas vezes, e por duas vezes o envelope caiu da sua mão. Da terceira vez, conseguiu rasgar um dos seus lados em toda a extensão.

"Querida Patrice:

Embora nunca nos tenhamos visto, querida, agora você é nossa filha. Você é a herança que Hugh nos deixou. É tudo o que temos, agora, você e o pequenino. Não posso ir até aí, onde você está: ordens médicas. O choque foi demais para mim e o médico me proibiu de viajar. Assim, você terá de vir até nós. Venha logo, querida. Venha para casa, para nós, nossa solidão e desamparo. Assim será mais fácil suportarmos. Não vai mais demorar muito tempo, querida. Mantivemos contato constante com o dr. Brett, e ele envia notícias muito animadoras do seu progresso..."

O resto não era tão importante; deixou a carta se desvanecer diante dos olhos.

Era como se rodas de trem atravessassem sua cabeça.

Embora nunca nos tenhamos visto.

Embora nunca nos tenhamos visto.

Embora nunca nos tenhamos visto.

Depois de certo tempo, a enfermeira retirou a carta dos seus dedos desatentos e colocou-a de volta no envelope. Ela observava a enfermeira com temor, enquanto esta se deslocava pelo quarto.

— Se eu não fosse a senhora Hazzard, poderia ficar neste quarto?

A enfermeira riu, divertida.

— Poríamos você para fora. Despejaríamos você em uma das enfermarias — respondeu, chegando perto da paciente, num tom jocoso de ameaça.

A enfermeira falou:

— Tome aqui, segure o seu filho.

Ela o segurou com força, com um sentimento de proteção feroz, quase convulsivo.

Dezessete centavos. Dezessete centavos duram tão pouco, adiantam tão pouco.

A enfermeira sentia-se bem-humorada. Tentou prolongar a brincadeira de um momento atrás.

— Por quê? Está tentando me dizer que você não é a senhora Hazzard? — perguntou, em tom de pilhéria.

Ela segurou o bebê com força, em uma proximidade protetora.

Dezessete centavos, dezessete centavos.

— Não — disse ela, com uma voz abafada, enterrando o rosto de encontro ao bebê. — Não estou tentando dizer isso. Não estou, não.

12

Sentada próximo à janela, sob a luz do sol, ela vestia um penhoar. Era acolchoado, de seda azul. Ela o usava todos os dias, quando levantava da cama. No bolso da frente, trazia um monograma bordado em seda branca; as letras PH entrelaçadas. Calçava um par de chinelos da mesma cor.

Estava lendo um livro. Na folha em branco que abre o volume, embora ela já estivesse bem adiantada na leitura, vinha escrito: "Para Patrice, com amor, da sra. H". Havia uma fileira de outros livros na estante ao lado da cama. Dez ou doze; livros com sobrecapas vistosas, turquesa, magenta, vermelho vivo, azul-cobalto, e todos com um conteúdo estimulante, ameno. Nas capas, não havia uma única sugestão sombria.

Havia um punhado de cascas de laranja e dois ou três caroços em um prato, em uma mesinha baixa, ao lado da sua poltrona. Havia um cigarro ardendo em outro prato, menor, ao lado daquele. Era um cigarro feito por encomenda, tinha ponta de palha e as iniciais PH ainda não haviam sido consumidas pela brasa.

A luz do sol, jorrando por trás e por cima dela, tornava seu cabelo vaporosamente translúcido, quase como uma espuma dourada em volta da cabeça. Encobria seu rosto, devido à inclinação do encosto da cadeira, e, formando um poço dourado, vinha bater sobre o peito de um pé nu, estirado para a frente, no qual ia pousar como um beijo cálido, luminoso.

Soou uma leve batida na porta e o médico entrou.

Puxou uma cadeira e sentou-se diante dela, colocando o encosto virado para a frente, como um sinal a mais de informalidade cordial.

— Soube que você vai nos deixar em breve.

O livro caiu e o médico teve de pegá-lo para ela. Entregou-o, mas, quando ela se mostrou incapaz de apanhar o livro, ele o colocou na estante.

— Não fique tão assustada. Tudo está arranjado...

Ela sentia certa dificuldade para respirar.

— Onde...? Para onde?

— Ora, para casa, é claro.

Ela pôs a mão no cabelo e alisou-o um pouco, mas em seguida ele voltou a se desarrumar, vaporoso como antes, sob o sol.

— Aqui estão suas passagens. — Ele tirou o envelope do bolso, tentou entregar a ela. As mãos da paciente recuaram um pouco para a parte de trás da cadeira, cada uma de um lado. O médico, por fim, colocou o envelope entre as páginas do livro ao seu lado, com a ponta para fora, como um marcador.

Os olhos dela estavam bem abertos. Maiores do que pareciam antes de o médico entrar no quarto.

— Quando? — indagou ela, com um sopro de voz, quase inaudível.

— Quarta-feira, no trem da tarde.

De repente, o pânico a devorou, como uma chama arrepiante, frígida, enregelante.

— Não, não posso! Não! Doutor, o senhor precisa me escutar...! — Ela tentou agarrar a mão do médico e segurar-se nela.

O médico falou de modo brincalhão, como se ela fosse uma criança.

— Ora, ora, o que é isso? Afinal, o que é isso tudo, hem?

— Não, doutor, não...! — Ela balançava a cabeça com insistência.

O médico estreitou a mão dela entre as suas, e segurou-a assim, de forma consoladora.

— Eu compreendo — disse ele, tranqüilizador. — Ainda estamos um pouco abalados, ainda não nos habituamos às coisas como são... Sentimos certo acanhamento em deixar um ambiente que nos é familiar e mudar para um que nos é estranho. Todos nós sentimos isso; é uma típica reação nervosa. Muito bem, você logo vai superar isto.

— Mas eu não posso *fazer* isso, doutor — sussurrou, desesperada. — Não posso.

O médico deu um toque de leve sob o queixo da paciente, para encorajá-la.

— Vamos colocar você no trem e tudo o que terá que fazer é viajar. Sua família estará à sua espera no final para ajudá-la a desembarcar.

— Minha família.

— Não faça essa cara — o médico a estimulava, com um ar engraçado.

Ele olhou para o berço.

— E como vai nosso jovem, aqui?

O médico aproximou-se do berço e ergueu a criança nas mãos; trouxe o menino para ela e o colocou nos seus braços.

— Você quer levá-lo para casa, não quer? Não quer que ele cresça num hospital, quer? — Riu para ela, com ar zombeteiro. — Quer que o menino tenha um lar, não é mesmo?

Ela estreitou o bebê junto ao seu corpo, baixou a cabeça para olhá-lo.

— Sim — disse ela, enfim, submissa. — Sim, quero que ele tenha um lar.

13

Um trem, de novo. Mas como era diferente, agora. Nada de corredores lotados, nada de gente se empurrando, nada de pessoas esbarrando umas nas outras e pondo à prova a paciência. Um compartimento, uma cabine só para ela. Uma mesinha articulada, que podia baixar e levantar. Um armário com um espelho de porta inteira, como em qualquer quarto em terra firme. Na prateleira, as bonitas malas enfileiradas em um nicho, novas em folha, usadas pela primeira vez, com um acabamento lustroso e bem visível, os metais brilhando, as iniciais PH estampadas em vermelho vivo, como um ornamento, nos cantos arredondados. Uma pequena luminária com quebra-luz para permitir a leitura, quando ficasse escuro lá fora. Flores em um vaso, flores de despedida — não, flores de boas-vindas — entregues a ela por encomenda, na hora da partida; uma caixa de frutas cristalizadas; uma ou duas revistas.

E do lado de fora das duas janelas, que formavam quase que um único painel, de uma parede à outra, árvores passavam velejando suavemente, e iam ficando para trás em linha reta, cobertas de manchas de sol; de um lado, verde-escuras e, do outro, levemente esverdeadas, como maçãs ácidas. Nuvens navegavam em sossego, um pouco mais devagar do que as árvores, como se as duas coisas operassem separadamente, embora quase sincronizadas, como correias de transmissão de um movimento contínuo. Campos e prados, e as pequenas ondulações formadas pelas colinas, ao longe, de vez em quando. Subindo um pouco, descendo de novo. A linha ondulada do futuro.

E no assento diante dela, e muito mais importante do que todo o resto, agasalhado em uma manta azul, o rostinho parado, os olhinhos fechados — algo para cuidar, algo para amar. Tudo o que havia para amar neste mundo. Tudo o que havia neste mundo para continuar a viver, para continuar a seguir aquela linha ondulada lá fora.

Sim, como era diferente agora. E... como a primeira vez fora infinitamente preferível a essa. Dessa vez, o medo viajava com ela.

Antes, não havia medo. Não havia lugar para sentar, não havia o que comer, só havia dezessete centavos. E mais à frente, imprevisível, aproximando-se cada vez mais à medida que os quilômetros passavam, havia então a calamidade, o horror, o bater de asas da morte.

Mas não havia o medo. Não havia esse tormento por dentro. Não havia essa torção e essa contorção, esse repuxar de um lado para o outro. Havia a serenidade, a certeza de estar seguindo a direção certa, a única direção que havia para seguir.

As rodas trepidavam tagarelando, como sempre fazem nos trens em velocidade. Mas dessa vez diziam, apenas para ela:

É melhor voltar, é melhor voltar.
Placatá, placatá, placatá.
Pare enquanto pode, ainda pode voltar.

Uma parte bem pequena dela se moveu, sua menor parte se moveu. O polegar desdobrou-se e seus quatro dedos se abriram devagar, e o nó branco e tenso que os dedos formavam havia horas se dissolveu. Ali, no centro deles, expostas agora...

Uma moeda com a efígie de um índio.

Uma moeda com a efígie de Lincoln.

Uma moeda com a imagem de um búfalo.

Uma moeda com a efígie da Estátua da Liberdade.

Dezessete centavos. A essa altura, ela sabia de cor até as datas das moedas.

Placatá, placatá, placatá
Pare e volte já,
Você ainda tem tempo,
Pare, é melhor voltar.

Lentamente, os dedos se dobraram e se fecharam de novo, o polegar curvou-se por cima e manteve o punho cerrado.

Em seguida, ela ergueu a mão fechada e, absorta, levou-a de encontro à testa, e por certo tempo a manteve apoiada no mesmo ponto que havia tocado.

De repente, levantou-se e puxou com força uma das malas, girou-a de forma que seu lado posterior ficasse voltado para a frente. A inscrição PH desapareceu. Em seguida, fez o mesmo com a mala de baixo. O segundo PH desapareceu.

O medo não desapareceria. Não estava apenas estampado em um dos cantos dela, estava em toda a sua pessoa.

Bateram de leve na porta e ela respondeu de forma tão abrupta como se tivesse ouvido um estrondo.

— Quem está aí? — perguntou, sufocada.

A voz do carregador anunciou:

— Cinco minutos para Caulfield.

Ela saltou da poltrona e correu para a porta, abriu-a com um puxão. O homem já seguira adiante pelo corredor.

— Não, espere. Não pode ser...

— É sim, pode crer que é, madame.

— Mas foi tão depressa. Não imaginei...

Ele sorriu com benevolência.

— Caulfield sempre foi entre Clarendon e Hastings. É aqui que fica mesmo. E Clarendon já passou, e Hastings vai chegar ainda, logo depois. Nunca mudou a ordem desde que comecei a trabalhar nesta estrada de ferro, madame.

Helen fechou a porta, virou-se e recostou-se nela, como se tentasse impedir uma intrusão catastrófica.

Tarde demais para voltar,
Tarde demais para voltar...

"Ainda posso passar direto, sem descer, posso passar direto sem desembarcar do trem", pensou. Correu para as janelas, espiou para fora e para a frente, em um ângulo agudo, como se a visão daquilo que estava para vir pudesse, por si só, resolver de algum modo suas dificuldades.

Nada ainda. Vinha chegando muito gradualmente. Uma casa, sozinha. Depois outra casa, ainda sozinha. A seguir, uma terceira. Mais numerosas, agora.

"Passe direto, não saia do trem. Não podem obrigar você a fazer isso. Ninguém pode. Faça isso, é a última coisa que ainda dá tempo de fazer."

Ela correu de volta para a porta e girou depressa o pequeno ferrolho abaixo da maçaneta, trancando a cabine por dentro.

As casas chegavam em maior profusão, mas também vinham mais devagar. Já não passavam correndo, vagavam sem pressa. O prédio de uma escola deslizou à deriva; mesmo de longe, já dava para saber o que era. Sem manchas, moderno, o aspecto de um prédio novo em folha, sua funcionalidade de concreto refulgindo, em todos os detalhes, sob o sol; vidros em abundância. Ela podia até distinguir pequenos balanços se movendo no pátio ao lado da escola. Voltou os olhos para o lado de dentro da cabine, na direção do pequeno fardo envolto em uma manta sobre a poltrona. Aquele era o tipo de escola de que ela gostaria...

Ela não falou, mas sua própria voz soou alta em seu ouvido. “Ajude-me, alguém me ajude; não sei o que fazer!”

As rodas do trem foram parando, como se lhes faltasse lubrificação. Ou como um disco que vai parando de girar na vitrola.

Pla-ca-tá, pla-ca-tá,
Pla-a-ca-a-tá, pla-a-ca-a-tá.

Cada volta parecia ser a última.

De repente, surgiu um comprido telheiro, bem próximo às janelas, correndo paralelo ao trem, e depois uma tabuleta branca suspensa começou a passar, letra por letra, de trás para a frente.

D-L-E-I-

Chegou ao F e parou. Não ia se mover mais. Ela estava a ponto de gritar. O trem havia parado.

Soou uma batida na porta, às suas costas, e a vibração do som pareceu atravessar o seu peito.

— Caulfield, madame.

Em seguida, alguém tentou virar a maçaneta.

— Quer que ajude a senhora com a bagagem?

Seu punho cerrado cingiu-se com força em torno dos dezessete centavos, até que os nós dos dedos ficaram esbranquiçados e lívidos com a pressão.

Ela correu para a poltrona, pegou a manta azul e o seu conteúdo.

Havia gente lá fora, do outro lado da janela. Suas cabeças estavam mais baixas, mas ela podia vê-los, e eles também podiam vê-la. Havia uma mulher olhando direto para ela.

Seus olhos se encontraram; cravaram-se um no outro, fitaram-se com firmeza. Ela não podia virar a cabeça, não podia recuar mais fundo no compartimento do trem. Era como se aqueles olhos a pregassem com rebites no lugar onde ela se achava de pé.

A mulher apontou para ela. Gritou exultante para alguém que não dava para ver.

— Lá está ela! Eu a encontrei! Aqui, neste vagão aqui!

Levantava a mão e acenava. Acenava para a cabecinha sonolenta, de olhos pestanejantes, que, agasalhada na manta azul, olhava séria para fora, pela janela. A mulher fez os dedos adejarem naquela ondulação peculiar com que acenamos para os bebês muito pequenos.

Não se podia descrever o olhar no seu rosto. Era como se a vida tivesse recomeçado, após uma interrupção, um hiato. Como se, no fim, o sol tivesse despontado uma vez mais, no final de um desolador dia de inverno.

A moça com o bebê baixou sua cabeça bem junto da cabeça do menino, quase como se o impedisse de olhar pela janela. Ou como se estivessem cochichando, trocando confidências em segredo, excluindo todos os demais de seus assuntos.

E, de fato, ela estava.

— É por você — sussurrou. — Por você. E que Deus me perdoe.

Em seguida, levou-o até a porta e girou o ferrolho a fim de dar passagem para o carregador importuno.

14

Às vezes, existem linhas divisórias que atravessam a vida. Incisivas, quase reais, como o golpe negro de um pincel, ou a ferida branca de um risco de giz. Às vezes, mas não sempre.

Para ela, essa linha existia. Ficava em algum ponto do corredor do vagão, naqueles poucos metros entre a cabine e a escada da saída, ali onde, por alguns momentos, ela esteve fora da vista das pessoas à espera, na plataforma. Uma moça deixou a janela. Outra moça desceu a escadinha. Um mundo terminou, e outro teve início.

Ela não era a moça que estivera segurando o bebê na cabine até pouco antes.

Patrice Hazzard desceu a escadinha do vagão.

Assustada, trêmula, com o rosto muito branco, mas era Patrice Hazzard.

Ela estava ciente do que se passava, mas apenas de forma indireta; só tinha olhos para olhos que a fitassem a uma distância de poucos centímetros. Todo o resto era pano de fundo. Atrás dela, o trem deslizou devagar. Levando, junto com centenas de passageiros, totalmente desconhecido, no interior de uma cabine vazia, um fantasma. Dois fantasmas, um grande e outro bem pequeno.

Para sempre sem lar, agora; nunca mais seriam recuperados.

Os olhos castanhos aproximaram-se ainda mais dos seus. Eram gentis; sorriam nos cantos; eram delicados, ternos. Machucavam um pouco. *Tinham confiança nela.*

A mulher, dona dos olhos, teria uns cinqüenta anos. Seu cabelo estava ficando levemente grisalho, e só na camada de baixo o processo fora retardado. Era da mesma altura de Patrice, e igualmente magra; e não deveria ser assim, pois não se tratava de uma magreza decorrente de um esforço para manter a elegância: algo em suas roupas revelava que aquela característica era recente, adquirida apenas nos últimos meses.

Mas mesmo esses detalhes a respeito daquela mulher faziam parte do pano de fundo, e o homem da mesma idade que ela, de pé, logo atrás do seu ombro, também era parte do pano de fundo. Apenas o rosto da mulher era o imediato, e, no seu rosto, os olhos, tão perto, agora. Exprimindo tanta coisa, sem dizer uma palavra.

Ela pôs as mãos, de leve, nas faces de Patrice, uma de cada lado, emoldurando o rosto entre as mãos, em uma espécie de cumprimento honroso ou bênção.

Em seguida, beijou-a nos lábios, em silêncio, e no beijo havia uma existência inteira, a moça pôde sentir. A vida de um homem. Os numerosos anos necessários para criar um homem, ao longo da infância, da adolescência, até o filho se tornar um adulto. No beijo, havia o amargor da perda, a perda de tudo, de um só golpe. O fim temporário de toda esperança, e semanas de um sofrimento cruel. Mas depois veio uma reparação da perda, a descoberta de uma filha, o recomeço de tudo com um outro filho, mais novo, menor. Não: com o mesmo filho; o mesmo sangue, a mesma carne. Apenas voltando atrás e recomeçando do início, com uma dedicação mais doce e mais triste, desta vez, de sobreaviso pela perda. E havia o desabrochar da esperança renovada.

Havia tudo isso nos olhos da mulher. E tudo isso era dito por eles, era sentido neles; e sua intenção era que tudo isso fosse de fato sentido em seus olhos; foi com esse propósito que ela colocou tudo isso nos olhos.

Não foi um beijo comum sob o telheiro de uma estação ferroviária; foi o sacramento de uma adoção.

Em seguida, ela beijou a criança. E sorriu, como se faz diante do próprio filho. E uma gotinha de cristal, que não se achava ali antes, agora era vista na sua pequena face rosada.

O homem se adiantou e beijou-a na testa.

— Sou o pai, Patrice.

Ele se inclinou para a frente, se aprumou de novo.

— Vou levar suas coisas para o carro — disse, um pouco contente por poder escapar de uma situação emotiva, como os homens sabem fazer.

A mulher não dissera uma única palavra. Por todo o tempo em que esteve de pé, diante de Patrice, nenhuma palavra passou por seus lábios. Viu, talvez, a palidez em seu rosto; pôde ler o retraimento, a incerteza, em seus olhos.

Colocou os braços em torno de Patrice e então abraçou-a em um cumprimento mais afetuoso, mais comum, mais cotidiano do que aquele que ocorrera pouco antes. Puxou a cabeça da moça para junto do seu próprio ombro e a reteve ali por um momento. Ao fazê-lo, falou pela primeira vez, baixinho no ouvido dela, para lhe dar coragem, para lhe dar paz.

— Você está em casa, Patrice. Bem-vinda ao lar, querida.

E nessas poucas palavras, ditas de modo tão simples, com intenção tão inabalável, Patrice Hazzard soube que havia descoberto, afinal, todo o bem que existe ou que pode existir neste mundo.

15

E então era isso que significava estar em casa; estar na sua própria casa, no seu próprio quarto.

Ela usava outro vestido, agora, pronta para descer para a sala de jantar. Sentou-se ali, em uma *bergère*, esperando, muito reta, parecendo um pouco miúda no encosto amplo da poltrona. Suas costas estavam eretas, bem coladas na poltrona, suas pernas dobravam-se rumo ao chão muito retas e meticulosamente juntas uma da outra. A mão repousava na grade do berço, o berço que haviam comprado para o bebê e que ela já havia encontrado ali, à sua espera, quando entrou no quarto pela primeira vez. O bebê estava no berço, agora. Até nisso haviam pensado.

Deixaram-na sozinha; ela teria de ficar sozinha para saborear a situação de forma mais plena, como estava fazendo. Ainda sorvendo o ambiente, horas depois; desfrutando, inalando sua essência; não havia palavra alguma para o que ele lhe proporcionava. Horas depois; e sua cabeça, de vez em quando, ainda viraria para um lado e para outro, num gesto lento, amplo, admirado, abrangendo no olhar as quatro paredes do aposento. E mesmo acima dela, sem esquecer o teto. Um teto sobre sua cabeça. Um teto para proteger da chuva, do frio e do abandono... Não era como o teto anônimo de uma residência alugada; o teto de um lar. Protegendo, abrigando, guardando, tomando conta da gente.

E, em algum ponto no andar de baixo, levemente perceptível aos seus ouvidos aguçados, o alvoroço tranqüilizador dos preparativos da refeição noturna. Trazido até ela em débeis rumores ocasionais, pelo abrir e fechar de uma porta. Passadas atravessando com pressa um trecho do assoalho sem tapete, e depois retornando. Volta e meia, o estalar abafado de louça ou porcelana. Uma vez, até a voz da criada negra ressoou por um instante, com a nitidez de uma trompa de caça.

— Não, ainda não está pronto, senhora Hazzard. Preciso de mais cinco minutos.

E o protesto e a repreensão risonha que se seguiu, também audível, por um milagre:

— Shh, tia Josie. Temos um bebê em casa, agora; ele pode estar dormindo.

Agora, alguém vinha subindo a escada. Vinha subindo a escada para chamá-la. Ela se encolheu um pouco na poltrona. Agora, ela estava um pouco assustada, um pouco nervosa, de novo. Agora, não havia mais como escapar do momento de confrontação, como ocorrera na estação de trem. Agora, vinha a verdadeira reunião, a verdadeira incorporação, a verdadeira inclusão no ambiente da família. Agora era o verdadeiro teste.

— Patrice, querida. A ceia está pronta, quando você quiser descer.

Quando estamos em casa, em nossa própria casa, há uma *ceia* servida para nós. Quando vamos a um lugar público ou à casa de outra pessoa, podemos *jantar*. Mas à noite, em nossa própria casa, nos servem uma *ceia*, e nunca outra coisa. O seu coração exultou de alegria, como se aquela palavra insignificante fosse um talismã. Lembrou-se de quando era menina, daqueles poucos anos que terminaram tão depressa... O chamado para a *ceia*, apenas *ceia*, e nunca outra coisa.

Ergueu-se de um salto da poltrona, correu e abriu a porta.

— Será que devo... Será que devo levá-lo para baixo comigo, ou deixo o bebê aqui no berço até eu voltar? —

perguntou, em parte ansiosa, em parte insegura. — Já lhe dei de mamar às cinco, sabe.

A sra. Hazzard inclinou a cabeça, de forma persuasiva.

— Ah, por que você não o traz para baixo só esta noite? É a primeira noite. Não se apresse, querida, fique à vontade.

Quando ela saiu do quarto segurando o bebê nos braços, momentos depois, deteve-se um instante, tocou a beirada da porta com a ponta dos dedos, hesitante. Não na maçaneta, mas na superfície lisa onde não havia maçaneta alguma.

Tome conta do meu quarto para mim, sussurrou de forma inaudível. Vou voltar logo. Tome conta dele. Não deixe ninguém entrar. Pode fazer isso?

Ela desceria essa mesma escada muitas centenas de vezes, no futuro, e sabia disso, quando começou a descer os degraus. Desceria ligeiro, desceria devagar. Desceria com alegria, com satisfação. E talvez descesse a escada com medo, sobressaltada. Mas agora, nessa noite, era a primeira vez que descia a escada.

Segurou o bebê junto a si e procurou tateante o seu caminho, pois todos os degraus ali eram novos para ela, ainda não tinha uma idéia a respeito deles, uma impressão sobre eles, e por isso não queria pisar em falso.

Estavam de pé na sala de jantar à sua espera. Não de forma rígida, formal, como sargentos na hora do rancho, mas numa tranqüilidade natural, como se não estivessem conscientes do pequeno tributo de consideração que prestavam a ela. A sra. Hazzard inclinou-se para a frente, dando um último retoque na mesa, mudando alguma coisa de lugar. O sr. Hazzard olhou para as luzes através dos óculos com os quais estivera lendo até aquele instante, e limpou-os antes de guardá-los no estojo. E havia uma terceira pessoa na sala, alguém com as costas um pouco voltadas para ela no momento da sua entrada, apanhando furtivamente um amendoim salgado em um prato sobre o bufê.

Ele se virou de frente, de novo, e largou o amendoim quando a ouviu chegar. Era jovem, alto e de aspecto simpático, e seu cabelo era... Um diafragma de câmara fotográfica disparou na mente dela e o filme rodou.

— Aí está o nosso menino! — exclamou a sra. Hazzard. — Aí está o nosso menino em pessoa! Aqui, deixe-o comigo. Você sabe quem é ele, é claro. — E depois acrescentou, como se fosse totalmente desnecessário dar mais detalhes: — Bill.

Mas quem...? Ela tentou imaginar. Não haviam dito coisa alguma, até então.

Ele se adiantou, e ela não sabia o que fazer, tinha quase a mesma idade que ela. Patrice esboçou um cumprimento com a mão, na esperança de que o gesto, caso fosse formal demais, pudesse passar despercebido.

Ele segurou a mão, mas não a balançou. Em vez disso, apertou-a entre as suas, manteve a mão dela afetuosamente cingida desse modo, por alguns instantes.

— Bem-vinda ao lar, Patrice — disse ele, tranqüilo. E havia algo no seu olhar franco, resoluto, quando pronunciou essas palavras, que a fez pensar que jamais ouvira antes algo dito com tanta sinceridade, simplicidade e lealdade.

E foi só isso. A sra. Hazzard falou:

— Você senta aqui, a partir de agora.

O sr. Hazzard declarou, de forma despretensiosa:

— Estamos todos muito felizes, Patrice — e sentou-se na cabeceira da mesa.

Bill, quem quer que fosse ele, sentou-se diante de Patrice.

A criada negra espiou através da porta um minuto e sorriu:

— Agora está direito! Era disso que essa mesa precisava. Isso termina de uma vez com aquele vazio e si...

Então ela se emendou depressa, levando à boca sua mão catastrófica, e desapareceu de cena, mais uma vez.

A sra. Hazzard baixou os olhos para o seu prato, um momento, em seguida ergueu o rosto de novo, sorrindo, e a mágoa se fora, não conseguira se instalar ali.

Eles não disseram nada memorável. Não dizemos nada memorável na mesa de jantar de nossa casa. O coração fala, não o cérebro, para os outros corações à sua volta. Após certo tempo, ela se esqueceu de controlar o que dizia, de ponderar, de calcular suas palavras. Isso era o lar, o que o lar devia ser. As palavras fluíam dela com a mesma facilidade com que fluíam deles. Patrice sabia que era isso que tentavam fazer por ela. E estava dando certo. A estranheza havia quase desaparecido de todo, junto com a sopa, e nunca mais voltaria. Nada poderia trazer a estranheza de volta. Outras coisas poderiam vir... ela esperava que não viessem. Mas nunca mais a estranheza, a fria falta de familiaridade. Eles haviam conseguido.

— Espero que não se importe com o colarinho branco nesse vestido, Patrice. Eu quis que houvesse um toque de cor em tudo que escolhi; não queria que você ficasse excessivamente...

— Ah, são coisas tão lindas. Na verdade, eu não tinha visto nem metade das roupas até desfazer as malas, há pouco.

— A única coisa que eu temia era o tamanho das roupas, mas aquela enfermeira que cuidou de você me mandou uma completa...

— Um dia, a enfermeira pegou uma fita e me mediu toda, agora me lembro disso, mas não me contou para que era...

— Como quer o café, Patrice? Forte ou fraco?

— Não precisa se preocupar...

— Nada disso, diga para ele, querida, só uma vez; daqui para a frente, ele não terá mais que perguntar a você.

— Bem... forte, eu acho.

— O mesmo que eu.

Bill falava com menos freqüência do que os outros três. Apenas um toque de timidez, Patrice reparou. Não que ele estivesse tenso, constrangido ou algo assim. Talvez fosse o jeito dele; tinha um jeito calado, reservado.

O problema era: quem seria esse homem? Patrice agora não poderia mais perguntar de forma direta. Ela o omitiu no primeiro instante e agora já haviam se passado vinte minutos. Nenhum sobrenome fora pronunciado, portanto ele devia ser...

Logo descobrirei, Patrice disse para si mesma. É fatal que isso aconteça. Ela já não estava com medo.

A certa altura, Patrice viu que Bill a fitava quando voltou seus olhos para ele, e ficou imaginando o que estaria pensando enquanto a olhava. E Patrice estaria mentindo para si mesma se não admitisse que sabia, que podia adivinhar, pelos traços visíveis na sua fisionomia. Ele estava pensando que o rosto de Patrice era bonito, que gostava de olhar para ela.

E um pouco depois ele disse:

— Pai, pode me passar o pão, por favor?

E ela soube quem ele era.

16

Igreja episcopal de São Bartolomeu, a igreja preferida pela alta sociedade de Caulfield, em uma ensolarada manhã de abril.

Ela estava de pé, na frente da pia batismal, com a criança nos braços, os familiares e os amigos mais íntimos reunidos em torno dela.

Fizeram questão disso. Ela não queria. Adiou por duas vezes, por dois domingos seguidos, depois de tudo acertado. Primeiro, alegou um resfriado que na verdade não tinha. Em seguida, alegou um pequeno resfriado, que o bebê de fato tinha. Então, não pôde mais adiar. Eles teriam, enfim, percebido sua intenção por trás das desculpas.

Patrice mantinha a cabeça baixa, ouvindo mais do que assistindo à cerimônia. Como se tivesse medo de olhar abertamente para o altar. Como se tivesse medo de cair fulminada instantaneamente aos pés de todos ali, castigada por sua blasfêmia.

Usava um chapéu de aba larga, de um tecido semitransparente, feito de crina de cavalo, que a ajudava a se esconder, ocultando seus olhos e a parte de cima do rosto, quando ela o abaixava.

Lembranças tristes, os outros pensavam, provavelmente. As feridas da dor.

Culpa, na verdade. Infâmia. Não era tão impudente que pudesse encarar aquele escárnio sem sentir vergonha.

Braços estenderam-se na sua direção, para pegar o bebê. Os braços da madrinha. Ela entregou a criança, que levou consigo a comprida bata cerimonial rendada que — Patrice quase pensou "o pai dele" — um estranho chamado Hugh Hazzard usara antes do bebê, e que *seu* pai, Donald, usara por sua vez antes *dele*.

Seus braços sentiram-se estranhamente vazios após isso. Ela queria cruzá-los sobre o peito, num impulso de proteção, como se estivesse despida. Com certo esforço, obrigou-se a não fazer isso. Não era a sua forma exterior que estava despida, era a sua consciência. Deixou os braços caírem, em silêncio, juntou as mãos na frente do corpo e olhou para baixo.

— Hugh Donald Hazzard, eu te batizo...

Eles haviam encenado a paródia de perguntar quais as preferências de Patrice quanto ao nome do bebê. Para ela, era uma paródia; não para eles. Ela queria que a criança tivesse o nome de Hugh, não é mesmo? Sim, ela respondeu com ar sério, o mesmo nome de Hugh. E o nome do meio? Gostaria de pôr o nome do pai dela? Ou talvez dois nomes do meio, um para cada avô? (Na verdade, ela nem lembrava o nome do próprio pai, àquela altura; recordou-o tempos depois, não sem certa dificuldade. Mike: uma imagem vaga na memória, de um estivador de grande estatura, assassinado em uma briga de bêbados no cais do porto quando ela tinha dez anos.)

Um nome do meio bastava. O nome do pai de Hugh, disse ela, com ar grave.

Patrice sentia seu rosto em brasa, sabia que devia estar corada de vergonha. Eles não deveriam ver isso. Ela o mantinha voltado para baixo.

— ...em nome do Pai, do Filho e do Espírito Santo. Amém.

O padre borrifou água na cabeça da criança. Ela viu uma ou duas gotas perdidas caírem no chão, deixando marcas escuras do tamanho de moedas. Uma de dez, uma de cinco e duas de um centavo. Dezessete centavos.

A criança começou a chorar em protesto, como inúmeros bebês fizeram antes, desde tempos imemoriais. O bebê oriundo de uma pensão de Nova York e que havia se tornado herdeiro da primeira e mais abastada família de Caulfield, de todo o condado, talvez do estado inteiro.

"Você não tem motivo algum para chorar", pensou ela, de mau humor.

17

Havia um bolo para ele, no seu primeiro aniversário, com uma única vela espetada no centro, com ar desafiador, sua chama igual a uma borboleta amarela esvoaçando no topo de uma coluna branca e estriada. Fizeram muito estardalhaço e cerimônia acerca dos pequenos ritos imemoriais em torno do aniversário. O primeiro neto. O primeiro marco de quilometragem.

— Como ele não pode expressar o seu desejo — perguntou Patrice, animada — será que eu poderia fazer um pedido para ele? Ou isso não vale?

Tia Josie, a criadora do bolo, instintivamente consultada nessas questões de tradição, fez que sim com a cabeça, de modo categórico, de pé junto à porta da cozinha.

— Você faz o pedido para ele, meu anjo; o desejo vai se realizar do mesmo jeito — prometeu ela

Patrice baixou os olhos e seu rosto se tornou sério, por um momento.

Paz, em toda a sua vida. Segurança, como tem agora. Que tenha sempre os seus parentes à sua volta, como agora. E para mim — de você, algum dia — o perdão.

— Já fez o pedido? Agora, sopre.

— Ele ou eu?

— Fica valendo por ele.

Patrice se inclinou, juntou sua face à do bebê e soprou de leve. A borboleta amarela debateu-se agitada, murchou e se desfez.

— Agora, corte o bolo — determinou a auto-imposta mestre-de-cerimônias.

Patrice fechou a mãozinha rechonchuda do bebê em torno do cabo da faca, cingiu-a com a sua própria mão e guiou-a com carinho. Executada a mística incisão, encostou o dedo na cobertura de glacê, raspou um bocadinho e levou-o até os lábios do bebê.

Uma grande gritaria e alvoroço ressoaram em volta, como se tivessem sido testemunhas de um prodígio de precocidade.

Viera muita gente; não havia tanta gente reunida na casa desde a primeira vez em que ela estivera ali. E, muito depois de o pequeno convidado de honra ter sido retirado de cena e levado para a cama, no andar de cima, a festa continuou no seu próprio ritmo, e até um pouco mais agitada. Naquela maneira que os adultos têm de se apropriar de uma festa de criança, em resposta ao menor sinal de estímulo.

Patrice desceu de novo, em seguida, para as salas iluminadas, agitadas, e ia passando entre os convidados, falando, sorrindo, mais feliz nessa noite do que em qualquer outro momento da vida. Uma taça de ponche na mão, na outra um sanduíche já mordido, mas no qual ela não se resolvia a dar uma segunda mordida. Toda vez que erguia o sanduíche até a boca, alguém vinha lhe dizer alguma coisa, ou ela precisava falar com alguém. Não importava, era mais divertido assim.

Bill esbarrou nela, uma vez, e sorriu.

— Que tal a sensação de ser uma *velha* mãe?

— Que tal a sensação de ser um *velho* tio? — ela retrucou, atrevida, por sobre o ombro.

Um ano parecia um tempo enorme; essa noite fazia um ano, com seu horror, suas trevas e seu medo. Isso não acontecera com ela; não *podia* ter acontecido. Acontecera com uma moça chamada... Não, ela não queria lembrar aquele nome, não queria sequer evocá-lo por um breve instante. Não tinha nada a ver com ela.

— Tia Josie está lá em cima com o bebê. Não, ele vai ficar bem; é um bebê muito bonzinho, quando se trata de dormir.

— Opinião de uma observadora desinteressada.

— Bem, neste momento, sou mesmo uma observadora desinteressada, por isso tenho o direito de opinar. Ele está lá em cima e eu estou aqui.

Ela se achava na sala magnificamente iluminada da sua casa, com seus amigos, os amigos da sua família, todos reunidos em torno dela, rindo e conversando. Um ano era um tempo enorme. Aquilo não havia acontecido com ela. Não, jamais. Não com ela, em todo caso.

Muitas apresentações se confundiram. Havia muitas pessoas novas numa ocasião como aquela. Patrice olhava em volta, recapitulando com zelo as pessoas mais importantes, como convinha no seu papel de anfitriã assistente. Edna Harding e Marilyn Bryant eram as duas moças sentadas com Bill, uma de cada lado, competindo entre si pela atenção dele. Patrice sufocou um sorriso malicioso. Olhe só para ele, a cara circunspecta como um totem. Ora, bastava ele virar a cabeça para o lado — caso a cabeça de Bill não fosse incapaz de se desviar por causa de mulheres, até onde Patrice pudera observar. Guy Ennis era aquele rapaz de cabelo escuro que levava uma taça de ponche para alguém; seu nome era fácil de guardar porque ele viera sozinho. Algum velho amigo de Bill, está claro. Era curioso que as abelhas não viessem zumbir em torno dele com mais insistência, em vez de assediarem o impassível Bill. Parecia um tipo bem mais promissor.

Grace Henson era aquela moça um pouco corpulenta, de cabelo cor de linho, ali adiante, esperando pela taça de ponche. Ou não era? Não, Grace era aquela outra moça menos corpulenta, mas com os cabelos também da cor de linho, sentada ao piano, tocando para si mesma, sem ninguém perto dela. Uma usava óculos, a outra não. Deviam ser irmãs, havia uma semelhança muito grande. Era a primeira vez que uma delas vinha à sua casa.

Patrice dirigiu-se ao piano e parou ao lado da moça. Até onde Patrice sabia, ela podia, de fato, estar gostando de tocar sozinha, mas poderia pelo menos ter alguém por perto, ouvindo-a com interesse.

A moça ao piano sorriu para ela.

— Agora, essa aqui.

Era uma pianista hábil, sabia manter a música em segundo plano, como um fundo para as conversas que tinham lugar no salão.

Mas, de repente, todos os que estavam em volta pararam de falar. A música seguiu sozinha, uma ou duas notas, soando com muito mais clareza do que antes.

A segunda moça de cabelo cor de linho deixou sua companhia por um momento, aproximou-se da pianista pelas costas, tocou-a apenas uma vez no ombro, como se fosse algum aviso ou sinal secreto. Foi só isso que fez. Em seguida, voltou para o local onde estava sentada. A pequena pantomima fora tão hábil e rápida que mal pôde ser notada.

A pianista se deteve, hesitante. Aparentemente, havia percebido a mensagem do toque da mão nas suas costas, mas não o seu significado. A expressão levemente perplexa com que encolheu os ombros, o rosto voltado para Patrice, era prova disso.

— Ah, termine a música — Patrice protestou, com imprudência. — Era linda. Como se chama? Acho que nunca ouvi.

— É a "Barcarola", dos *Contos de Hoffman* — respondeu a moça, com ar despretensioso.

A resposta em si foi um anticlímax. De pé, ao lado da pianista, Patrice se deu conta do silêncio gelado que se fez imediatamente em torno dela, e soube que não era por causa da resposta da pianista, mas de algo que fora dito pouco antes. Tudo já havia terminado quando ela percebeu, mas a consciência do que se passara persistiu nela. Algo havia acabado de acontecer.

Eu disse alguma coisa errada. Acabei de dizer algo que não devia ter dito. Mas não sei o que foi, e não sei o que fazer a respeito.

Trouxe a taça de ponche até os lábios; nada mais havia a fazer no momento.

Os que estavam perto de mim escutaram. A música deixou minha voz em destaque. E isso tornou tudo ainda mais perceptível. Mas quem mais na sala ouvira? Quem mais notara? Talvez seus rostos revelassem...

Ela se voltou devagar e fitou-os um por um, como se fosse ao acaso. A sra. Hazzard se achava absorvida em uma conversa na extremidade da sala, olhando para alguém diante da sua poltrona. Ela não ouvira. A moça de cabelo cor de linho que viera dar o tapinha nas costas da pianista estava de costas para ela; podia ter ouvido ou não. Mas, se ouvira, não dava o menor sinal; não tinha idéia do que Patrice fazia. Guy Ennis erguia um isqueiro para perto do cigarro. Teve de apertar o botão duas vezes para acender a chama, e concentrava nisso toda a sua atenção. O rapaz não levantou os olhos para Patrice quando seu olhar passou ligeiro pelo rosto dele. As duas moças com Bill não ouviram, era fácil notar. Estavam alheias a tudo, exceto ao pomo da discórdia, sentado entre elas.

Ninguém olhava para Patrice. Ninguém fitava os seus olhos.

Apenas Bill. Sua cabeça estava levemente abaixada, sua testa queixosamente franzida, e o olhar com que a fitava por baixo das sobrancelhas tinha um estranho ar inescrutável. Tudo o que as duas moças lhe diziam parecia passar por sobre a sua cabeça. Patrice não podia saber se os pensamentos de Bill se dirigiam a ela ou a algum outro ponto, a mil quilômetros de distância. Mas os olhos dele, pelo menos, estavam voltados para Patrice.

Ela baixou os olhos.

E, mesmo após ter feito isso, sabia que Bill continuava a olhar para ela, do mesmo jeito.

18

Enquanto subiam a escada juntas, mais tarde, quando todos tinham ido embora, a sra. Hazzard de repente passou o braço pela cintura de Patrice, num gesto de proteção.

— Você foi muito corajosa — disse ela. — Agiu da forma mais correta; fingiu não saber o que ela estava tocando. Mas, ah, minha querida, por um instante, fiquei com o coração na mão por você, quando a vi ali de pé. Aquela expressão no seu rosto. Tive vontade de sair correndo e abraçar você. Mas segui o seu exemplo, fingi também não perceber coisa alguma. Ela não queria insinuar nada, é apenas uma tola inconseqüente.

Patrice subia devagar a escada ao lado dela, sem responder.

— Mas ao ouvir as primeiras notas — prosseguiu a sra. Hazzard, pesarosa — pareceu que ele estava de volta, no meio da sala, ao nosso lado. Tão *presente* que quase dava para vê-lo diante dos nossos olhos. A "Barcarola". Sua música favorita. Ele nunca sentava ao piano sem tocar essa melodia. Em qualquer hora ou lugar em que ouvíamos essa música, podíamos ter certeza de que Hugh estava ali.

— A "Barcarola" — sussurrou Patrice, de forma quase inaudível, como se falasse para si mesma. — Sua música favorita.

19

— Agora está diferente — a sra. Hazzard devaneava, animada. — Quando menina, certa vez estive lá, sabia? Ah, faz tantos anos. Diga-me, mudou muito desde aquele tempo?

De repente, ela olhou nos olhos de Patrice, em uma inocente inquirição particular.

— Como ela poderia responder a isso, mãe? — interferiu o sr. Hazzard, com secura. — Patrice não se achava lá quando você esteve lá, portanto como ela poderia saber como era na época?

— Ah, você sabe o que eu quero dizer — retrucou a sra. Hazzard, com indulgência. — Não seja tão meticuloso assim.

— Acho que deve ter mudado, sim — respondeu Patrice, com voz débil, voltando a asa da xícara um pouco mais na sua direção, como se estivesse prestes a levantá-la, mas, após isso, não a levantou, afinal.

— Você e Hugh se casaram lá, não foi, querida? — foi a pergunta seguinte, feita de modo vago.

Mais uma vez, o sr. Hazzard interrompeu antes que Patrice pudesse responder, desta vez numa réplica de conseqüências catastróficas:

— Eles se casaram em Londres, que eu saiba. Não lembra aquela carta que Hugh nos enviou, na época? Ainda posso citar suas palavras: "Casei aqui ontem". No cabeçalho, vinha escrito *Londres.*

— Paris — insistiu a sra. Hazzard, com firmeza. — Não foi isso, querida? Ainda tenho a carta lá em cima, posso trazê-la e mostrar para você. Tem um carimbo de Paris. — Em seguida, virou a cabeça para o marido, num gesto caprichoso. — Em todo caso, esta é uma questão que Patrice pode responder por si mesma.

De repente, um abismo medonho escancarou-se aos seus pés, ali onde poucos minutos antes tudo era segurança e terra firme, e ela não podia se esquivar, mesmo que não soubesse como atravessá-lo.

Podia sentir os três pares de olhos voltados sobre ela, os de Bill agora também erguidos, aguardando numa expectativa confiante que, em um segundo, após a resposta errada, se transformaria em outra coisa.

— Londres — disse ela com voz mansa, tocando o dedo na asa da xícara, como se extraísse dali algum tipo de clarividência mística. — Mas em seguida partimos para Paris, na nossa lua-de-mel. Ele deve ter começado a carta em Londres, não teve tempo de terminá-la, e depois enviou-a de Paris.

— Estão vendo? — disse a sra. Hazzard, com petulância. — De um jeito ou de outro, eu estava parcialmente certa.

— Aí está como são as mulheres — disse o sr. Hazzard, admirado, para o filho.

Os olhos de Bill continuaram voltados para Patrice. Havia neles algo muito parecido com uma admiração invejosa; ou ela imaginou isso?

— Desculpem — disse Patrice, com voz sufocada, atirando o cabelo para trás. — Acho que ouvi o bebê chorar.

20

E então, poucas semanas depois, outro alçapão. Ou melhor, o mesmo, sempre presente, sempre traiçoeiramente à espreita, sob os seus pés, enquanto seguia a trilha que ela mesma escolhera.

Chovera e o ar tinha ficado bastante enevoado. Um fato raro em Caulfield. Estavam todos na sala com Patrice e ela se deteve de pé, junto à janela, um instante, olhando para fora.

— Céus — exclamou, de forma imprudente. — Não vejo tempo tão escuro desde que era menina em San Francisco. Havia muita neblina assim em...

No reflexo do vidro iluminado, ela viu a sra. Hazzard levantar a cabeça e, ainda antes de se virar para eles, Patrice sabia que dissera uma coisa errada. De novo pisando sem cautela, onde não havia em que se apoiar.

— Em San Francisco, querida? — A voz da sra. Hazzard soou nitidamente perplexa. — Mas pensei que você tivesse sido criada em... Hugh nos escreveu contando que você veio de... — Mas então ela não concluiu, guardando o nome para si mesma; dessa vez, Patrice não teria disponível uma segunda opção. Em lugar disso, veio uma pergunta direta: — Não foi lá que você nasceu, querida?

— Não — respondeu Patrice, com clareza, e sabia com toda certeza qual seria a pergunta seguinte. Uma pergunta que ela não podia responder, no momento.

Bill levantou a cabeça de repente, voltou-a para a escada com ar indagador.

— Acho que ouvi o bebê chorar, Patrice.

— Vou dar uma olhada — disse ela, agradecida, e deixou a sala.

O bebê dormia profundamente quando Patrice chegou. Não emitia sequer o menor soluço, nada que alguém pudesse ter escutado. Ela ficou parada, de pé, ao lado da criança, com uma expressão reflexiva e escrutinadora no rosto.

Será que ele *pensou* de fato ter ouvido o bebê chorar?

21

Depois veio o dia em que ela passeava devagar pela avenida do Congresso, olhando as vitrines. A avenida do Congresso era a principal via do comércio varejista. Ela olhava as vitrines, apenas olhava, sem intenção de comprar nada, sem necessidade de comprar nada. Mas sentindo-se excelente nesse estado de liberdade. Apreciando a multidão de consumidores bem vestidos que se acotovelavam na calçada ensolarada à sua volta, mulheres, na grande maioria, pouco antes do meio-dia. Apreciando a agitação elegante e ruidosa que elas produziam. Apreciando esse momento despreocupado, apreciando esse breve repouso (uma encomenda da sra. Hazzard, uma promessa de trazer algo para ela, foi o que trouxera Patrice ao centro da cidade), tanto mais por saber que se tratava de uma ausência legítima, não uma deserção, e que o bebê estava seguro, bem cuidado, enquanto ela se achava fora. E que assim teria uma satisfação ainda maior ao voltar para ele, após essa breve distração.

Decidiu pegar o ônibus no ponto seguinte, em vez de escolher o que estava mais perto, às suas costas, e percorrer a distância que separava um ponto do outro.

E então, de algum lugar às suas costas, Patrice ouviu chamarem o seu nome. Reconheceu a voz logo na primeira sílaba. Alegre, jovial. Bill. Ela já tinha pronto no rosto o sorriso de cumprimento antes mesmo de virar para ele.

Duas passadas largas e enérgicas de Bill bastaram para que ele se achasse ao seu lado.

— Olá. Achei que tinha reconhecido você.

Ficaram imóveis, um minuto, face a face.

— O que está fazendo fora do escritório?

— Eu estava justamente voltando para lá. Tive que ir falar com uma pessoa. E você?

— Vim pegar para sua mãe uma linha importada da Inglaterra, que ela havia encomendado na Bloom's. Antes que eles mandassem a encomenda para casa, eu fui até lá para pegá-la.

— Vou caminhar com você — propôs Bill. — Boa desculpa para vadiar. Pelo menos, até a próxima esquina.

— É lá que vou pegar o meu ônibus — disse ela.

Viraram-se e retomaram o caminho, mas agora no passo de tartaruga que Patrice vinha mantendo antes de encontrar Bill.

Ele franziu o nariz e voltou os olhos para o alto em sinal de satisfação.

— Faz um grande bem a gente caminhar sob o sol de vez em quando.

— Pobre homem sofrido. Quem dera eu ganhasse um centavo cada vez que você sai daquele escritório.

Ele riu sem se acanhar.

— Pode servir de desculpa se for o meu pai que me manda sair? É bem verdade que sempre me apresento diante dele quando está precisando de alguém para ir à rua.

Detiveram-se.

— São bonitos — disse Patrice, com aprovação.

— Sim — concordou Bill. — Mas o que são?

— Você sabe muito bem que são chapéus. Não se faça de superior.

Foram em frente. Pararam de novo.

— É isso o que chamam de olhar as vitrines?

— É isso o que chamam de olhar as vitrines. Como se você não soubesse.

— É divertido. Não se vai a lugar algum. Mas se vê um bocado de coisas.

— Você está gostando agora porque é uma novidade. Espere até depois de estar casado e ter feito isso muitas vezes. Aí não vai mais achar tão divertido.

A vitrine seguinte era um mostruário de canetas-tinteiro, uma vitrine pequena, não mais de dois metros e meio de largura.

Patrice não mostrou intenção de parar ali. Foi ele que tomou a iniciativa, fazendo-a parar, também.

— Espere um instante. Isso me lembra de uma coisa. Estou precisando de uma caneta. Você está disposta a entrar comigo um minuto e me ajudar a escolher?

— Preciso voltar — disse ela, sem entusiasmo.

— É só um minuto. Sou rápido para fazer compras.

— Não sei nada sobre canetas — Patrice objetou.

— Nem eu. É justamente por isso. Duas cabeças pensam melhor do que uma. — Bill segurou-a de leve pelo braço, a fim de tentar convencê-la. — Ah, vamos lá. Sou do tipo que os vendedores fazem comprar qualquer coisa quando estou sozinho.

— Não acredito em uma palavra do que está dizendo. Você só está querendo companhia — ela riu, mas mesmo assim entrou ao seu lado.

Bill lhe ofereceu uma cadeira diante do balcão. Trouxeram uma caixa de canetas e a abriram. As canetas foram objeto de debate entre Bill e o vendedor, sem que Patrice tomasse parte. Várias delas foram destampadas, abastecidas em um tinteiro que se achava disponível no balcão, e experimentadas em um bloco de anotações, que também ficava no balcão com essa finalidade.

Patrice observava, tentando demonstrar um interesse que na verdade não tinha.

De repente, Bill lhe disse:

— Que tal você acha essa aqui? — e enfiou uma caneta entre os seus dedos e pôs o bloco de papel em sua mão, antes que ela se desse conta do que estava acontecendo.

Desprevenida, com a mente voltada para a forma e o peso do cilindro na sua mão, com a atenção concentrada no tipo de risco que a pena ia deixar, se era um traço grosso ou um fio fino, Patrice baixou a ponta da caneta até o bloco de papel. De repente apareceu ali "Helen", no alto da folha, quase como resultado de escrita automática. Ou melhor, no pleno sentido da expressão, havia sido exatamente isso. Ela se deteve a tempo de impedir que o sobrenome fluísse da caneta. Estava já no primeiro impulso, no alto de uma letra G maiúscula, quando afastou a caneta do papel.

— Deixe-me experimentar eu mesmo, um instante. — Sem avisar, Bill pegou a caneta e o bloco de volta, antes que ela pudesse fazer qualquer coisa para destruir ou alterar o que estava escrito no papel.

Se Bill viu ou não, ela não conseguiu saber. Ele não dera o menor sinal de coisa alguma. No entanto, estava ali, embaixo dos seus olhos, ele deve ter visto, como poderia deixar de ver?

Rabiscou uma ou duas linhas em letra cursiva, e desistiu.

— Não — disse ao vendedor. — Deixe-me experimentar aquela outra.

Enquanto ele estendia a mão para a caixa, Patrice deu um jeito de habilmente arrancar a primeira folha do bloco com o perigoso nome "Helen" escrito. Embolou o papel na mão, às escondidas, e jogou-o no chão.

E então, com atraso, se deu conta de que isso talvez tivesse sido ainda pior do que deixar a folha onde estava. Pois, em todo caso, sem dúvida alguma Bill já vira aquilo e agora ela apenas chamara atenção para o fato de que não queria que ele tivesse visto. Em outras palavras, ela com certeza havia se prejudicado; primeiro, ao cometer o erro e, depois, ao se empenhar tanto para encobri-lo.

Enquanto isso, o interesse de Bill pelas canetas havia murchado repentinamente. Ele olhava para o vendedor, prestes a falar, e Patrice quase podia adivinhar o que estava a ponto de dizer — se o tivesse dito —, sua expressão transmitia a idéia de forma bem clara: "Não importa. Passo aqui de novo, numa outra hora".

Mas então, em vez disso, Bill voltou os olhos para ela e, como se lembrasse da necessidade de manter algum tipo de conduta plausível, falou afobado, quase com indiferença:

— Tudo bem, pronto, vou levar esta aqui. Mande para o meu escritório, mais tarde.

Bill mal olhou para a caneta. Não parecia ter importância qual delas estava comprando.

E isso, Patrice mesma refletiu, depois de ter feito tanta questão de que ela entrasse com ele para ajudá-lo a escolher uma caneta.

— Vamos? — indagou Bill, um pouco reticente.

A despedida dos dois foi tensa. Patrice não sabia se por causa dela ou dele. Ou era apenas efeito da sua imaginação. Mas lhe pareceu faltar desta vez a espontaneidade animada do seu encontro, poucos minutos antes.

Bill não agradeceu por ela ter ajudado na escolha da caneta, e ela pelo menos sentiu-se grata por isso. Mas os olhos dele de repente se mostraram distantes, distraídos, ao passo que até pouco antes, ao longo de toda a conversa, estavam inteiramente voltados para ela. Viravam para cima, parecendo dirigidos para o topo de um prédio, ou viravam para o lado, parecendo voltados para o final da rua, olhavam para tudo, exceto para ela, mesmo no instante em que Bill disse:

— O seu ônibus chegou — e levou-a pelo braço para o ônibus, e, de onde estava, estendeu o braço para pagar a passagem ao motorista. — Até logo. Boa volta para casa.

Vejo você de noite. — E tocou com o dedo no chapéu, parecendo ter se esquecido dela antes mesmo de dar meia-volta e seguir adiante para cuidar dos seus negócios. E de algum modo ela sabia que a verdade era exatamente o oposto. Sabia que Bill, mais do que nunca, estava consciente dela, agora que parecia mais indiferente. A distância interpôs-se entre eles, e isso foi tudo.

Patrice olhava para o seu colo, enquanto o ônibus a levava ao lado das calçadas apinhadas de gente. Curioso como um cenário podia mudar tão depressa, o mesmo cenário; o passeio ensolarado e os consumidores alvoroçados já não eram mais agradáveis de ver.

Se fosse um teste premeditado, uma armadilha... Mas não, não poderia ser isso. Pelo menos disso ela estava segura, embora não a deixasse satisfeita. Ele *não poderia* ter sabido de antemão que ia encontrar-se com ela ali, que iam caminhar juntos como fizeram, na direção daquela loja de canetas. Na hora em que Bill saiu de casa, naquela manhã, nem ela mesma sabia que viria ao centro da cidade; isso ocorreu mais tarde. Assim, ele não podia ter ficado ali à sua espera, a fim de abordá-la. Isso pelo menos fora espontâneo, puramente acidental.

Mas talvez, enquanto caminhavam lado a lado, ele tenha deparado com o letreiro da loja e lhe veio a idéia, agindo então de improviso, no calor da hora. Naquele momento, deve ter passado pela cabeça de Bill aquilo que muitas pessoas dizem, e que só agora vinha à mente dela: quando as pessoas experimentam uma caneta, invariavelmente escrevem o próprio nome. É quase compulsório.

E no entanto, mesmo no caso de um teste não premeditado, improvisado na hora, como fora aquele, já deveria existir latente na mente de Bill alguma vaga suspeita em relação a ela, de um modo ou de outro, ou a idéia não se teria apresentado ao seu espírito.

Sua burra, disse para si mesma, com amargura, quando puxou o cordão acima da sua cabeça e se preparou para descer do ônibus. Por que não pensou nisso antes de entrar na loja com ele? De que adiantava entender as coisas com atraso?

Uma ou duas noites depois, o paletó de Bill estava pendurado nas costas de uma cadeira e ele não se achava na sala. Ela precisava de uma caneta para alguma coisa, ao menos foi a desculpa de Patrice para fazer aquilo. Procurou o bolso e retirou a caneta-tinteiro que encontrou enganchada ali. Era de ouro e tinha as iniciais de Bill gravadas; na certa, um estimado e bastante usado presente de Natal ou de aniversário, oferecido pelo pai ou pela mãe. Além disso, escrevia muito bem, não poderia funcionar melhor, traçava uma linha clara, firme, homogênea. E Bill não era o tipo de homem que fizesse questão de ter duas canetas-tinteiro.

Fora mesmo um teste, muito bem. E ela dera uma resposta positiva, mais positiva do que ele podia esperar.

22

Ela havia escutado a campainha da porta algum tempo antes e sons débeis de cumprimentos que se seguiram no saguão lá embaixo, e soube que alguma visita devia ter chegado, e devia estar ainda lá. Ela não pensou mais nisso. Naquele momento, o pequeno Hughie estava na sua banheirinha portátil e isso, enquanto durava o banho, requeria toda a atenção disponível. Quando ela terminou de enxugar, pôr talco e vestir o menino, colocando-o para dormir mas permanecendo dissimuladamente junto a ele um pouco mais de tempo, à espera de uma oportunidade para surrupiar o último patinho de borracha do seu pequeno punho firmemente fechado, já havia passado quase uma hora. Ela tinha certeza de que a visita, quem quer que fosse, a essa altura já devia ter ido embora. Podia estar certa de que se tratava de uma visita masculina; qualquer indivíduo do sexo feminino, entre seis e sessenta nos, teria sido levado às pressas para o andar de cima pela idólatra sra. Hazzard, a fim de assistir ao rito festivo do banho do seu neto. De fato, fora a primeira vez, em várias semanas, que ela deixara de assistir a um banho do menino, ainda que viesse apenas para segurar a toalha, tagarelar balbucios sem sentido para a pequena criatura na banheira, e em geral assumir a atitude de indulgência da mãe. Só algo muito importante poderia ter mantido a avó lá embaixo.

Ela achou que estavam estranhamente silenciosos, lá embaixo, quando enfim saiu do quarto e começou a descer a escada. Havia uma voz isolada, sibilante, de timbre grave, falando, como se alguém lesse em voz alta, e ninguém mais se fazia ouvir.

Estavam todos na biblioteca, ela descobriu um momento depois; um cômodo que nunca era muito usado, à noite. E, de qualquer forma, jamais por todos ao mesmo tempo. Pôde vê-los lá por duas vezes, a primeira, ainda da escada, enquanto descia os degraus, e depois, num olhar de relance, através da porta aberta, a uma distância menor, quando contornou o pé da escada e atravessou a sala, diante da biblioteca.

Os três se achavam lá dentro, e havia um homem com eles, a quem ela não conhecia, embora julgasse tê-lo visto antes uma ou mais vezes, como acontecera com todos que vinham a essa casa. Ele estava sentado junto à mesa, a luminária acesa, zumbindo em uma voz monótona de ladainha. Não era um livro; parecia antes um relatório datilografado. A breves intervalos, uma frágil página farfalhante era dobrada para trás e passava para debaixo das outras.

Ninguém mais dizia uma palavra. Estavam sentados a distâncias variadas, e com diversos graus de atenção. O sr. Hazzard estava debruçado sobre a mesa junto ao homem que falava, seguindo cada palavra bem de perto, e de tempos em tempos meneando a cabeça em sinal de benévola aprovação. A sra. Hazzard estava em uma poltrona, com um cesto no colo, remendando alguma coisa, e só de vez quando erguia os olhos, em um tênue esboço de participação. E Bill, como uma presença estranha, se achava apartado, na extrema periferia do conclave, com uma perna pendente por sobre o braço da poltrona, a cabeça totalmente inclinada para trás, com um cachimbo saliente apontado na direção do teto, e dando poucos sinais de que estava sequer ouvindo. Seus olhos tinham uma expressão de alheamento, como se sua mente estivesse em outra parte, ao passo que o seu corpo, com zelo filial, se encontrava na biblioteca, ao lado dos pais.

Patrice tentou entrar sem ser vista, mas a sra. Hazzard olhou na sua direção exatamente na hora errada e surpreendeu sua figura de relance ao passar pela porta.

— Ali está ela — disse.

Um instante depois, seu convite tardio a alcançou e deteve seus passos.

— Patrice, entre aqui um momento, minha querida. Queremos você aqui.

Ela virou-se e voltou atrás, com um repentino aperto na garganta.

A voz sibilante interrompeu-se a fim de esperar. Um detetive particular? Não, não podia ser. Ela o vira antes ali na casa, numa relação amistosa com a família, estava certa disso. Mas aqueles papéis volumosos, espalhados diante dele...

— Patrice, você já conhece Ty Winthrop.

— Sim, lembro que já nos vimos antes. — Ela se aproximou e apertou a mão do homem. Manteve os olhos cuidadosamente longe da mesa. E isso não foi fácil.

— Ty é o advogado de Donald — explicou a sra. Hazzard, com indulgência. Como se não fosse o modo correto de descrever um velho amigo, mas a forma mais curta para atender a finalidade do momento.

— E rival no golfe — emendou o homem à mesa.

— Rival? — o sr. Hazzard grunhiu com repulsa. — Não é isso que eu chamo de rivalidade, como você quer dar a entender. Um rival deve chegar pelo menos perto da gente. Um beneficiário da minha caridade seria uma expressão mais justa.

A cabeça e o cachimbo de Bill haviam voltado para a posição horizontal.

— Você arrasa com ele, com uma das mãos amarrada nas costas, hem, pai? — instigou-o.

— Claro, a *minha* mão — fuzilou o advogado, com um piscar de olhos dirigido para Bill. — Sobretudo no domingo passado.

— Ei, vocês três — a sra. Hazzard os repreendeu sorrindo. — Tenho mais o que fazer. E Patrice também. Não posso ficar aqui sentada a noite toda.

Ficaram sérios de novo. Bill tinha levantado e puxado uma cadeira junto à mesa, para ela sentar.

— Sente-se, Patrice, e junte-se à festa — convidou.

— Sim, queremos que você escute isto, Patrice — insistiu o sr. Hazzard, diante da hesitação da moça. — Diz respeito a você.

A mão dela tentou escapar traiçoeiramente para a garganta. Patrice a manteve abaixada por pura força de vontade. Sentou-se, um pouco constrangida.

O advogado soltou um pigarro.

— Bem, acho que isso já resolve o problema, Donald. O restante permanece como antes.

O sr. Hazzard puxou sua cadeira mais para perto.

— Tudo bem. Posso assinar agora?

A sra. Hazzard cortou uma linha com os dentes, tendo terminado o que estava fazendo. Começava a recolocar as coisas no cesto, num preparativo para partir.

— É melhor contar primeiro para Patrice do que se trata, querido. Não quer que ela saiba?

— Vou explicar para ela — propôs Winthrop. — Posso resumir melhor do que você. — Voltou-se para Patrice e fitou-a de um modo amistoso por sobre as lentes dos seus óculos de leitura. — Donald está alterando as disposições do seu testamento, acrescentando uma cláusula. Veja, no original, após a parte da Grace ter sido estabelecida, havia uma divisão meio a meio do restante, entre Bill e Hugh.

Pois bem, agora estamos alterando isso de modo que um quarto do resíduo vá para Bill e o restante, para você.

Patrice sentiu um ardor subir ao rosto, como se uma luz vermelha e abrasadora estivesse voltada para ele, só nele, uma luz que todos ali podiam ver. Veio-lhe uma sensação agoniante de querer se afastar da mesa com um repelão e escapar da sala, e de se achar presa ali em uma armadilha, na sua cadeira.

Ela tentou falar com calma, controlando a voz, umedecendo os lábios duas vezes.

— Não quero que o senhor faça isso. Não quero ser incluída.

— Não encare a questão desse ponto de vista — disse Bill, com um riso cordial. — Você não está privando ninguém de nada. Eu tenho os negócios de papai...

— Foi sugestão do próprio Bill — informou a sra. Hazzard.

— Dei aos dois rapazes uma boa bolada em dinheiro, para começarem a vida, no dia em que cada um completou vinte e um anos...

Ela agora estava de pé, fitando todos na sala, à sua volta, quase tomada pelo pânico.

— Não, por favor! Não ponham o meu nome nisso! Não quero que o meu nome fique aí! — Chegou a juntar as mãos, voltada para o sr. Hazzard. — O senhor não vai me atender?

— É por causa de Hugh, meu querido — explicou a sra. Hazzard, em um aparte tranqüilizador, dirigido ao marido. — Você não entende?

— Bem, eu sei disso; todos sentimos muito o que houve com Hugh. Mas ela precisa continuar a viver de um jeito ou de outro. Tem um filho para cuidar. E essas coisas não devem ser adiadas em nome de um sentimento; é preciso resolver o assunto na hora certa.

Ela virou-se e foi para o seu quarto. Eles não fizeram qualquer tentativa de segui-la.

Ela fechou a porta às suas costas. Atravessou o seu quarto, duas, três vezes, com passadas furiosas, segurando a cabeça com seus braços erguidos.

— Caloteira! — irrompia sua voz abafada. — Ladra! É o mesmo que alguém subir pela parede de uma casa, entrar pela janela e...

Soou uma leve batida na porta, uma meia hora depois. Patrice aproximou-se e abriu, e Bill surgiu, de pé, à sua frente.

— Oi — disse ele, acanhado.

— Oi — respondeu ela, com o mesmo acanhamento.

Era como se eles não se tivessem visto por dois ou três dias, e não apenas meia hora antes.

— Ele assinou — disse Bill. — Depois que você saiu. Winthrop levou o testamento de volta consigo. Com assinaturas das testemunhas e tudo o mais. Agora está feito, queira você ou não.

Ela nada respondeu. A batalha fora perdida antes, lá embaixo, e esse era apenas o comunicado definitivo.

Bill a olhava de um jeito que ela não conseguia definir. Parecia haver em seu olhar partes iguais de julgamento perspicaz e de surda incompreensão, com um leve toque adicional de admiração.

— Sabe — disse ele —, não entendo por que você agiu daquele modo. Não concordo com você. Acho que agiu de forma errada. — Baixou um pouco a voz, em tom de confidência. — Mas de um jeito ou de outro estou feliz por você ter agido assim. Gosto mais de você por ter reagido daquele modo. — De repente, estendeu a mão para ela. — Vamos apertar a mão e nos dar boa-noite?

23

Ela estava sozinha na casa. Ou seja, sozinha com o pequeno Hughie, deitado no seu berço, lá em cima, e a tia Josie, no quarto dela, na parte dos fundos. Os outros haviam saído a fim de visitar os Michaelson, velhos amigos da família.

Era agradável ficar sozinha na casa, de vez em quando. Não com muita freqüência, não o tempo todo, isso levaria à solidão. E tempos atrás ela soubera o que era a solidão, soubera bem demais, e não queria nunca mais essa experiência.

Mas era agradável ficar sozinha desse modo, sozinha *sem* a solidão, apenas por uma ou duas horas, apenas das nove às onze, com a certeza de que eles logo estariam de volta. Com a casa inteira só para ela ficar perambulando; no andar de cima, no térreo, nesta sala, na outra. Não que ela não pudesse fazê-lo, de outras vezes — mas isso tinha um gosto especial, perambular quando não havia ninguém na casa. Mexia com ela de alguma maneira. Alimentava seu sentimento de posse, completava-o.

Perguntaram se Patrice não queria ir com eles, mas ela preferiu não ir. Talvez porque soubesse que, caso ficasse sozinha em casa, poderia desfrutar dessa sensação.

Eles não a importunaram. Jamais a importunavam, jamais repetiam um convite a ponto de aborrecê-la. Eles respeitavam os outros como indivíduos, Patrice refletia, e essa era uma das coisas boas que tinham. Só uma delas, pois havia muitas outras.

— Então, quem sabe da próxima vez — sorriu a sra. Hazzard, da porta, quando saiu.

— Na próxima vez, sem falta — ela prometeu. — São pessoas muito amáveis.

Primeiro, perambulou um pouco pela casa, para "sentir" o lugar, deixando-se saturar daquela sensação abençoada de "posse". Tocando o encosto de uma cadeira aqui, apalpando a textura de uma cortina ali.

Minha. Minha casa. A casa de meus pais e minha. Minha. Minha. Minha *casa*. Minha cadeira. Minha cortina. Não, fique um pouco para trás, é assim que eu quero a minha cortina.

Tolice? Infantilidade? Fantasia? Sem dúvida. Mas quem não tem infantilidades, fantasias? O que é a vida sem isso? Ou será que *existe* vida sem isso?

Entrou na copa de tia Josie, tirou a tampa do pote de biscoitos, pegou um e deu uma mordida.

Não estava com fome. Tinham terminado de jantar havia apenas duas horas. Mas...

Minha casa. Posso fazê-lo. Tenho direito. Os biscoitos estão à minha disposição, para que eu me sirva quando bem entender.

Recolocou a tampa no pote, fez menção de apagar a luz.

Mudou de idéia de repente, voltou atrás, pegou outro biscoito.

Minha casa. Posso pegar até dois, se quiser. Pois bem, *vou* pegar dois.

E, com um biscoito em cada mão, cada biscoito com uma mordida desafiadora, ela saiu dali. Na verdade, não eram alimento para a boca, mas sim alimento para o espírito.

Quando as últimas migalhas se esfarinharam entre seus dedos, ela resolveu, enfim, ler um livro. Uma sensação de completo repouso descera agora sobre ela, uma sensação de paz e bem-estar que era quase terapêutica, na sua profundidade. Era uma sensação de *cura*; de tornar-se una, inteira novamente. Como se os últimos vestígios de uma dor antiga, de uma velha rachadura na sua personalidade (como de fato havia uma rachadura, no sentido mais pleno da palavra), houvessem desaparecido. Um psiquiatra poderia escrever um douto estudo sobre o caso; essas perambulações pela casa, em total segurança, em total relaxamento, por cerca de meia hora, poderiam trazer para ela um resultado muito além daquilo que toda a ciência com seu sangue frio, em uma clínica, seria capaz de conseguir. Mas seres humanos são seres humanos, e não é de ciência que precisam; precisam de uma casa, uma casa que seja sua, que ninguém pode tomar.

Era a hora certa, quase a única hora para se ler um livro. Poderia dar a ele toda a sua atenção, poderia perder-se nele. Tornarem-se, ela e o livro, uma coisa só, por algum tempo, desinteressadamente.

Na biblioteca, ela demorou um pouco para fazer uma escolha definitiva. Folheou vários livros, junto às prateleiras, por duas vezes partiu em direção à poltrona, examinando o parágrafo de abertura, e voltou atrás, mudando de idéia, antes de encontrar, por fim, algo que se mostrasse conveniente.

Maria Antonieta, de Katharine Anthony.

Por algum motivo, ela nunca dera muita atenção à ficção. Algo na ficção a deixava levemente desconfortável, talvez uma recordação do drama da sua própria vida. Ela gostava das coisas (sua mente o expressava assim) *que haviam realmente acontecido*. Realmente acontecido, mas há muito tempo, bem longe, para alguém inteiramente diverso dela, alguém que jamais pudesse ser confundido com ela mesma. No caso de uma personagem de ficção, o leitor, de forma involuntária, logo começava a se identificar com ele ou ela. No caso de uma personagem que fora, algum dia, uma pessoa de verdade, isso não acontecia. Você simpatizava com ela de modo objetivo, mas a coisa acabava por aí. Era sempre, do início ao fim, outra pessoa. Porque, na realidade, *fora* em outro tempo outra pessoa. (Fuga, assim teriam chamado isso, embora no caso dela fosse o oposto do que ocorria com outros. Eles fugiam da realidade monótona por meio do drama ficcional. Ela fugia de um drama excessivamente pessoal por meio de uma realidade situada no passado.)

Durante uma hora, talvez mais, ela se tornou uma mulher morta cento e cinqüenta anos atrás; perdeu a noção do tempo.

De modo vago, apenas com uma parte marginal de suas faculdades, ela ouviu um carro frear lá fora, na noite silenciosa.

"...Axel Fersen seguia de carruagem, velozmente, pelas ruas escuras." (Eles voltaram. Vou só acabar este capítulo.) "Uma hora e meia depois, o veículo atravessou o portão de Saint-Martin..."

Uma chave girou na porta da frente. Ela se abriu e depois se fechou. Mas não se ouviu nenhum rumor de vozes. Silêncio vocal, se não silêncio absoluto. Passos firmes, enérgicos, de um único par de sapatos, ressoaram através do primeiro intervalo de soalho sem tapete, junto à porta de entrada, em seguida foram abafados no curso do saguão atapetado.

"...Um pouco adiante, viram um grande coche de viagem empurrado para o canto da estrada." (Não, é só Bill, não são eles. Foi Bill que acabou de entrar. Esqueci que eles não foram de carro, os Michaelson moram logo depois da esquina.) "Um grande coche de viagem empurrado para o canto da estrada..."

Os passos se dirigiram para os fundos. A luz da copa de tia Josie acendeu de novo. Patrice não podia ver de onde estava, mas soube disso por causa do estalido do interruptor. Ela reconhecia as luzes dos cômodos pelo som do seu interruptor. A direção de onde vinha o estalido, e o seu tom estridente ou surdo. A gente aprende esse tipo de coisa, numa casa.

Ouviu o barulho de água jorrando da torneira, e depois um copo vazio sendo colocado na pia. Em seguida, a tampa do pote de biscoitos bateu na pia também, com o seu baque pesado, oco, vibrante, de porcelana. Ficou ali certo tempo, não havia pressa de recolocá-la no lugar.

"...Empurrado para o canto da estrada." (Tia Josie vai ter um ataque. Ela vive ralhando com Bill, mas nunca ralha comigo por ter feito exatamente a mesma coisa. Acho que ela fazia isso quando ele era criança, e não conseguiu perder o costume.) "A falsa madame Korff e seu grupo entraram no coche..."

A tampa voltou ao pote de biscoito depois de um longo tempo. Os passos recomeçaram, emergiram no fundo do saguão. Pararam de repente, retrocederam um pouco, o soalho rangeu de leve com o peso dobrado num mesmo lugar.

"..." (Bill deixou cair um pedaço de biscoito no chão, parou para pegar. Não quer que ela veja o farelo ali, de manhã e saiba o que ele andou fazendo. Aposto que, em seu coração, ainda tem medo de tia Josie, como se fosse um menino.) "..."

Mas os pensamentos dela não estavam conscientemente nele ou com ele. Estavam no livro. Era a periferia da sua mente, o resíduo fora de uso que formulava esses comentários para si mesmo, e dos quais o centro da atenção de Patrice não fazia muito caso.

Bill ficou em silêncio por um tempo, ela perdeu seus rastros. Deve ter sentado em algum lugar, para terminar seus biscoitos. Na certa, com uma perna jogada por cima do braço de uma poltrona, se é que estava em uma poltrona.

Bill sabia que eles tinham ido à casa dos Michaelson, e deve ter pensado que Patrice fora junto, e que ele se achava sozinho. A biblioteca ficava à direita e ele tomara o caminho da esquerda, na direção da copa, e retornara, sem ter passado perto dali, e assim não podia saber que ela estava em casa. A luminária com quebra-luz ao lado de Patrice tinha um raio de alcance restrito, que não chegava ao saguão da entrada.

De repente, os passos flexíveis dele estavam de novo em movimento, haviam recomeçado, terminara o interlúdio para mordiscar o biscoito. Retornaram para o saguão, tornando-se mais nítidos à medida que emergiam de onde quer que ele estivesse antes, contornaram o pé da escada e viraram para esse lado. Vinham direto na direção da biblioteca, da sala em que ela se achava incógnita.

Patrice continuou sua leitura, sem interrupção, absorvida pelo crescente interesse da passagem que começara havia pouco. Nem sequer levantou os olhos.

Os passos dele alcançaram a soleira. Então pararam ali, de repente, quase com um sobressalto.

Por um momento, talvez, ele permaneceu ali de pé, imóvel, olhando para ela.

Em seguida, de forma abrupta, tentou um desajeitado passo de fuga, um passo completo para trás, virou, afastou-se de novo.

Foi de modo quase subconsciente que ela apreendeu tudo isso; não em plena consciência, pelo menos não no momento. Estava ali, agarrado ao seu pensamento, mas ainda não havia penetrado nela.

"..." (Por que ele recuou e foi embora assim, quando me viu aqui sozinha?) "...e acomodaram-se nas confortáveis almofadas..." (Ele tencionava entrar aqui. Na verdade, chegou até a porta. Então, quando viu que eu estava aqui, e não dei sinal de ter notado sua presença, ele recuou. Por quê? Por que fez isso?) "Axel Fersen pegou as rédeas..."

Lentamente, o fascínio do livro se desmanchou, desintegrou-se. Os olhos dela pela primeira vez se desviaram das páginas. Levantou a cabeça com ar indagador, ainda com o livro aberto à sua frente.

Por quê? Por que ele fez isso?

Não é que Bill estivesse com medo de me incomodar. Somos todos da mesma família, não temos essa cerimônia uns com os outros. Passamos todos de um cômodo para o outro a nosso bel-prazer, sem pedir licença, salvo nos quartos do andar de cima, e aqui não é o andar de cima, é o térreo. Ele nem sequer disse alô. Quando percebeu que eu não o tinha visto, preferiu deixar as coisas como estavam, fez o melhor que pôde para deixar tudo no mesmo pé, tentou não chamar minha atenção. Andou *para trás*, no primeiro passo, e só depois afastou-se para o lado.

A porta da frente fora aberta de novo, mas sem se fechar depois. Bill saíra por um momento, a fim de estacionar o carro. Ela ouviu a batida da porta do carro quando ele a fechou, ouviu o motor entrar em movimento.

Será que Bill não gosta de mim? Foi por isso que ele não quis ficar sozinho aqui comigo, quando não havia mais ninguém na casa? Será que ele tem alguma coisa contra mim? Pensei — tive a impressão — que há muito tempo Bill me concedera sua total confiança, mas... Evadir-se desse jeito, me evitar, quase se desviar de mim, bem na soleira da porta.

E depois, de repente, de forma bem simples, quase como se fosse óbvio, Patrice entendeu. Veio à sua cabeça. Alguma coisa indefinível havia revelado a ela. Algo que nenhuma palavra podia explicar. Algo tênue demais para suportar o peso de *quaisquer* palavras.

Não, não é porque ele não gosta de mim. É porque gosta de mim, é porque gosta de mim *de verdade*, que recuou desse jeito, não queria ficar sozinho comigo, se era possível evitar. Gosta bastante de mim. Já está começando a se apaixonar por mim. E... e pensa que não deveria. Está lutando com isso. Essa luta desesperada, encarniçada, que nunca se consegue vencer.

Com determinação, mas sem muita pressa, ela fechou o livro, levou-o de volta para o espaço vazio na prateleira de onde o havia tirado, empurrou-o para dentro. Deixou a luz acesa para Bill (uma vez que ele parecia querer entrar ali), mas se retirou da biblioteca, deixou-a para ele, saiu para o saguão, subiu a escada e entrou no seu próprio quarto, fechou a porta para a noite.

Desmanchou o cabelo e penteou-o, preparando-se para deitar.

Ouviu o barulho das portas da garagem, ouviu o cadeado bater de encontro a elas quando Bill o largou na posição de repouso, ouviu-o entrar de novo na casa. Bill seguiu direto de volta para a biblioteca, entrou, dessa vez sem hesitar (para falar com ela, pôr-se à sua frente, mostrar-se, decisão que tomara naqueles poucos minutos de trégua?) — e encontrou a biblioteca vazia. A luz acesa, a leitora ausente.

Segundos depois, Patrice lembrou que deixara seu cigarro aceso lá, na mesa, sob a luminária, ao lado do lugar onde estivera sentada. Tinha se esquecido de apanhar o cigarro quando saiu. Ainda devia estar aceso, havia acabado de acendê-lo quando ouviu o ruído do carro do lado de fora.

Não que ela estivesse preocupada com algum possível perigo de incêndio. Ele logo veria o cigarro aceso e o apagaria.

Mas aquilo revelaria algo para ele. Pois, do mesmo modo como Bill tencionara entrar, quando não entrou, o cigarro aceso revelaria a ele que Patrice *não tencionara* levantar-se e sair, quando se levantou e saiu.

Agora, Patrice não só sabia que Bill estava começando a amá-la como também, graças àquele cigarro revelador, ele sabia que ela sabia.

24

À luz da lua cheia, o jardim nos fundos da casa se achava tão luminoso como ao meio-dia, quando ela foi até lá. As trilhas de areia que contornavam o seu quadrado e o cortavam ao meio como os traços de um X brilhavam como a neve, e a sombra de Patrice deslizava, junto a eles, num azul cerúleo, contra o fundo da sua brancura. O pequeno poço de pedras, no centro do jardim, estava pontilhado de discos prateados, e as rodelas se aglutinavam e se separavam de novo, como se estivessem em movimento, embora não estivessem, à medida que o ângulo de visão de Patrice se alterava continuamente, na sua perambulação circular.

O perfume das roseiras pairava pesado na noite de junho, e pequenos insetos entorpecidos emitiam um zumbido sonolento, como se conversassem dormindo.

Patrice ainda não queria dormir, e não tinha vontade de ler, estava abafado demais na biblioteca, com a luz acesa. Não quis mais ficar sentada sozinha na varanda da frente, depois que a sra. e o sr. Hazzard se despediram dela e subiram para o quarto. Patrice subira um instante, para dar uma olhada em Hughie, ver se ele estava bem, e depois viera para cá. Para o jardim nos fundos, bem protegida atrás da alta sebe que o cercava.

As onze horas soaram melodiosamente na pequena igreja reformada, em Beachwood Drive, e os ecos reverberaram no ar parado, impregnando Patrice de uma sensação de paz e bem-estar.

Uma voz branda, que parecia vir de trás do seu ombro, disse:

— Oi, pensei que você estivesse lá dentro, Patrice.

Ela se virou, espantada, e por um instante não conseguiu localizá-lo. Bill estava acima dela, debruçado sobre o parapeito da sua janela aberta.

— Se importa se eu descer para fumar um cigarro com você?

— Vou entrar agora — respondeu Patrice, às pressas, mas ele já havia saído da janela.

Bill saiu pela varanda dos fundos e a luz do luar se filtrava sobre sua cabeça e seus ombros como talco, quando veio na direção dela. Patrice virou-se para acompanhá-lo e os dois caminharam devagar, lado a lado. Percorreram uma vez o caminho em volta, e depois seguiram a linha que cruzava o jardim ao meio.

A certa altura, ela esticou a mão e tocou uma flor, ao passar, inclinou-a um pouco na sua direção, em seguida deixou que voltasse à posição original, sem danificá-la. Uma rosa branca plenamente desabrochada; o perfume, por um momento, foi quase como um escândalo em seus rostos.

Bill não fez sequer isso; não fez coisa alguma. Não disse coisa alguma. Apenas caminhou ao lado dela. A mão enfiada no bolso. Olhando fixo para o chão, como se a visão da trilha de areia o fascinasse.

— Detesto ter que ir embora, aqui embaixo é tão bonito — disse ela, por fim.

— Não ligo a mínima para jardins — respondeu Bill, quase num grunhido. — Nem para ficar caminhando em jardins. Nem para as flores nos jardins. Você sabe por que vim aqui. Preciso dizer para você?

Atirou o cigarro com violência para o chão, com um golpe oblíquo da mão, o mesmo gesto que faria se algo o tivesse irritado.

De repente, Patrice sentiu-se muito assustada. Parou de súbito.

— Não, Bill. Bill, espere... Não...

— Não o quê? Eu não disse nada ainda. Mas você já sabe, não é? Desculpe, Patrice. Preciso contar a você. Você tem que escutar. É preciso que eu diga.

Ela estava com a mão erguida na sua direção, em sinal de protesto, como se tentasse adverti-lo de alguma coisa. Patrice recuou um passo, quebrando a proximidade entre eles.

— *Eu* não gosto disso — Bill explicou, revoltado. — Provoca coisas novas em mim. Nunca me perturbei assim antes. Eu nunca tive sequer essas paixões adolescentes que todo mundo tem. Acho que é o meu jeito de ser. Mas é isso, Patrice. Agora, aconteceu mesmo...

— Não, espere... Não agora. Não ainda. Não é a hora certa...

— É esta a hora, e é esta a noite, e é este o lugar. Nunca mais haverá uma noite como esta, mesmo que vivamos cem anos. Patrice, eu amo você, quero que se ca...

— Bill! — ela suplicou, aterrorizada.

— Agora você já ouviu, e está fugindo. Patrice — perguntou, arrasado —, o que há de tão terrível nisso?

Ela havia chegado ao primeiro degrau da varanda, parou indecisa ali um instante, num movimento em suspenso. Bill veio até ela devagar, não com uma pressa importuna, mas sim numa espécie de frustração complacente.

— Não sou um bom apaixonado — disse ele. — Não consigo me expressar direito...

— Bill — retrucou ela, de novo, quase muda de dor.

— Patrice, vejo você todos os dias e... — Levantou os braços num gesto de desamparo. — O que vou fazer? Não pedi isso. Acho que é uma coisa boa. Acho que é uma coisa que deveria acontecer.

Ela recostou a cabeça um momento no pilar da varanda, abatida pela angústia.

— Por que você tinha que me contar isso agora? Por que não pôde... Dê-me mais tempo. Por favor, me dê mais tempo. Apenas alguns meses...

— Quer que eu retire o que disse, Patrice? — indagou, magoado. — Como posso, agora? Como poderia, ainda que não tivesse falado? Patrice, agora já faz tanto tempo. É Hugh, é ainda Hugh?

— Nunca estive apaixonada antes na vi... — Ela começou a dizer, arrependida. Deteve-se de repente.

Ele olhou para Patrice, com ar estranho.

Falei demais, a idéia passou na sua mente em um lampejo. Demais e não o bastante. E, a seguir, em uma confirmação dolorosa: não o bastante, nem de longe.

— Agora, vou embora. — A sombra da varanda caiu entre os dois como uma cortina azul-escura.

Bill não tentou segui-la. Ficou parado no lugar onde ela o deixara.

— Está com medo de que eu beije você.

— Não, não é disso que tenho medo — ela sussurrou de forma quase inaudível. — Tenho medo de que eu deseje que você me beije.

A porta fechou depois disso.

Bill ficou ali de pé, no pleno alvor do luar, imóvel, olhando triste para o chão.

25

De manhã, era doce olhar o mundo da sua janela. As sensações de paz, de segurança, de posse se entrelaçavam cada vez com mais força à sua volta. Logo, nada era capaz de romper de novo esse tecido. Despertar no próprio quarto, no próprio lar, com o próprio teto acima da cabeça. Ver que o seu filhinho acordou antes de você e está espiando ansioso do berço, e lhe dirige aquele sorriso exultante de prazer que já era algo especial, que ele não oferece a mais ninguém. Erguer o seu filhinho nos braços e segurá-lo junto ao corpo, e ter de se controlar para não apertá-lo com força demais. Em seguida, levá-lo até a janela com você, puxar a cortina e olhar para o mundo. Mostrar-lhe o mundo que você descobriu para ele, o mundo que você fez para ele.

A luz do sol, de manhã cedo, como pólen polvilhando de leve as calçadas e a rua em frente à casa. As sombras azuis sob as árvores e sob os beirais das casas. Um homem regando um gramado algumas casas adiante, a água esguichando do bocal da mangueira e cintilando como diamantes. Ele olha para cima e vê você, e faz um aceno amistoso com a mão, embora você não o conheça muito bem. E você pega a mãozinha de Hughie pelo pulso, e o faz acenar de volta, em resposta.

Sim, de manhã o mundo era bem doce.

Depois, vestir-se, ela e ele, e descer para a sala agradável à sua espera lá embaixo; para a sra. Hazzard e suas flores recém-colhidas, e sua saudação afetuosa, radiante, e o reflexo de espelho da cafeteira (que sempre divertia tanto Hughie) mostrando imagens gordas, inchadas, dispostas em suas várias faces: uma senhora idosa, e uma senhora muito mais jovem, e um menino muito jovem, o centro das atenções na sua cadeirinha alta.

Estar a salvo, estar em casa, estar entre os seus.

Receber até cartas para você, uma carta sua, à sua espera no seu lugar da mesa. Ela experimentou uma gostosa sensação de plenitude ao ver a carta ali. Não existia maior prova de permanência, de posse, do que essa. Uma carta para ela, enviada para a sua própria casa.

"Sra. Patrice Hazzard", e o endereço. Outrora, esse nome a assustava. Agora, não. Em breve, ela nem sequer se lembraria de que tinha havido outro nome antes. Um nome solitário, assustado, vagando agora sem dono, sem ninguém que o quisesse, sem rumo pelo mundo...

— Calma, Hughie, não tão depressa. Primeiro termine o que está aí...

Ela abriu o envelope, e nada havia nele. Ou melhor, nada havia escrito dentro dele. Por um instante, ela julgou que tivesse havido um engano. Apenas um papel em branco. Não, espere, está do outro lado...

Três palavras pequenas, quase enterradas na junção que dobrava o papel ao meio, quase sumidas na vastidão nevada que as circundava.

"Quem é você?"

26

De manhã, era amargo e doce olhar o mundo, da sua janela. Acordar em um quarto que não era seu, por direito. Onde você sabia — e sabia que outra pessoa sabia — que não tinha direito de estar. A luz do sol da manhã caía pálida e desoladora, e, sob todas as árvores e o beiral das casas, farrapos de noite perduravam, diluídos num tom azulado, mas ainda sombrios e ameaçadores. Um homem regava um gramado algumas casas adiante e era um estranho; um estranho que você conhecia de vista. Ele olhava para cima, e você se afastava depressa da janela, junto com o seu filho, para que ele não visse você. Depois, um momento mais tarde, você se arrependia de ter feito isso, mas era tarde, já estava feito.

Será que era ele? Era ele?

Já não era tão divertido vestir a si mesma e ao seu filho. E quando começava a descer a escada com Hughie, aqueles degraus que descera centenas de vezes antes, você compreendia o que é descer essa escada com o coração pesado e aflito, como você disse que um dia havia de acontecer, naquela primeira noite. Pois é assim que você está descendo a escada agora.

A sra. Hazzard na mesa, sorrindo; e as flores; e os reflexos de gárgulas na superfície facetada da cafeteira. Mas você só tem olhos para uma coisa, olhos furtivos, atentos, desde o momento em que chegou à soleira da porta. Antes ainda, na verdade; desde o primeiro momento em que a mesa se torna visível. Há algo branco sobre ela, no lado onde você vai sentar? Há algum retângulo branco visível ali, junto ou perto do seu lugar? É fácil dizer, pois a toalha de mesa é estampada, com motivos em vermelho e verde.

— Patrice, você dormiu bem, querida? — a sra. Hazzard perguntou, solícita. — Parece um pouco abatida.

Ela não parecia abatida na escada, um momento atrás. Só ficou abalada e aflita depois.

Colocou Hughie na sua cadeirinha, demorando mais do que o necessário. Mantenha seus olhos afastados. Não olhe. Não pense naquilo. Não tente descobrir o que está dentro dele, você não quer saber o que está dentro dele; deixe que fique onde está até o final da refeição, e depois rasgue o envelope embaixo da...

— Patrice, você está derramando no queixo dele. Deixe que eu cuido disso.

Ela não tinha nada para fazer com as mãos, a partir daí. E parecia que possuía muitas mãos; quatro ou cinco, pelo menos. Estendeu a mão na direção do bule e um dos cantos do envelope estava no seu caminho. Estendeu a mão para o açucareiro, e outro canto do envelope estava no seu caminho. Puxou o guardanapo para junto de si, e o envelope deslizou três ou quatro centímetros mais para perto dela, empurrado pelo guardanapo. Estava em toda parte à sua volta, estava em toda parte ao mesmo tempo!

Ela queria gritar, e juntou as mãos com força, embaixo da mesa, junto à cadeira. Não devo fazer isso, não devo. Hughie está bem aqui do meu lado, e a sra. Hazzard do outro lado da mesa...

Abra, abra depressa. Rápido, enquanto você ainda tem coragem.

O papel fez um barulho de coisa rasgada, seus dedos pareciam grossos e desajeitados.

Dessa vez, havia uma palavra a mais.

"De onde você veio?"

Ela apertou as mãos de novo, embaixo da mesa, junto à cadeira. O branco se desfez dentro das suas mãos, desaparecendo pelas frestas entre os dedos.

27

De manhã, era doloroso olhar o mundo da sua janela. Acordar em um quarto estranho, em uma casa estranha. Pegar seu bebê — a única coisa que era legitimamente sua — e aproximar-se da janela com ele no colo, colocar-se de lado e espiar pelo cantinho, mal puxando a cortina; sem se pôr no meio da janela e puxar a cortina toda para o lado. Isso era para gente que morava em sua própria casa, não para você. E, lá fora, nada. Nada que pertencesse a você ou fosse para você. As casas hostis de uma cidade hostil. Uma camada gelada de sol sobre um solo pedregoso. Sombras escuras como carrancas sob todas as árvores e sob o beiral das casas. O homem regando o gramado não se virou para cumprimentar você hoje. Agora, ele é mais do que um estranho, é um inimigo em potencial.

Ela levou o menino para baixo e cada passo era o dobrar de um sino de mau agouro. Mantinha os olhos fechados quando entrou na sala de jantar. Não pôde evitar; por um momento, não foi capaz de abrir os olhos.

— Patrice, você não me parece nada bem. Devia ver a sua cor em contraste com a cor dessa criança.

Ela abriu os olhos.

Nada ali.

Mas viria. Viria, de novo. Já viera duas vezes; viria uma vez mais. Talvez amanhã. Depois de amanhã. Ou depois. Sem dúvida, viria de novo. Nada havia a fazer, senão esperar. Sentar ali, abatida, desamparada, à espera. Era como manter a cabeça inclinada sob uma torneira pingando, e esperar que a próxima gota gelada se desprendesse e caísse.

De manhã, o mundo era doloroso e, de noite, era repleto de sombras disformes, rastejando à sua volta, ameaçando aproximar-se a qualquer momento para tragá-la.

28

Ela não tinha dormido bem. Foi a primeira coisa de que tomou consciência, ao acordar. A causa, a razão para isso, foi o pensamento que se seguiu, imediatamente. Era isso que na verdade importava; não o fato de não ter dormido bem, mas saber a causa, a razão para isso. E saber muito bem.

Não era novidade. Vinha ocorrendo sempre, nos últimos tempos, esse sono ruim. Era antes a regra do que uma exceção.

A pressão começava a vencê-la. Sua resistência ia chegando ao fim. Paulatinamente, seus nervos vinham sendo retesados, um pouco mais a cada dia. Estava se aproximando de um ponto perigoso, sabia disso. Não poderia suportar muito mais. Não era quando vinham as cartas; era no intervalo, à espera da próxima. Quanto mais demorava, ao invés de menor, maior era a tensão. Era como prolongar ao infinito aquela conhecida história do segundo pé de sapato, alguém vai deixar cair mas que nunca rola no chão.

Ela não poderia suportar por muito tempo mais. "Se houver mais uma carta", dizia para si mesma, "algo vai rebentar. Deus não permita que venha outra. Não permita, por favor."

Olhava para si mesma no espelho. Não com vaidade, ou presunção, ou para ver que estragos sua aparência havia sofrido. Mas para confirmar, de forma objetiva, o tributo que estava sendo cobrado. Seu rosto estava pálido e abatido. Estava emagrecendo de novo, perdendo seu contorno arredondado, retornando àquela magreza das faces que tinha em Nova York. Sob seus olhos, havia uma faixa um pouco sombreada demais, e um pouco evidente demais. Ela parecia cansada e assustada. Não de forma aguda, mas crônica. E era isso que as cartas vinham fazendo com ela.

Vestiu-se, depois vestiu Hughie e levou-o para baixo. Era tão agradável na sala de jantar, de manhã cedo. O sol, que acabara de nascer, entrando pela janela, da cor do champanhe; as cortinas enrugadas de algodão estampado; a louça de cores alegres sobre a mesa; o aroma agradável vindo do bule de café; o odor saboroso de torradas frescas escapando através do guardanapo que as cobria para manter o calor. As flores da sra. Hazzard no centro da mesa, sempre colhidas menos de uma hora atrás, no seu jardim nos fundos da casa. A própria sra. Hazzard mesma, alegre e arrumada em seu vestido matutino, estampado, sorrindo para ela. Lar. Paz.

"Deixe-me em paz", ela suplicava interiormente. "Deixe-me. Deixe que eu tenha isso tudo. Deixe-me desfrutar, como deve ser desfrutado, como isso está esperando para ser desfrutado. Não tire isso de mim, deixe-me ficar com isso."

Ela contornou a mesa até a sra. Hazzard e beijou-a, apresentou o rosto de Hughie para que ela o beijasse. Em seguida, acomodou-o na cadeirinha alta, no meio das duas, e sentou-se.

Então ela os viu, à sua espera.

O de cima era um folheto de uma loja de departamentos, selado, em um envelope. Pôde reconhecer pelo cabeçalho no canto de cima. Mas havia algo embaixo, outro envelope. Seus cantos apareciam um pouco para fora da margem do que estava em cima.

Ela teve medo de deixá-lo inteiramente à mostra, adiou esse momento.

Levou uma colherada de cereal à boca de Hughie, intercalando goles do seu próprio suco de fruta. Aquilo estava envenenando a refeição, comprimindo os seus nervos.

Podia não ser mais uma daquelas cartas, podia ser outra coisa. Sua mão moveu-se de forma brusca e o folheto da loja de departamento estava fora do caminho.

Sra. Patrice Hazzard

Estava endereçado a caneta, à mão, uma carta pessoal. Ela nunca recebia cartas assim, de quem quer que fosse; quem ia escrever para ela, quem ela conhecia? Devia ser, era mesmo, mais uma daquelas cartas. Sentiu um enjôo, um frio no estômago. Observava todos os detalhes, em uma espécie de fascínio hipnótico. O selo púrpura de três centavos, com as linhas onduladas do carimbo correndo por cima. A seguir, o redondo carimbo postal propriamente, mais para o lado. Fora enviada bem tarde, depois da meia-noite de ontem. Onde? Ficou imaginando. Por quem? No seu pensamento, podia ver uma figura furtiva, indistinta, se esgueirando até uma caixa de correio na rua, no escuro, a mão jogando o envelope às pressas através da fenda, o estalo da portinhola fechando de novo.

Ela queria tirar o envelope dali, levá-lo para cima, fechar a porta. Mas se o levasse consigo fechado não daria a impressão de algo secreto? Não chamaria uma atenção indevida para isso? Era bastante seguro abri-lo aqui mesmo na sala de jantar; nesta casa, nunca bisbilhotavam a vida dos outros, nunca faziam perguntas. Ela sabia que poderia até deixar o envelope aberto ali mesmo, depois de ter lido, que estaria seguro, ninguém tocaria nele.

Patrice correu a faca na aba do envelope, soltou-a.

A sra. Hazzard havia se incumbido da alimentação de Hughie, ela não tinha olhos para mais nada senão o menino. Cada punhado abocanhado dava lugar a um brado de louvor.

Agora, Patrice havia aberto a folha de papel dobrada ao meio. As flores que estavam entre as duas mulheres barravam a visão das suas mãos trêmulas. Tão branca a folha, tanto espaço desperdiçado, tão pouca coisa escrita. Só uma linha no meio do papel, onde corria a dobra.

"O que você está fazendo aí?"

Ela pôde sentir seu peito se apertando. Tentou dominar a súbita aceleração da sua respiração, para que não se traísse.

A sra. Hazzard estava mostrando a Hughie o seu prato.

— Acabou, Hughie. O Hughie comeu tudo! Para onde *foi* a comida?

Ela havia baixado agora a carta sobre o colo. Conseguiu recolocá-la dentro do envelope, dobrá-lo uma vez, e mais outra, até que coubesse na palma da sua mão.

"Mais uma e alguma coisa vai rebentar." E ali estava. Mais uma.

Ela pôde sentir seu autocontrole se esvaindo, e não sabia que forma catastrófica esse descontrole poderia assumir. "Preciso sair desta sala", preveniu a si mesma. "Preciso me afastar desta mesa — agora — depressa!"

Pôs-se de pé, de repente, tropeçando um pouco na cadeira. Virou-se e deixou a mesa sem dizer uma palavra.

— Patrice, não vai tomar seu café?

— Volto num instante — respondeu, sufocada, já do outro lado da porta. — Esqueci uma coisa.

Ela subiu, entrou no seu quarto e fechou a porta.

Era como o rompimento de um dique. Ela não sabia que forma aquilo tomaria. Lágrimas, pensou, ou uma risada histérica e esganiçada. Não foi nem uma coisa nem outra. Foi raiva, um paroxismo de raiva, cega, confusa e irrefreável.

Aproximou-se da parede e esmurrou-a com os punhos erguidos, bem acima da sua cabeça. Depois passou para a parede seguinte, e a outra, a outra, como alguém procurando uma saída, gritando fora de si:

— Quem é você? De onde está mandando essas cartas? Por que não aparece? Por que não se mostra na minha frente? Por que não se mostra onde eu possa ver quem você é? Por que não se mostra e me dá uma chance de me defender?

Até que, por fim, parou, sem forças e arquejando com a emoção despendida. Nesse despertar, havia uma súbita determinação. Só existia um modo de se defender, um só modo de privar aqueles ataques do seu poder de ferir...

Abriu a porta com decisão. Começou a descer a escada. Tão livre de lágrimas como no momento em que havia subido. Descia ligeiro, saltava os degraus em passadas velozes. Ainda segurava a carta na mão. Abriu o papel inteiro e pôs-se a alisar a folha enquanto descia.

Entrou de volta na sala de jantar, ainda na mesma postura que exibia na escada.

— ...tome esse leite todo e seja um bom menino — entoava a sra. Hazzard.

Patrice contornou a mesa rapidamente, na direção dela, e parou bem ao seu lado.

— Queria mostrar uma coisa à senhora — disse, com secura. — Quero que veja isto.

Pôs o papel sobre a mesa, na frente dela, e ficou ali de pé, aguardando.

— Espere um momento, minha querida; deixe-me pegar os óculos — ronronou a sra. Hazzard, com aquiescência. Procurou num lado e noutro entre os apetrechos do café da manhã. — Sei que os óculos estavam comigo quando Donald estava aqui na mesa; nós dois líamos o jornal. — Foi procurar no bufê, no lado oposto.

Patrice continuou ali, esperando. Olhou para Hughie. Ele ainda segurava sua colherzinha, a mão fechada em torno do cabo, num gesto de posse. Agitou a colher na direção dela, com alegria. Lar. Paz.

De repente, ela estendeu a mão para o seu lugar na mesa, apanhou o folheto da loja de departamentos que ainda estava ali, substituiu por ele a outra carta.

— Aqui estão os óculos, embaixo do guardanapo. Bem na minha cara, o tempo todo. — A sra. Hazzard ajeitou os óculos, voltou-se para ela. — Pois bem, o que é querida? — Ela abriu o folheto e olhou.

— Este estampado aqui. O primeiro. Não é... bonito?

Nas suas costas, segura pela outra mão, a carta escamoteada, lentamente dobrada, amassada, acabou engolida entre os seus dedos, numa invisibilidade comprimida.

29

Com silêncio e habilidade, ela se movia no quarto pouco iluminado, indo de um lado para outro, para a frente e para trás, com os braços cheios de coisas retiradas das gavetas. Hughie dormia em seu berço, e o relógio marcava quase uma hora.

A mala se achava aberta sobre uma cadeira. Nem isso não era dela. Era a mala que havia usado pela primeira vez na viagem de trem para cá, com o mesmo aspecto de nova, a mala com as letras PH inscritas no canto arredondado. Ela ia ter de pegar a mala emprestada. Assim como tomava emprestadas as peças de roupa que ia pegando ao acaso, para atirar dentro da mala. Assim como estava tomando emprestadas até mesmo as roupas que vestia naquele momento. Agora, no quarto inteiro, só havia duas coisas que eram dela, por direito. Aquele embrulhinho dormindo sossegado ali no berço. E os dezessete centavos espalhados em cima de um pedaço de papel, sobre a cômoda.

A maior parte das coisas que pegava era para ele. Coisas de que ele precisava, coisas para mantê-lo aquecido. Eles não se importariam, não veriam com má vontade; eles o amavam quase tanto quanto ela mesma, raciocinava, pesarosa. Apressou seus movimentos, como se o perigo de fraquejar em seu propósito se ocultasse em algum ponto dessa linha de raciocínio, caso ela permanecesse muito tempo com essas idéias na cabeça.

Para ela mesma, pegava pouca coisa, apenas o que era de absoluta necessidade. Roupas de baixo, um ou dois pares extras de meias...

Coisas, coisas. O que importam as coisas, quando todo o seu mundo está se partindo e se esfacelando à sua volta? O *seu* mundo? Não era o *seu* mundo, era um mundo ao qual ela não tinha o menor direito.

Fechou a tampa da mala, trancou o ferrolho afobada, sem se importar em saber ao certo se continha o bastante, ou demais, ou de menos. Uma ponta de tecido branco ficou para fora, escapulindo pela tampa, e Patrice deixou assim mesmo.

Vestiu o chapéu e o casaco que deixara prontos ao pé da cama. O chapéu, sem consultar o espelho, embora houvesse um bem ao seu lado. Pegou a bolsa e vasculhou seu interior com a mão perscrutadora. Retirou de lá uma chave, a chave dessa casa, e colocou-a na cômoda. A seguir, retirou uma bolsinha de moedas e sacudiu-a até deixá-la vazia. Um aglomerado em forma de repolho, formado por notas amassadas, tombou sem ruído, seguido por uma chuva de moedas que tilintaram, e algumas saíram rodando. Ela juntou todas de novo e deixou-as ali em cima da cômoda. Depois apanhou os dezessete centavos, pôs na bolsinha de moedas, colocou-a de volta na bolsa e apertou a bolsa embaixo do braço.

Então, foi até junto do berço, baixou sua grade lateral. Agachou até ficar na mesma altura do rostinho adormecido. Beijou-o de leve, nas duas pálpebras.

— Volto para você num instante — sussurrou. — Preciso levar a mala para baixo primeiro e deixar na porta. Acho que não posso levar você junto com a mala nessa escada. — Ficou de pé, esperou um momento, olhando para ele. — Vamos sair para dar um passeio, eu e você; não sabemos para onde, e isso não importa. Vamos para fora daqui, seguindo na direção em que for o trem. Vamos achar alguém na rua que nos vai deixar perto...

O relógio marcava um pouco mais de uma hora.

Ela foi até a porta, abriu-a com delicadeza e levou a mala para fora. Fechou a porta com suavidade e começou a descer a escada com a mala na mão, numa infinita lentidão, como se pesasse muito. No entanto, não podia ser apenas a mala que parecia puxar seu braço para baixo desse modo, devia ser o peso de chumbo do seu coração.

De repente, ela parou e deixou que a mala repousasse no degrau ao seu lado. Estavam ambos de pé ali embaixo, sem fazer o menor ruído, junto à porta da frente. O sr. Hazzard e o dr. Parker. Ela não tinha percebido sua presença até agora, pois não estavam falando coisa alguma. Deviam estar ali, de pé, numa espécie de momentâneo silêncio melancólico que precede a partida.

Agora quebravam o silêncio, enquanto ela se achava fora de vista, acima da curva da escada.

— Bem, boa noite, Donald — disse o médico, enfim, e Patrice viu que ele colocava a mão no ombro do sr. Hazzard, numa tentativa de consolá-lo. Em seguida, deixou-a cair pesadamente, de novo. — Durma um pouco. Ela vai ficar boa. — O médico abriu a porta e depois acrescentou: — Mas nada de emoções fortes, nenhum tipo de tensão daqui para a frente, entende isso, Donald? Esta será a sua tarefa, manter todos os aborrecimentos longe dela. Posso contar com você?

— Pode contar comigo — respondeu o sr. Hazzard, abatido.

A porta se fechou, ele se virou e começou a subir a escada, na direção de onde Patrice estava plantada. Ela desceu um degrau ou dois ao encontro dele, deixando para trás a mala, o chapéu posto de lado e o casaco atirado sobre ele.

Donald olhou para cima e viu Patrice, sem grande surpresa, sem nenhum outro sentimento, a não ser uma espécie de tristeza de pedra.

— Ah, é você, Patrice — disse, com voz surda. — Você ouviu o que ele disse? Ouviu o que ele acabou de dizer?

— De quem estava falando?

— Grace teve outro daqueles acessos, pouco depois de termos ido deitar. Ele esteve lá em cima com ela durante uma hora e meia. Foi rápido, por alguns minutos, a princípio...

— Mas por que o senhor não...?

Ele se sentou pesadamente, no degrau. Patrice sentou ao seu lado, passou um braço sobre os seus ombros.

— Por que eu iria incomodar você, querida? Não havia nada que você pudesse... Você tinha o bebê para cuidar o dia inteiro, precisava descansar. Além disso, não se trata de nada novo. O coração dela sempre foi fraco. Bem antes de os meninos nascerem...

— Eu nunca soube. O senhor nunca me contou... Mas está piorando?

— Essas coisas não melhoram quando a gente envelhece — respondeu, com brandura.

Ela deixou sua cabeça repousar no ombro dele, compungida.

O sr. Hazzard deu alguns tapinhas, de leve, na mão de Patrice, num gesto de consolo.

— Ela vai ficar boa. Vamos cuidar para que fique boa, você e eu, juntos, só entre nós, certo?

Patrice teve um pequeno calafrio involuntário, ao ouvir isso.

— Trata-se apenas de a protegermos de qualquer choque e aborrecimento — explicou. — Você e o menino, vocês são o melhor remédio que existe para ela. Basta ter você ao lado...

E se de manhã ela perguntasse por Patrice, pelo neto, e o marido tivesse de responder... Patrice mergulhou num silêncio estranho, olhando para a escada abaixo dos seus pés, mas sem ver mais os degraus. E se ela tivesse saído do quarto cinco minutos mais tarde, pouco depois de o médico ter partido, poderia ter provocado uma morte nessa casa, em retribuição por todo o amor que foi desperdiçado com ela. Teria matado a única mãe que jamais tivera.

O sr. Hazzard entendeu mal o seu alheamento, ergueu o seu queixo com a mão fechada.

— Vamos, não fique assim; ela não gostaria de ver você desse jeito, não é? E, Pat: não deixe que ela saiba que você descobriu. Deixe que ela pense que é um segredo só meu e dela. Sei que ela vai se sentir mais feliz assim.

Patrice soltou um profundo suspiro. Foi um suspiro de decisão, de capitulação diante do inevitável. Virou-se e beijou-o ligeiro no lado da cabeça, afagou algumas vezes o seu cabelo. Depois, se pôs de pé.

— Vou subir — disse ela, com voz calma. — O senhor desça e apague a luz do saguão.

Ele desceu a escada. Patrice pegou a mala, o casaco, o chapéu e reabriu a porta do seu quarto sem fazer barulho.

— Boa noite, Patrice.

— Boa noite. Vejo o senhor de manhã.

Levou as coisas para dentro do quarto, fechou a porta e, no escuro, no outro lado, ficou de pé, parada, um instante. Uma prece silenciosa, sufocada, brotou dela.

— Dê-me forças, pois não tenho como fugir, percebo agora. A batalha deve ser travada aqui mesmo, onde me encontro, e nem me atrevo a chorar.

30

Então, de repente, elas pararam. Não vieram mais. Nenhuma. Os dias se tornaram uma semana, a semana se tornou um mês. O mês se prolongou em dois. E não veio mais nenhuma.

Era como se a batalha tivesse sido vencida sem disparar um tiro. Não, ela sabia que não era verdade; era como se a batalha tivesse sido interrompida, mantida em suspenso, ao capricho do adversário astucioso, obscuro.

Ela se agarrava a toda e qualquer oportunidade — oportunidade de tentar compreender —, mas nada funcionava.

A sra. Hazzard disse:

— Edna Harding voltou hoje; esteve visitando seus familiares na Filadélfia nas últimas semanas.

Mas não veio mais nada.

Bill comentou:

— Encontrei Tom Bryant hoje; ele me contou que a irmã mais velha dele, Marilyn, ficou um tempo de repouso com pleurisia; saiu da cama hoje, pela primeira vez.

— Bem que notei que eu não via Marilyn.

Mas não veio mais nada.

Caulfield: população, 203 mil, pensou Patrice. Era o que o atlas na biblioteca indicava. E um par de mãos para cada habitante da cidade. Uma, para segurar a lingüeta da caixa de correio, em alguma esquina escura; e a outra mão, para introduzir depressa, furtiva, um envelope através da fenda.

Não veio mais nada. O enigma permanecia. O que era? Quem era? Ou melhor, o que fora? Quem fora?

No entanto, no fundo do coração, Patrice de algum modo sabia que o verbo deveria ainda ficar no presente, não em outro tempo. Coisas assim não acontecem e param desse jeito. Ou nem sequer começam, ou então seguem até o seu desfecho destrutivo, arrasador.

Mas, apesar disso, o sentimento de segurança insinuou-se timidamente de volta, um pouco; intimidado embora, e não tão vigoroso como antes, mas insinuou-se de volta, tateante, para ela.

De manhã, era doce e amargo olhar o mundo, parecendo segurar o fôlego, esperando para ver...

31

A sra. Hazzard bateu na porta do quarto de Patrice quando ela havia terminado de ajeitar as cobertas de Hughie. Nada havia de excepcional nisso, era um acontecimento noturno comum, a vovó vinha roubar um beijinho pouco antes de a luz apagar. Nessa noite, porém, ela parecia querer conversar com Patrice. E não sabia como entrar no assunto.

Ficou ali depois de dar o beijinho na criança e levantar a grade lateral do berço. Permaneceu ali numa espécie de dúvida, sua presença prolongada impedindo que Patrice apagasse a luz.

Houve um instante de acanhamento.

— Patrice.

— Sim?

De repente, ela falou de supetão.

— Bill quer levar você ao baile do Country Club com ele, esta noite. Está esperando lá embaixo, agora.

Patrice ficou tão surpresa que nem respondeu, por um momento, apenas ficou de pé, olhando para ela.

— Bill me pediu para subir e pedir a você que fosse com ele. — Em seguida, disparou a falar, como se tentasse arrastá-la com uma simples enxurrada de palavras. — Promovem um baile por mês, sabe, e ele vai sozinho, costuma ir sozinho, e... por que você não se veste e vai com Bill? — Ela terminou com uma inflexão persuasiva.

— Mas eu... eu... — Patrice gaguejou.

— Patrice, você precisa começar, mais cedo ou mais tarde. Não é bom para você ficar assim. Ultimamente, você não anda com um aspecto tão bom quanto devia. Estamos um pouco preocupados. Se há alguma coisa que a deixa incomodada... Faça o que eu digo, minha querida.

Pelo visto, era uma ordem. Ou o mais próximo de uma ordem que a sra. Hazzard jamais seria capaz de chegar. Enquanto isso, ela havia aberto o armário de Patrice e examinava as roupas para ajudá-la.

— Que tal este? — Pegou um vestido, abraçou-o junto ao seu corpo para mostrar a ela.

— Não tenho muita...

— Vai ficar muito bonito. — Estendeu o vestido na cama. — Não são muito formais lá no clube. Vou mandar Bill comprar uma orquídea ou uma gardênia no caminho, e vai ser o bastante para enfeitar. Vá e apenas *sinta* como é, esta noite. Pouco a pouco, a sensação vai voltar para você. — Ela sorriu para animá-la. — Você vai estar em boas mãos. — Deu um tapinha no seu ombro quando se virou para sair. — Agora, seja uma boa menina. Vou dizer ao Bill que você está se aprontando.

Patrice, por trás da porta, ouviu a sra. Hazzard no alto da escada avisar Bill, um momento depois, sem a menor tentativa de abafar a voz:

— A resposta é sim. Eu a convenci. E você trate de ser bonzinho com ela, meu rapaz, ou vai se ver comigo.

Ele esperava por Patrice, de pé, junto à porta, quando ela desceu.

— Estou bem? — ela perguntou, insegura.

De repente, Bill se viu dominado por uma espécie de confusão.

— Puxa, eu... eu não tinha idéia da sua aparência num vestido de noite — disse ele, titubeante.

Nos primeiros minutos do trajeto, houve uma espécie de acanhamento entre os dois, quase como se tivessem se encontrado pela primeira vez naquela noite. Era algo impalpável, mas os acompanhava. Ele ligou o rádio do carro. Seus rostos foram bafejados por música para dançar.

— É para você ir entrando no espírito — disse ele.

Bill parou, saiu do carro e voltou com uma orquídea.

— A maior orquídea do Norte da Venezuela — comentou ele — ou seja lá de onde vêm as orquídeas.

— Aqui, prenda a flor para mim. — Patrice escolheu um lugar. — Bem aqui.

Bruscamente, ele se esquivou da tarefa, por alguma razão estranha. Recusou-se com firmeza.

— Ah, não. Faça isso você mesma — disse Bill, com uma dureza cuja razão ela não conseguiu entender. — Eu posso me espetar — foi a desculpa esfarrapada que ele apresentou, em seguida. Um pouco tarde demais.

— Ora, seu covardão.

A mão que teria segurado o alfinete estava um pouco trêmula, ela notou, quando Bill a colocou de volta sobre o volante. Em seguida, se acalmou.

No restante do trajeto, a maior parte da estrada corria em campo aberto. Havia estrelas no céu.

— Eu *nunca* tinha visto tantas estrelas! — exclamou Patrice, encantada.

— Talvez você não tenha olhado muito para cima — comentou Bill, com delicadeza.

Pouco antes de chegarem, uma espécie peculiar de ternura pareceu dominá-lo por um minuto Chegou a reduzir um pouco a velocidade do carro, quando se voltou para ela.

— Quero que você se sinta muito feliz esta noite, Patrice — disse Bill, com determinação. — Quero que você se sinta *muito* feliz.

Houve um momento de silêncio entre os dois e, em seguida, o carro ganhou velocidade de novo.

32

E a música que tocaram, logo depois daquilo, foi "Three little words". Patrice se lembrou disso mais tarde. Lembrou-se de cada detalhe do que aconteceu, e da música que estavam tocando na hora. Ela dançava com Bill. Na verdade, ela dançou todas as músicas com Bill, direto, desde o instante em que chegaram. Ela não estava observando, não estava olhando em volta, não estava pensando em coisa alguma senão neles dois.

Sorrindo com ar sonhador, ela dançava. Seus pensamentos eram como um pequeno córrego fluindo ligeiro mas sem agitação, por cima de seixos lisos, mantendo o ritmo da música.

Gosto de dançar com ele. Dança bem, eu não preciso prestar atenção nos meus pés. Ele virou o rosto para mim e está me olhando; posso sentir. Bem, vou levantar o rosto e olhar para ele, e aí ele vai sorrir para mim; mas não vou retribuir o sorriso. Atenção. Pronto, sabia que ele ia sorrir. Eu *não* vou sorrir de volta. Ah, puxa, e se eu sorrisse? Escapou antes que eu pudesse impedir. Afinal, por que não deveria sorrir para ele? É isso o que sinto a respeito dele; uma afeição risonha.

Uma mão tocou no ombro de Bill, por trás. Por um segundo, Patrice pôde ver os dedos curvados para baixo, no lado onde estava o seu rosto, sem ver a mão ou o braço ou a pessoa a quem eles pertenciam.

Uma voz disse:

— Posso tomar o seu lugar?

E de repente eles pararam. Bill havia parado, assim ela também teve de fazê-lo.

Seus braços a soltaram. Seguiu-se um movimento de pés se arrastando, Bill afastou-se para o lado e havia outra pessoa no seu lugar. Foi como uma dupla exposição de um filme fotográfico, quando a imagem de uma pessoa se dissolve na forma de outra.

Seus olhos se encontraram, os dela e os do seu novo par. Os olhos dele estavam à espera dos olhos de Patrice, e os dela voltaram-se estupidamente para os dele. Não conseguiram mais se mexer.

O resto foi o horror, puro e genuíno. Horror como ela nunca pensara que fosse experimentar. Horror sob as luzes elétricas. Morte na pista de dança. Seu corpo se manteve ereto mas, por outro lado, todas as demais sensações da morte o assaltavam.

— Georgesson é o nome — sussurrou o homem, com voz comedida, para Bill. Seus lábios mal pareceram se mover. Os olhos dele não abandonavam os dela.

Bill completou a medonha paródia de apresentação.

— Senhora Hazzard, senhor Georgesson.

— Como tem passado? — ele perguntou a ela.

De algum modo, na frase trivial houve um horror ainda pior do que na confrontação original. Por dentro, em silêncio, ela gritava em pânico, seus lábios lacrados com força, incapazes até de pronunciar o nome de Bill e evitar a mudança de par.

— Permite? — indagou Georgesson, e Bill fez que sim, e a mudança de par se completou; era tarde demais.

Em seguida, uma suspensão abençoada. Patrice sentiu os braços dele em torno da cintura, e o rosto dela se enfiou na sombra protetora do seu ombro, e estava dançando outra vez. Não precisava mais ficar ereta, sem apoio. Pronto, assim estava melhor. Um minuto para refletir. Um minuto para tomar fôlego.

A música prosseguiu, a dança prosseguiu. O rosto de Bill desapareceu no fundo.

— Já nos encontramos antes, não foi?

Não deixe que eu desmaie, rezava Patrice, não deixe que eu caia.

Ele esperava a resposta.

Não fale; não responda.

— *Quem* ele disse que você era?

Os pés dela vacilaram, pisaram em falso.

— Não faça isso comigo, eu não vou agüentar. Me ajude... lá fora, em outro lugar.. senão eu...

— Está quente demais para você? — ele perguntou, com polidez.

Patrice nada respondeu. A música foi morrendo. Ela foi morrendo. Ele disse:

— Você saiu do ritmo. Falha minha, eu receio.

— Não... — ela soluçou. — Não...

A música parou. Eles pararam.

O braço dele soltou sua cintura, mas a mão segurou firme o seu pulso, mantendo-a ali, ao seu lado, por um momento.

Ele disse:

— Há uma varanda lá fora. É só seguir por ali. Vou para lá e espero você, e nós poderemos continuar... conversando.

Ela mal compreendia o que ele estava dizendo.

— Não posso... Você não entende... — Seu pescoço não se mantinha firme; o tempo todo sua cabeça ameaçava pender para os lados.

— Acho que entendo. Acho que entendo muito bem. Entendo você, e você me entende. — A seguir, acrescentou com uma espécie de ênfase terrível, que a deixou gelada até a medula: — Aposto que nós dois compreendemos um ao outro melhor do que qualquer outra pessoa neste salão de dança inteiro.

Bill vinha voltando na direção deles, de um dos lados do salão.

— Vou ficar lá fora, onde lhe disse. Não me deixe esperando muito tempo, senão... vou ter que voltar e procurar por você de novo. — O rosto dele não mudou. A voz dele não mudou. — Obrigado pela dança — disse, quando Bill chegou.

Ele não soltou o pulso de Patrice; passou-o para a guarda de Bill, como se fosse algo inanimado, uma boneca, e se curvou, virou-se e afastou-se deles.

— Vi esse homem aqui algumas vezes. Vem sozinho, eu acho. — Bill deu de ombros, em sinal de descaso. — Vamos.

— Não esta música. A próxima.

— Você está bem? Parece pálida.

— São as luzes. Vou refazer a maquiagem. Enquanto isso, você pode dançar com outra pessoa.

Bill sorriu para ela.

— Não quero dançar com outra pessoa.

— Então circule um pouco e... depois volte para mim. A próxima música.

— A próxima música.

Ela ficou olhando para Bill, da porta. Ele se dirigiu para o bar, do outro lado. Ela o viu entrar lá. Ela o viu sentar-se em um dos bancos altos. Então, Patrice virou-se e foi na direção oposta.

Caminhava devagar junto às portas que davam para a varanda, do lado de fora, e parou, em uma delas, contemplando a tonalidade azul da noite, como tinta de uma caneta-tinteiro. Havia cadeiras de vime, em grupos de duas ou três, a intervalos de poucos metros, ao redor de mesinhas.

O círculo vermelho da brasa de um cigarro ergueu-se, na perpendicular, de uma das cadeiras, na extremidade da varanda, chamando-a num gesto imperioso. Em seguida, caiu pela balaustrada lateral, atirado para longe numa expectativa impaciente.

Ela caminhou devagar naquela direção, com a estranha sensação de fazer uma viagem da qual jamais haveria retorno. Seus pés pareciam desejar criar raízes no chão, contê-la por sua própria vontade.

Patrice se deteve diante dele. O homem apoiou o quadril na balaustrada e sentou-se ali, de lado, numa informalidade insolente. Repetiu o que dissera lá dentro:

— *Quem* ele disse que você era?

As estrelas se moviam. Traçavam estranhos rodopios e redemoinhos, como difusos cata-ventos espalhados por todo o céu.

— Você me abandonou — disse ela, com fúria contida. — Você me abandonou, com cinco dólares. Agora, o que você quer?

— Ah, então já nos vimos antes. É o que eu tinha pensado. Fico contente que esteja de acordo comigo.

— Pare. O que você quer?

— O que quero? Não quero nada. Estou um pouco confuso, só isso. Gostaria de tomar pé da situação. O homem que me apresentou você, sob um nome trocado, lá no salão...

— O que você quer? O que está fazendo aqui?

— Bem, por falar nisso — retrucou ele com uma polidez insolente —, o que você mesma está fazendo aqui?

Ela repetiu, pela terceira vez:

— O que você quer?

— Um homem não pode demonstrar interesse na sua ex-protegida e no seu filho? Não existe um modo de um filho se tornar ex-filho, você sabe.

— Ou você é louco ou então...

— Você sabe que não é isso. Você bem que gostaria que fosse — ele a interrompeu, com brutalidade.

Ela lhe deu as costas. A mão dele segurou seu pulso, de novo, enroscou-se nele, prendeu-o firme como um chicote.

— Não entre, ainda. Não terminamos.

Patrice parou, de costas para ele.

— Acho que terminamos.

— Eu é que decido.

Ele a soltou, mas Patrice ficou onde estava. Ouviu que ele acendia outro cigarro, percebeu o reflexo momentâneo por trás do seu ombro.

Por fim, ele falou, a voz grossa por causa da fumaça que expelia.

— Você ainda não esclareceu as coisas — ronronou ele. — Estou tão confuso como antes. Este Hugh Hazzard casou... eh... digamos, com você, com a esposa dele, em Paris, um ano atrás, no dia 15 de junho. Gastei muito dinheiro e tive muito trabalho para descobrir a data exata nos registros de lá. Mas um ano atrás, no dia 15 de junho, você e eu vivíamos em nosso quartinho alugado em Nova York. Tenho os recibos dos aluguéis para provar. Como você poderia estar em dois lugares tão distantes, ao mesmo tempo? — Suspirou, com ar filosófico. — Alguém misturou essas datas. Ou ele. Ou eu. — E depois, bem devagar: — Ou *você*.

Ela estremeceu, de modo inevitável, ao ouvir isso. Lentamente, sua cabeça virou-se, o corpo permaneceu de costas para ele. Como alguém que escuta hipnotizado, contra a sua vontade.

— Foi você que enviou aquelas...?

Ele fez que sim, com amabilidade irônica, como se estivesse recebendo um cumprimento por algo digno de elogio.

— Achei que seria mais gentil comunicar a você delicadamente.

Ela inspirou, com um estremecimento de repulsa.

— Primeiro, vi o seu nome entre os mortos no acidente de trem, quando eu estava em Nova York — contou ele. Fez uma pausa. — Fui até lá e "identifiquei" seu corpo — ele prosseguia, com muita naturalidade. — É uma coisa pela qual você deve me agradecer, em todo caso.

Pensativo, ele soltou uma baforada do seu cigarro.

— Depois, ouvi uma coisa aqui, outra ali, e tirei algumas conclusões. Voltei por um tempo para Nova York, reuni os recibos de aluguel e algumas outras coisinhas, e depois, enfim, percorri todo o caminho até aqui, só por curiosidade. Fiquei muito confuso — disse ele, com ironia — quando descobri o resto da história.

Ele esperou. Patrice nada dizia. Ele deu sinais de ter pena dela, afinal.

— Eu sei — disse ele, com indulgência —, não é este o lugar nem a hora para... conversar sobre os velhos tempos. É uma festa, e você está ansiosa para voltar e se divertir.

Ela estremeceu.

— Há algum lugar onde eu possa encontrar você?

Ele pegou um caderninho de anotações, acendeu um isqueiro. Por engano, Patrice pensou que ele estava esperando para anotar o que ela ditasse. Seus lábios se mantiveram congelados.

— Rua Seneca, 382 — ele leu no caderninho. Afastou-o de novo. A mão dele traçou uma curva preguiçosa entre os dois. No silêncio carregado que se seguiu, ele sugeriu, após certo tempo, despreocupadamente: — Apóie-se nessa cadeira para não cair; você não parece muito firme e eu não quero ter que carregá-la nos braços lá para dentro, na frente de todo mundo.

Ela pôs as mãos no alto do encosto da cadeira e ficou de pé, calada, a cabeça inclinada.

A névoa rosa-âmbar na porta aberta mais adiante, no centro do terraço, se obscureceu por um momento, e Bill apareceu ali, procurando por ela.

— Patrice, esta é a nossa dança.

Georgesson levantou-se da balaustrada, por um segundo, numa rápida cortesia, e imediatamente recostou-se de novo.

Ela caminhou na direção de Bill, a penumbra azulada do terraço disfarçando a vacilação dos seus passos, e voltou com ele para dentro. Os braços de Bill tomaram conta dela daí em diante, de modo que Patrice não precisou mais ter que se agüentar de pé sozinha.

— Vocês estavam ali feito duas estátuas — disse Bill. — Ele não deve ser uma companhia muito boa.

Patrice se abandonou de encontro a ele nos rodopios espiralados da rumba, a cabeça reclinada em repouso no seu ombro.

— Ele não é uma companhia muito boa — ela concordou, abatida.

33

O telefonema veio em um momento diabolicamente impróprio.

Ele calculara bem. Não podia ter calculado melhor mesmo se pudesse olhar através das paredes da casa e observar os movimentos das pessoas lá dentro. Os dois homens da família estavam fora. Patrice havia acabado de pôr Hughie para dormir. Ela e a sra. Hazzard se achavam no segundo andar, em cômodos diferentes. O que queria dizer que ela era a única em condições de atender o telefone.

Assim que o ouviu tocar, ela sabia quem era, o que era. Sabia também que estivera esperando por aquilo o dia inteiro, que aquilo viria, com toda certeza viria.

Ficou de pé, plantada no chão, incapaz de se mexer. Talvez parasse de tocar caso Patrice não chegasse perto, talvez ele se cansasse. Mas então iria tocar em outra hora.

A sra. Hazzard abriu a porta do seu quarto e olhou para fora.

Patrice abrira depressa a porta do seu quarto e estava no alto da escada antes de ela sair do quarto.

— Deixe que eu atendo neste telefone aqui, querida, se você está ocupada.

— Não, pode deixar, eu ia descer mesmo. Assim eu respondo lá debaixo.

Patrice reconheceu a voz logo de saída. Não a escutava havia dois anos, até a noite passada, e ainda assim parecia de novo tão familiar para ela como se a estivesse ouvindo sem parar durante meses. O medo acelera a memória.

Ele se mostrou tão agradavelmente natural, a princípio, como uma pessoa que estivesse dando um telefonema casual.

— É a senhora Hazzard, a mais jovem? É Patrice Hazzard?

— Ela mesma.

— Imagino que você já saiba. Aqui fala Georgesson.

Ela sabia, de fato, mas não respondeu a isso.

— Você está... onde pode ser ouvida?

— Não costumo responder perguntas desse tipo. Vou desligar o telefone.

Nada parecia capaz de fazer Georgesson perder a calma.

— Não faça isso, Patrice — ele pediu, com delicadeza. — Vou ter que ligar outra vez. Isso vai ser pior. Vão começar a imaginar quem é que fica ligando toda hora. Ou, talvez, outra pessoa atenda, você não pode ficar a noite toda junto do telefone. E aí vou dizer o meu nome, se tiver que mandar chamar você. — Aguardou um minuto para que isso penetrasse no seu espírito. — Não entende? Para você, é melhor desse jeito.

Ela suspirou um pouco, numa fúria reprimida.

— Não podemos conversar muito tempo no telefone. Em todo caso, acho melhor que não. Estou ligando da McClellan's Drugstore, a alguns quarteirões da sua casa. Meu carro está logo depois da esquina, aqui em frente, onde não pode ser visto. No lado esquerdo da rua Pomeroy, logo depois do cruzamento. Você pode sair de casa e ir até lá dentro de cinco ou dez minutos? Não vou prender você muito tempo.

Ela tentou confrontar a formalidade irritadiça da voz dele com a sua própria.

— É claro que não posso.

— Claro que pode. Você precisa comprar na McClellan's cápsulas de óleo de fígado de bacalhau para o seu bebê. Ou você mesma está com vontade de tomar uma soda. Vi você entrar aqui mais de uma vez, de noite.

Ele aguardou.

— Vou ter que ligar de novo? Prefere pensar um pouco mais?

Ele aguardou mais uma vez.

— Não faça isso — disse ela, com relutância, por fim.

Patrice estava certa de que ele tinha entendido: sua entonação fora positiva, e não negativa.

Ela desligou.

Voltou para o andar de cima.

A sra. Hazzard não perguntou nada a ela. Não eram inquisitivos, nessa casa. Mas a porta do quarto dela estava aberta. Patrice não conseguia se resolver a entrar no seu próprio quarto sem ao menos lhe dar alguma informação. Consciência culpada, já tão cedo?, indagou a si mesma, com mordacidade.

— Era Steve Georgesson — ela avisou. — Bill e eu o conhecemos na noite passada. Ele queria saber se gostamos do baile.

— Bem, foi mesmo gentileza dele, não foi? — Depois, a sra. Hazzard acrescentou: — Deve ser um homem correto para fazer isso.

Correto, pensou Patrice, de um modo lúgubre, fechando a porta sem fazer ruído atrás de si.

Saiu do quarto de novo, uns dez minutos depois. A porta do quarto da sra. Hazzard agora estava fechada. Ela podia descer a escada sem ser notada. Mais uma vez, não conseguiu fazê-lo.

Foi até a porta e bateu de leve.

— Vou dar um pulo na drogaria e volto em seguida. Hughie está sem talco e eu gostaria de pegar um pouco de ar. Volto em uns cinco minutos.

— Pode ir, querida. Vou dar boa-noite agora, no caso de eu pegar no sono antes de você voltar.

Ela manteve a mão aberta de encontro à porta, desamparadamente, por um minuto. Teve vontade de dizer: Não me deixe ir, me proíba de sair, me obrigue a ficar.

Virou-se e desceu a escada. Era a sua própria batalha e nenhum procurador seria aceito em seu lugar.

Ela parou ao lado do carro, na escura rua Pomeroy.

— Entre, Patrice — disse ele, com voz amável. Abriu a porta do carro para ela, de onde estava sentado, e chegou a dar um tapinha no estofamento de couro, num gesto impositivo.

Ela se instalou no canto mais afastado do assento. Os olhos dela piscaram em sinal de recusa ao cigarro que ele tentou lhe oferecer.

— Podemos ser vistos.

— Vire para mim. Ninguém vai ver você. Fique com as costas viradas para a rua.

— Isso não pode continuar. Agora, de uma vez por todas, pela primeira e última vez, o que você quer de mim, o que está pretendendo?

— Olhe, Patrice, não é preciso que haja nada desagradável nesse caso. Você parece que está formando para si mesma uma idéia desse tipo, na sua imaginação. Eu não tenho essa intenção... Só depende do jeito de você encarar as coisas. Não acho que seja necessária qualquer mudança no modo pelo qual as coisas estiveram caminhando... até a noite passada. Antes, você era a única pessoa que sabia. Agora, você e eu somos as duas únicas pessoas que sabem. E acaba aí. Ou seja, se você quiser assim.

— Você não me fez sair de casa só para dizer isso.

Ele escapuliu pela tangente. Ou por aquilo que pareceu ser uma tangente.

— Eu nunca consegui ganhar tanto... tanto quanto esperava, eu acho. Quer dizer, nunca fui tão longe quanto deveria. Quanto esperei, um dia. Tem muita gente assim. Volta e meia, me vejo em apuros, toda hora fico num aperto. Uns joguinhos de baralho com os amigos. Uma coisa e outra, aqui e ali. Sabe como é. — Riu, com ar de reprovação. — Vem sendo assim há anos. Não é novidade nenhuma. Mas eu estava imaginando se você se importaria de me fazer um favor... desta vez.

— Está me pedindo dinheiro?

Ela quase tombou nauseada. Virou a cara para o outro lado.

— Não sabia que havia pessoas como você fora das... fora das penitenciárias.

Ele riu numa expressão de afável tolerância.

— Você se encontra numa situação incomum. Isso atrai "pessoas como eu". Se você não estivesse numa situação dessas, *ainda* pensaria que não havia gente assim, você não conheceria nada diferente.

— Suponha que eu chegue agora diante deles e conte essa nossa conversa aqui, por livre e espontânea vontade. Meu cunhado ia sair atrás de você e bater e bater até deixar você quase morto.

— Vamos deixar nosso relacionamento livre desses desafios. Gostaria de entender por que as mulheres depositam tanta fé indevida numa surra. Talvez porque elas mesmas não estejam habituadas à violência. Uma surra não quer dizer grande coisa para um homem. Meia hora depois, terminou, ele está tão bom quanto antes.

— Você deve saber o que está dizendo — murmurou ela.

Ele bateu com um dedo na ponta de três outros dedos.

— Há três opções. Você vai até eles e conta tudo. Ou eu vou até eles e conto tudo. Ou nós mantemos a situação atual. Isto é, você me faz um favor e depois esquecemos o assunto, nada mais será dito a respeito. Mas não existe uma quarta opção.

Ele balançou a cabeça de leve, em sinal de paciente desaprovação.

— Você dramatiza tanto as coisas, Patrice. É a marca infalível da vulgaridade. Você é uma moça vulgar. Essa é a diferença básica entre nós. No seu modo de ver, posso ser um imprestável, mas tenho certa classe. Do modo que você imagina, eu invadiria a casa, abriria bem os braços numa pose declamatória, e berraria: "Essa moça não é a nora de vocês!". Nada disso. Não ia funcionar com gente desse tipo. Seria excessivo. Tudo que eu preciso é me fazer de bobo e deixar que você mesma se denuncie, com as suas próprias palavras. Na presença deles. Você não poderia recusar minha presença na casa. "Quando você esteve em Paris com Hugh, Patrice, em que margem do Sena ficou hospedada, na direita ou na esquerda? Qual era o nome do navio em que fizeram a viagem de volta? Bem, quando encontrei você lá com ele, naquele dia... Ah, você se esqueceu de mencionar que já nos encontramos antes, Pat? Por que será que você parecia tão diferente do que está hoje? Você não parece nem de longe a mesma moça." Até você ceder e desmoronar.

Ele era capaz disso. Mostrava-se muito frio acerca da coisa toda, esse era o aspecto mais perigoso. Nenhum ardor, nenhum impulso, nenhuma emoção para atenuar sua decisão. Tudo planejado, tramado, resolvido de antemão. Delineado. Mapeado. Cada passo. Até os detalhes. Agora ela sabia o propósito das diversas etapas. Não se tratava de simples cartas anônimas ameaçadoras. Elas foram importantes para o plano, a longo prazo. Guerra psicológica, guerra de nervos, deixá-la enfraquecida antecipadamente, quebrar sua resistência antes do ataque principal. A viagem de pesquisas para Nova York, nesse meio tempo, para ter certeza do terreno em que estava pisando, para ter certeza de que não havia nenhuma fenda, não deixar qualquer saída para ela.

Ele esfregou de leve a borda da mão na beirada do volante, como se quisesse remover um cisco.

— Não existe um vilão nessa história. Vamos deixar de lado os ornamentos vitorianos. É apenas uma transação de negócios. Não é diferente de fazer um seguro, na verdade. — Virou-se para ela com uma pretensão de sinceridade que, por um momento, pareceu quase agradável. — Você não prefere ser prática a respeito do assunto?

— Acho que sim. Imagino que devo tratar do assunto nos termos que você escolheu. — Ela não tentou exprimir o seu desprezo; não o teria atingido, sabia disso.

— Se você se livrar desses enfadonhos fetiches de virtude e vilania, de branco e preto, a coisa toda se torna tão simples que não vale sequer os quinze minutos que estamos perdendo aqui no carro.

— Não tenho dinheiro algum, Georgesson. — Capitulação. Submissão.

— Eles são uma das famílias mais ricas da cidade, todo mundo sabe disso. Por que devíamos ser tão técnicos nessa questão? Peça que abram uma conta para você. Você já não é criança.

— Eu não posso *pedir* a eles de repente que façam...

— Não *peça.* Existem outras maneiras. Você é mulher, não é? É muito fácil; uma mulher sabe como conseguir essas coisas...

— Agora eu preciso ir — disse Patrice, tateando às cegas em busca da maçaneta da porta do carro.

— Estamos entendidos? — Ele abriu a porta para ela. — Volto a telefonar daqui a algum tempo.

Ele fez uma pausa. A ameaça era tão impalpável que não houve a menor alteração na inflexão da sua fala mole e arrastada.

— Não faça pouco caso de mim, Patrice.

Ela saiu. A batida da porta ao fechar foi o imaginário tapa na cara que ela lhe deu, de repulsa.

— Boa noite, Patrice — disse ele, com voz arrastada, amistosamente.

34

— Completamente claro — dizia ela, com animação. — Tinha uma tira do mesmo tecido e uma fileira de botões descendo até aqui.

Patrice se dirigia deliberadamente à sra. Hazzard, excluindo os dois homens da família. Bem, o assunto em si constituía uma desculpa suficiente para isso.

— Meu Deus, e por que você não comprou? — a sra. Hazzard quis saber.

— Eu não pude — ela respondeu, com relutância. Parou um instante, em seguida acrescentou: — Não na mesma hora... ali, de repente. — E brincou um longo tempo com o garfo. E sentiu-se vil.

Eles devem ter pensado que a expressão no seu rosto era de melancólica frustração. Não era. Era nojo de si mesma.

Você não precisa pedir abertamente. Existem outras maneiras; é muito fácil. Uma mulher sabe como conseguir essas coisas.

Essa era uma delas.

Como aqueles que nos amam se encontram indefesos contra nós, pensou ela, com amargura. Como é torpe e criminoso tirar proveito dessa desproteção auto-imposta. Da maneira que estou fazendo agora. Truques, armadilhas e ardis, isso é para estranhos. Devem ser empregados apenas contra os estranhos. Não contra aqueles que nos amam; com a guarda baixa, com os olhos confiantemente fechados. Aquilo fazia a sua pele fervilhar numa reação súbita. Sentia-se indecente, suja, obscena.

O sr. Hazzard intrometeu-se na conversa.

— Por que você não o encomenda e manda entregar aqui? Podia ter usado a conta de Grace. Ela compra muito lá.

Patrice baixou os olhos.

— Eu não gostaria de fazer isso — respondeu, reticente.

— Bobagem... — Ele se deteve, de repente. Quase como se alguém tivesse pisado rapidamente no seu pé, por baixo da mesa.

De relance, Patrice percebeu os olhos de Bill voltados para ela. Pareceu sustentar o olhar por um tempo um pouco maior do que o necessário. Mas, antes que ela pudesse conferir, Bill desviou os olhos e completou o trajeto do garfo, que parara em suspenso, levando um pedaço de torta até a boca.

— Acho que ouvi Hughie chorar — disse Patrice. Largou seu guardanapo na mesa e correu até a escada para ouvir melhor.

Mas enquanto tentava escutar algum som vindo lá de cima, não pôde deixar de entreouvir a voz disfarçada da sra. Hazzard na sala de jantar, às suas costas, sublinhando cada palavra com rigorosa severidade.

— Donald Hazzard, você devia se envergonhar. Será preciso explicar *tudo* para vocês, homens? Será que não têm um grão de perspicácia na cabeça?

35

Pela manhã, o sr. Hazzard ficou na mesa mais tempo do que o costume, em vez de sair com Bill. Patrice o notou quando desceu. Estava sentado, quieto, lendo o jornal, enquanto ela terminava o seu café da manhã. E Patrice achou que, na atitude dele, havia um leve toque de secreta satisfação consigo mesmo.

Quando Patrice se levantou da mesa, ele se levantou junto.

— Pegue seu chapéu e seu casaco, Pat, quero que venha comigo, no carro. Esta jovem senhora e eu temos assuntos a resolver na cidade — explicou para a sra. Hazzard. Esta, por sua vez, tentou sem grande sucesso se mostrar surpresa e desconcertada.

— Mas quem vai dar comida para o Hughie? — perguntou Patrice.

— Eu cuido disso — disse a sra. Hazzard, com serenidade.

— Você não vai demorar muito a voltar. Só estou tomando você emprestada por um tempo.

Patrice entrou no carro ao lado dele, pouco depois, e foram para a cidade.

— O pobre Bill teve que ir a pé para o escritório, esta manhã? — ela perguntou.

— Pobre Bill, pois sim! — ele gracejou. — Vai lhe fazer bem essa caminhada. Se eu tivesse as pernas que ele tem, eu mesmo iria a pé toda manhã para o trabalho.

— Para onde está me levando?

— Não se preocupe. Nada de perguntas. Espere até chegar lá e você vai ver.

Pararam em frente ao banco. Ele a ajudou a sair do carro e a fez entrar ao seu lado. Disse algo para um dos guardas, de passagem, e sentaram-se num banco para aguardar um momento.

Um momento muito breve. Em seguida, o guarda voltou com um ar bastante diferente. Conduziu-os para uma porta com a inscrição "Gerente, Particular". Antes que tivessem alcançado a porta ela já fora aberta e um homem um pouco corpulento, de rosto simpático, usando óculos com aros de chifre, esperava para cumprimentá-los.

— Entre e conheça meu velho amigo Harve Wheelock — o sr. Hazzard disse a Patrice.

Sentaram-se em confortáveis poltronas de couro no escritório particular, e os dois homens acenderam charutos.

— Harve, tenho um cliente novo para você. Esta é a esposa do meu filho Hugh. Não que eu ache que este seu velho banco sarnento seja grande coisa, mas... bem, sabe como é. Trata-se de um hábito, eu suponho.

O gerente se sacudiu todo satisfeito, como se aquilo fosse uma piada particular entre os dois, a qual vinham repetindo havia vários anos. Ele piscou os olhos para Patrice, indicando que era tudo brincadeira.

— Concordo com você. Estou disposto a vender-lhe meu banco bem barato.

— Barato, quanto?

— Um quarto de milhão. — Nesse meio tempo, o gerente ia preenchendo os formulários de abertura de conta como se tivesse todas as informações necessárias na ponta da língua e não precisasse perguntar coisa alguma sobre isso.

O sr. Hazzard balançou a cabeça.

— Barato demais. Não deve ser boa coisa. — De forma inesperada, depositou sobre a mesa um retângulo de papel azul-claro e deixou-o ali, virado para baixo.

— Pense melhor a respeito e depois me avise — retrucou o gerente, com sarcasmo. E para Patrice, oferecendo a ela a sua caneta: — Assine aqui, minha cara.

Falsificadora, pensou ela com escárnio. Devolveu o papel assinado, com os olhos voltados para baixo. O retângulo de papel azul-claro estava preso nele com um clipe e foi despachado. Uma pequena caderneta preta veio tomar o seu lugar, sobre a mesa.

— Aqui está, para você, minha cara. — O gerente lhe passou a caderneta, por sobre a escrivaninha.

Patrice a abriu e olhou, sem ser notada, enquanto os dois homens retomavam sua troca de pilhérias e brincadeiras secretas. Estava tão limpa, ainda tão sem uso. No alto, indicava: "Sra. Hugh Hazzard". E só havia uma anotação, na data daquele mesmo dia. Um depósito.

5000,00

36

Ela ficou de pé, segurando a latinha redonda, fitando-a com um olhar gélido, como se não conseguisse entender o que estava ali dentro. Estava segurando a latinha daquele modo já havia um longo tempo, sem vê-la na verdade. Virou-a, enfim, e entornou seu conteúdo na pia. Estava cheia além da metade.

Ela saiu, fechou a porta, atravessou o saguão e bateu de leve na porta.

— Vou dar uma saidinha rápida. Hughie acabou de entornar sua lata de talco no banho e quero comprar outra, antes que me esqueça.

— Tudo bem, querida — disse a sra. Hazzard. — A caminhada vai fazer bem a você... Ah, compre para mim um vidro de xampu, querida. O meu está acabando.

Patrice experimentou aquela leve sensação de náusea que começava a conhecer tão bem. Era tão fácil enganar aqueles que a amavam. Mas a quem ela estava realmente enganado... a eles ou a si mesma?

O braço dele se achava apoiado negligentemente na porta do carro, com o cotovelo apontando para fora. A porta se abriu. Ele deu lugar para Patrice, passando bem devagar para o outro assento, sem dar sinal de querer se levantar. Seu jeito indolente de mostrar que considerava a presença dela uma coisa banal tinha um efeito muito mais insultuoso do que qualquer grosseria.

— Desculpe por eu ter ligado. Pensei que você tivesse esquecido a nossa conversa. Já faz mais de uma semana.

— Esquecido? — indagou ela, com sarcasmo. — Quem me dera isso fosse tão fácil.

— Soube que você se tornou uma correntista do banco Standard Trust, depois do nosso último encontro.

Patrice disparou sobre ele um involuntário olhar de surpresa, sem dar qualquer resposta.

— Cinco mil dólares.

Ela inspirou o ar com força.

— As pessoas contam tudo para a gente em troca da quarta parte de um charuto. — Ele sorriu. — E então?

— Não tenho dinheiro algum comigo. Ainda não usei a conta. Tenho que descontar um cheque de manhã e...

— Eles entregam um talão de cheque para os clientes, não é? E você, com toda certeza, está com o talão, não é?

Patrice voltou para ele um olhar de indisfarçada surpresa.

— Tenho uma caneta-tinteiro aqui no meu bolso. Vou acender a luz do painel, um instante. Vamos acabar logo com isso; quanto mais rápido melhor. Agora, vou lhe dizer o que deve fazer. Nominal para Stephen Georgesson. Não quero um cheque ao portador. Quinhentos.

— Quinhentos?

— Uma quantia convencional.

Patrice não entendeu o que ele quis dizer e foi imprudente o bastante para deixá-lo ir adiante sem interromper.

— Só isso. Depois, a sua assinatura. A data, se quiser.

Ela parou, de súbito.

— Não posso fazer isso.

— Desculpe, mas você precisa fazer. Não aceito de outro modo. Não vou aceitar dinheiro vivo.

— Mas isso passa pelo banco com os nossos dois nomes, o meu como pagadora e o seu como tomador.

— Tem um rio de cheques passando pelo banco todo mês, não vão nem perceber. Podia ser uma dívida de Hugh, entende, que você está saldando para ele.

— Por que está tão ansioso para ter um cheque? — Patrice indagou, hesitante.

Um sorriso malandro entortou o canto da sua boca.

— E por que você faria alguma objeção, se eu não faço? A vantagem é sua, não é? Eu estou fazendo o seu jogo, lhe dando uma vantagem. O cheque vai voltar para as suas mãos depois que for pago pelo banco. Depois disso, você estará de posse de uma prova concreta de... chantagem, contra mim, se você um dia se der o trabalho de me processar. Algo que, até agora, você não tem. Lembre, até este ponto, é a sua palavra contra a minha, eu posso negar que tudo isso tenha de fato acontecido. Uma vez que este cheque seja pago, você dispõe de uma prova viva.

E acrescentou, falando de um modo um pouco mais áspero do que vinha fazendo até então:

— Vamos dar por encerrado o assunto? Você está ansiosa para voltar. E eu estou ansioso para cair fora daqui.

Patrice lhe devolveu o cheque preenchido e a caneta.

Ele sorria de novo, agora. Esperou até que ela saísse do carro e deu a partida. Por cima da vagarosa palpitação do motor, ele disse:

— Seu raciocínio não é muito rápido nem muito claro, não é? Este cheque é uma prova contra *mim*, que *você* possui, se ele for pago pelo banco e voltar para você. Mas se não... se for guardado e nunca for apresentado ao banco para desconto... então é uma prova contra *você*, que *eu* possuo.

O carro partiu e deixou-a para trás, de pé, olhando para ele, com uma atônita consternação.

37

Em vez de caminhar de má vontade na direção do carro, como fizera nas duas vezes anteriores, Patrice quase correu pela rua, entre as sombras da noite, como se temesse que ele pudesse, de súbito, partir e escapar dela. Quando chegou ao carro, agarrou-se no alto da porta com ambas as mãos, como em busca de apoio.

— Não agüento mais! O que você está querendo fazer comigo?

Ele se mostrou afetadamente irônico. Suas sobrancelhas arquearam.

— Fazer? Não fiz nada com você. Nem cheguei perto de você. Não vejo você há três semanas.

— O cheque não foi descontado.

— Ah, você recebeu o extrato do banco. É verdade, ontem veio o primeiro do mês. Imagino que você tenha tido vinte e quatro horas ruins. Devo ter esquecido...

— Não — retrucou Patrice com rancor feroz. — Você não é do tipo que esqueceria uma coisa dessas, seu sanguessuga miserável! Já não fez o bastante comigo? O que está tentando fazer, me deixar totalmente maluca?...

A atitude dele se modificou de forma abrupta, endureceu.

— Entre — ordenou, com rispidez. — Quero falar com você. Vamos dar uma volta de uns quinze minutos.

— Não posso dar uma volta de carro com você. Como pode me pedir uma coisa dessas?

— Não podemos ficar parados aqui nesse lugar, conversando tanto tempo. É muito pior. Já fizemos isso duas vezes. Podemos dar uma ou duas voltas de carro no lago; não há ninguém por lá a essa hora, e não é preciso parar. Levante sua gola e cubra a boca.

— Por que está guardando o cheque? O que pretende fazer?

— Espere até chegarmos lá — respondeu.

Então, quando estavam no lago, ele respondeu, frio, impassível, como se não tivesse havido nenhuma interrupção:

— Não estou interessado em quinhentos dólares.

Patrice estava começando a perder a cabeça. Sua incapacidade para discernir os motivos dele a estava impelindo para o pânico.

— Então, me devolva o cheque e eu lhe dou mais dinheiro. Eu dou mil dólares para você. Ah, mas me devolva o cheque.

— Não quero que você me dê mais nada. Não quero receber dinheiro algum. Não está entendendo? Quero que o dinheiro pertença a *mim*, por direito.

O rosto de Patrice de repente ficou branco.

— Não entendo. O que está querendo dizer?

— Pela expressão na sua cara, acho que você está começando a entender. — Ele vasculhou o bolso, pegou algo. Um envelope, já selado e pronto para ser remetido pelo correio. — Você me perguntou onde estava o cheque. Está aqui. Aqui, leia o que está escrito. Não, não tire da minha mão. Apenas leia, de onde você está.

Sr. Donald Hazzard
Hazzard e Loring
Empire Building
Caulfield

— Não... — Patrice não conseguiu falar, apenas sacudiu a cabeça, convulsivamente.

— Vou enviar para o escritório dele, onde você não pode interceptá-lo. — Recolocou o envelope no bolso. — A última coleta de cartas, aqui em Caulfield, é às nove horas da noite. Talvez você não saiba disso, mas andei estudando essas coisas ultimamente. Tem uma caixa de correio na rua Pomeroy, a poucos metros de onde o carro estava estacionado nas últimas vezes que nos encontramos. Ali é escuro e discreto, e é a caixa que vou usar. Mas o carteiro só chega lá por volta das nove e quinze. Já verifiquei o horário diversas vezes seguidas e tirei a média.

Com a mão espalmada, cobriu a boca de Patrice para que ela não falasse.

— Agora, se você chegar lá antes do carteiro, este envelope fica fora da remessa do correio. Se você não estiver lá quando ele chegar, vou pôr o envelope na caixa. Você tem um dia de prazo, até amanhã às nove e quinze.

— Mas para que você quer que eu esteja lá...? Você disse que não queria mais...

— Vamos dar um passeio até Hastings, a cidade vizinha. Vou levar você até um juiz de paz e ele vai nos tornar marido e mulher.

Ele reduziu a velocidade do carro quando a cabeça de Patrice desabou desamparada para trás, por sobre o topo do encosto do assento, por um instante.

— Achei que as moças já não desmaiavam hoje em dia... — começou ele. Em seguida, quando viu Patrice reaprumar o corpo, com esforço, e esfregar as costas das mãos confusamente sobre os olhos, completou: — Ah, vejo que não desmaiam mesmo; ficam só um pouco tontas, não é?

— Por que está fazendo isso comigo? — exclamou ela, com voz sufocada.

— Existem diversas boas razões que posso apresentar a você. É um bom negócio. Mais seguro, do meu ponto de vista, do que os termos em que vínhamos tratando o assunto até aqui. Não existe a menor possibilidade de o tiro sair pela culatra. Uma esposa, segundo os livros de direito, não pode testemunhar contra o marido. Isso significa que qualquer advogado digno dos seus honorários pode pôr você para fora do tribunal antes que você chegue sequer a abrir a boca. Além disso, há outras considerações mais práticas. Os velhos não vão ficar por aqui para sempre, você sabe. A vida da velha está por um fio. E, sem ela, o velho não vai durar muito, também. O velho fiel, conheço o tipo. Quando os dois se forem, você e Bill dividem tudo em partes desiguais... Não fique assim tão horrorizada; o advogado deles não andou espalhando nada, mas esta cidade é pequena, esse tipo de coisa acaba vazando sem ser preciso que alguém dê com a língua nos dentes. Posso esperar um ano, ou até dois ou três, se for preciso. A lei garante ao marido um terço dos bens da sua esposa Três quartos de... Posso estar subestimando mas, *grosso modo*, eu diria que, do total de quatrocentos mil dólares, daria trezentos mil dólares para você. E um terço disso, de novo... Não cubra os olhos desse jeito, Patrice; você parece uma personagem saída de um romance de Marie Corelli.

Ele freou o carro.

— Pode descer aqui, Patrice. Já está perto o bastante. — E depois riu um pouco, ao vê-la tropeçar na calçada. — Tem certeza de que é capaz de caminhar direito? Não quero que pensem que eu importunei você demais...

As últimas coisas que disse foram:

— Verifique se o seu relógio não está atrasando, Patrice. Porque o Correio dos Estados Unidos nunca perde a hora.

38

Os dois fachos de luz dos faróis do carro golpeavam a estrada à sua frente como as relhas de um arado, dando a impressão de que empurravam para os lados a terra da escuridão, pondo a nu o seu miolo branco, semelhante ao bórax, e espalhando-o por todo o leito da estrada. A seguir, atrás deles, os sulcos lívidos cicatrizavam de novo, imediatamente, em total escuridão.

Parecia que estavam viajando daquele jeito havia horas, em silêncio, embora profundamente conscientes um do outro. Árvores passavam, palidamente iluminadas de baixo para cima, ao longo dos troncos, pelo reflexo passageiro do jorro de luz dos faróis do carro, em uma incandescência fantasmagórica. Então, às vezes, não havia árvores, elas recuavam, e uma superfície negra, aveludada, vinha tomar o seu lugar — prados ou pastos, ela supôs, que tinham um cheiro mais doce. Trevos. O campo aqui era maravilhoso; maravilhoso demais para que alguém, no meio dele, se achase nesse inferno de sofrimento.

Outras estradas se ramificavam também para os lados, a todo instante, mas eles nunca entravam por elas. Mantinham-se nessa estrada larga, reta, por onde vinham seguindo.

Passaram por uma placa branca, iluminada de forma indireta, disposta em ângulo reto em relação à estrada, de modo que pôde ser lida quando chegaram perto. Dizia: “Bem-vindo a Hastings”. E depois, embaixo: “População...”, e alguns números pequenos demais para serem lidos antes que o carro já tivesse passado.

Ela olhou para trás, de relance, por um momento, na direção da placa, em uma espécie de terror fascinado.

Aparentemente, ele percebeu que Patrice fizera isso, sem olhar diretamente para ela.

— Estamos do outro lado da fronteira do estado — comentou ele, com frieza. — Viajar alarga os horizontes da gente, é o que dizem. — Agora, eram nove e quarenta e cinco, segundo o relógio de pulso de Patrice. Haviam levado apenas meia hora para chegar ali.

Passaram pela praça central da cidade. Uma *drugstore* ainda estava aberta e duas daquelas antiquadas jarras de água colorida, que todas as vitrines das *drugstores* exibiam antigamente, irradiaram um clarão verde-esmeralda e malva sobre eles, quando passaram. Um cinema ainda tinha vida na parte de dentro, mas por fora ia morrendo depressa, a marquise já escura, o saguão à meia-luz.

O carro entrou numa das ruas laterais, um túnel sob a sombra de árvores frondosas, as casas todas recuadas para dar espaço a um gramado, de sorte que eram quase invisíveis na treva noturna, vistas da rua. Uma luz fraca cintilando no fundo de uma varanda coberta de hera pareceu atrair a atenção dele. De súbito, ele manobrou para cima da calçada, retrocedeu um pouco e parou em frente à casa.

Ficaram ali, um tempo.

Então, ele saiu do carro, deu a volta até o lado dela e abriu a porta.

— Vamos entrar — disse ele, de forma concisa.

Patrice não se mexeu, não respondeu.

— Entre comigo. Estão esperando.

Ela não se mexeu, não respondeu.

— Não fique aí sentada desse jeito. Já resolvemos tudo isso antes, em Caulfield. Vamos. Diga alguma coisa, está bem?

— O que quer que eu diga?

Ele deu um tapa impaciente na porta do carro, um gesto que indicava um breve adiamento.

— Vá se preparando. Vou entrar e avisar que estamos aqui.

Ela o viu se afastar, em uma espécie de estupor, como se isso estivesse acontecendo com outra pessoa; ouviu seus passos subindo o passeio feito de pranchões de madeira que levava até a casa. Conseguiu até escutar a campainha da porta, dentro da casa, ali mesmo de onde estava. Não era de admirar, estava tudo tão silencioso. Apenas coisinhas aladas zoando e zumbindo em uma árvore.

Patrice ficou pensando: como ele sabe que não vou ligar o carro de repente e fugir? Ela mesma respondeu: ele sabe que não vou fazer isso. Sabe que é tarde demais. Como eu também sei. O tempo de parar, de recuar, de fugir, já havia passado muito antes. Muito antes mesmo. Muito antes desta noite. Foi naquela cabine do trem que veio para cá, quando as rodas tentaram me prevenir. Foi quando veio o primeiro bilhete. Quando veio o primeiro telefonema, a primeira caminhada até a drogaria. Estou tão presa e segura aqui como se estivesse algemada a ele.

Agora, dava para ouvir as vozes deles. Uma mulher dizendo:

— Não, de modo algum; chegaram bem na hora. Podem entrar.

A porta continuava aberta, iluminada. Quem quer que estivesse de pé ali, já havia retrocedido para dentro de casa. Ele vinha voltando na direção de Patrice, agora. O som dos seus passos no passeio de madeira. Patrice se agarrou à beirada do seu assento no carro, enterrou os dedos no estofamento de couro.

Ele estava agora ao seu lado, de pé.

— Venha, Patrice — disse, numa voz despreocupada.

Esse foi o maior horror de tudo aquilo, o seu jeito despreocupado, sua naturalidade. Ele não estava fingindo.

Patrice também falou com voz serena, tanto quanto ele, mas sua voz soou tão débil e indistinta como a corda de um instrumento apenas roçada com os dedos.

— Não posso fazer isso. Georgesson, não me peça para fazer isso.

— Patrice, já discutimos esse assunto. Já expliquei a você na noite passada e ficou tudo acertado.

Ela cobriu o rosto com as mãos em concha, logo depois descobriu o rosto de novo. Continuava a repetir as mesmas quatro palavras; eram as únicas em que conseguia pensar.

— Mas não posso fazer isso. Você não entende? Não posso fazer isso.

— Não existe qualquer impedimento. Você não é casada com ninguém. Mesmo na sua suposta identidade, não está casada com ninguém, e muito menos na sua identidade verdadeira. Investiguei tudo isso em Nova York.

— Steve. Escute, estou chamando você de Steve.

— Não vou me derreter por isso — garantiu ele, com ar jocoso. — Este é o meu nome, é assim que devo ser chamado. — Cravou os olhos nos olhos de Patrice. — É o meu nome de verdade, não um nome que eu tenha apanhado por conta própria... *Patrice.*

— Steve, eu nunca pedi nada a você, antes. Em todos esses meses, eu aceitei tudo como uma mulher. Steve, se existe algo humano em você, eu suplico...

— Sou humano até demais. É por isso que gosto tanto de dinheiro. Mas você trocou as bolas. É a minha própria humanidade que torna o seu apelo inútil. Vamos, Patrice. Você está perdendo tempo.

Ela se encolheu de lado no assento do carro. Ele tamborilou os dedos no alto da porta e riu um pouco.

— Por que esse horror do casamento? Deixe-me ir ao fundo dessa sua aversão. Quem sabe eu possa reanimar você. Não existe nenhuma atração pessoal envolvida nisso; você não sente nada por mim. Eu só sinto desprezo por você, por ser a mulherzinha vulgar, tola e trapaceira que é. Vou deixar você na porta da casa da família que você tanto ama, assim que chegarmos de volta a Caulfield. Vai ser um casamento só no papel, no pleno sentido da expressão. Mas vai ser firme, vai durar até a morte. E então? Isso termina com os seus chiliques semivitorianos?

Patrice pôs as costas das mãos sobre os olhos, como se uma explosão a tivesse ofuscado.

Ele abriu a porta com um puxão violento.

— Estão à nossa espera lá dentro. Vamos, você está apenas tornando as coisas piores.

Ele começava a endurecer com ela. A oposição de Patrice começava a irritá-lo. E isso se revelava pelo inverso, por meio de uma frieza letal.

— Olhe, minha amiga, eu não vou arrastar você pelos cabelos lá para dentro. Não vale a pena. Vou entrar lá um instante e telefonar para a residência dos Hazzard para contar a eles toda a história, agora mesmo. Depois, vou levar você de volta para o mesmo lugar onde a peguei. Eles podem ficar com você... se ainda quiserem ver a sua cara. — Ele se inclinou ligeiramente para ela, através da porta. — Dê uma boa olhada em mim. Pareço estar brincando?

Estava falando sério. Não era um blefe, havia uma intenção verdadeira por trás. Podia até ser uma ameaça que ele preferisse não levar adiante, mas não era uma ameaça vazia. Patrice podia ver isso nos seus olhos, na frieza obstinada que havia neles, o nojo em relação a ela que lia naquele olhar.

Ele virou-se e afastou-se do carro, subiu de novo pelo passeio de pranchões de madeira, com mais decisão, mais pressa do que antes.

— Desculpe, eu poderia incomodar o senhor um minuto — Patrice ouviu-o começar a dizer quando chegou à porta, e em seguida o resto se perdeu, quando ele entrou na casa.

Patrice se apressou a sair do carro, agarrando a porta como alguém que levanta para caminhar dormindo. Depois, avançou trôpega pelo passeio de madeira até a varanda, e a hera farfalhou um instante quando Patrice esbarrou atabalhoadamente nas plantas. A seguir, avançou rumo ao retângulo de luz projetado pela porta aberta, para dentro da casa. Era como fazer força para andar com a água pelos joelhos.

Uma mulher de meia-idade foi ao encontro dela no corredor de entrada.

— Boa noite. É a senhora Hazzard? Ele está aqui.

Levou-a para um aposento, à esquerda, empurrando um par de antiquadas portas de correr. Ele estava de pé ali dentro, de costas para elas, ao lado de um antiquado aparelho telefônico, fixado à parede.

— Aqui está a jovem senhora. Os dois podem entrar no gabinete quando estiverem prontos.

Patrice fechou de novo as portas de correr atrás dela.

— Steve — disse.

Ele virou-se e olhou para ela, depois deu as costas de novo.

— Não... não a mate — suplicou Patrice.

— Os velhos acabam morrendo, mais cedo ou mais tarde.

— Já contou tudo?

— Estão completando a ligação para Caulfield agora.

Não se tratava de um truque, uma simulação. O dedo dele não se achava próximo do gancho do aparelho, mantendo-o abaixado. Ele estava de fato fazendo o que prometera.

Um som sufocado irrompeu na garganta de Patrice.

Ela olhou em volta, mais uma vez, de forma menos abrangente do que antes.

— Você já decidiu, de uma vez por todas?

Ela não moveu a cabeça, apenas deixou as pálpebras se fecharem por um minuto.

— Telefonista — disse ele —, cancele a ligação. Foi um engano.

Recolocou o aparelho no gancho.

Patrice sentiu um pouco de enjôo e tontura, como acontece quando acabamos de olhar de uma grande altura e, de repente, recuamos de novo.

Ele foi até as portas de correr e empurrou-as energicamente para os lados.

— Estamos prontos — avisou na direção do gabinete, do outro lado do saguão.

Ele ofereceu o braço dobrado para ela, sarcástico, insolente, inclinando seu cotovelo para que ela o segurasse, sem sequer olhar para Patrice enquanto ela o fazia.

Patrice avançou e os dois seguiram juntos na direção do gabinete, o braço dela enganchado ao dele. Lá dentro se achava o homem que iria casá-los.

39

Foi no caminho de volta que Patrice compreendeu que ia matá-lo. Sabia que precisava, sabia que, agora, era a única saída que restava. Deveria ter feito isso antes, disse a si mesma. Muito antes disso tudo; naquela primeira noite, quando sentou ao lado dele, no carro. Teria sido muito melhor. Assim, o supremo horror e degradação dessa noite teriam sido pelo menos evitados. Ela não pensara nisso, naquela hora; foi uma idéia que nem de longe passou pela sua cabeça. Procurava fugir, escapar dele de alguma outra forma; a idéia de segurança nunca se manifestava desse modo: a sua eliminação.

Mas Patrice sabia que ia fazer isso, agora. Nessa noite.

Não trocaram uma palavra sequer, por todo o caminho, desde quando deixaram a casa do juiz de paz. Por que deveriam? O que havia para dizer? O que havia para fazer, agora... exceto esse gesto final, que lhe ocorreu ao passar por um poste telegráfico branco, seis quilômetros depois da saída de Hastings. Bem na hora que o poste passou: claque, um estalo, e a idéia estava ali. Como se Patrice tivesse passado por células fotoelétricas que cruzavam a estrada, a partir daquele poste telegráfico especial. De um dos lados, inércia, desespero passivo, fatalismo. Do outro lado, resolução madura, ausência de remorsos, sentimento irredutível: vou matá-lo. Esta noite. Antes que esta noite termine, antes que volte a claridade.

Nem um nem outro diziam coisa alguma. Ele, porque estava satisfeito. Fizera aquilo que havia planejado. Chegou a assobiar de leve, uma vez, por um breve tempo, mas depois silenciou de novo. Ela nada dizia, porque estava arrasada. Destruída, no sentido exato da palavra. Nunca antes se sentira desse modo. Já nem sequer sentia a mente atormentada. A luta havia terminado. Agora, estava mergulhada em torpor. Havia nela mais sentimento logo depois do desastre de trem do que agora.

Patrice seguia viagem de olhos fechados. Como uma mulher que retorna de um funeral, para quem tudo que valia a pena na vida acabava de ser enterrado, e para quem não havia restado sobre a Terra coisa alguma que valesse sua atenção.

Por fim, ela o ouviu falar:

— Pronto, foi tão ruim assim? — perguntou.

Ela respondeu mecanicamente, sem abrir os olhos.

— Aonde você está...? O que quer de mim, agora?

— Exatamente nada. Você vai para o mesmo lugar onde estava antes. Isso é só entre mim e você. E quero que continue desse jeito, entendeu? Nem uma palavra com a sua família. Não até que eu esteja pronto. Vai ser o Nosso Segredinho, seu e meu.

Ele temia que, caso a levasse consigo logo de saída, a família resolvesse modificar o testamento. E temia que, caso a deixasse ficar com a família e eles viessem a saber do casamento, conseguissem uma anulação para ela.

Como se mata um homem? Não havia nada, aqui, nenhum recurso. O campo era plano, a estrada, reta. Se ela desse um puxão no volante, tentasse deixar o carro fora de controle, nada demais ia acontecer. Eram necessários lugares íngremes, curvas fechadas. E o carro deslizava sossegadamente, sem velocidade. Na certa, apenas se sacudiria no meio da poeira, na beira da estrada, para chocar-se com um poste telegráfico, e no final os dois ali dentro iam só sacolejar um pouco.

Além do mais, mesmo que isso fosse realizável, Patrice não tinha intenção de morrer junto com ele. Queria que só ele morresse. Patrice tinha um filho, ao qual era dedicada, um homem que amava. Ela queria viver. Sempre tivera uma vontade insaciável de viver, a vida inteira; e ainda tinha, agora. Mesmo no estado de torpor em que se achava, essa vontade ardia teimosamente dentro dela. Nada era capaz de extingui-la, se não... a essa altura ela já teria, provavelmente, levado a cabo outra opção.

Ah, meu Deus, Patrice exclamou interiormente, se pelo menos eu tivesse um...

E, nesse instante, Patrice soube como fazê-lo. Soube como iria fazê-lo. Pois a próxima palavra-símbolo fulgurando diante dos seus olhos foi "revólver" e, assim que a palavra surgiu, trouxe consigo a resposta para o seu apelo.

Na biblioteca, em casa. Havia uma arma, ali, em algum lugar.

Uma breve cena, ocorrida muitos meses atrás, voltou à sua mente. Sepultada até então, reapareceu de súbito, tão nítida como se tivesse se passado há apenas um momento. A luminária de leitura, confortavelmente acesa e lançando sua luz alegre. O sr. Hazzard ficara sentado ali, até tarde, lendo um livro. Os outros tinham ido dormir, todos exceto Patrice. Ela fora a última a deixá-lo na biblioteca. Um rápido beijo na testa dele.

— Quer que eu tranque tudo?

— Não, pode subir. Eu vou dormir daqui a pouco.

— Não vai esquecer de trancar?

— Não, não vou esquecer. — E então deu uma risadinha, naquele seu jeito seco: — Não fique nervosa. Estou bem protegido aqui embaixo. Há um revólver numa das gavetas bem aqui do meu lado. Nós o guardamos especialmente para os assaltantes. Foi idéia de Grace, muitos anos atrás... e desde então não se viu nem sombra de um ladrão por aqui.

Patrice riu daquela galhofa melodramática, e respondeu com muita sinceridade:

— Eu não estava pensando em ladrões, mas numa repentina tempestade no meio da noite e nos estragos nas cortinas.

Patrice riu, naquela noite. Mas agora não ria.

Agora ela sabia onde havia uma arma.

Era só enfiar o dedo. Puxar o gatilho. E teria paz, teria segurança.

Pararam e ela ouviu a porta do carro, do seu lado, abrir com um estalo. Patrice ergueu os olhos. Estavam em um túnel de árvores frondosas, na rua. Ela reconheceu a formação simétrica das árvores, o aclive do gramado ao redor, os contornos vagos das residências particulares, ao fundo. Estavam na rua dela, porém mais adiante, a um quarteirão da sua casa. Ele estava sendo cauteloso, deixando Patrice a uma boa distância da casa, para ser discreto.

Ficou ali sentado, à espera de que ela entendesse que devia sair do carro. Patrice olhou para o seu relógio de pulso, mecanicamente. Ainda não eram onze horas. Deviam ser umas dez, quando aquilo aconteceu. Levaram quarenta minutos para voltar; a volta não fora mais lenta do que a ida. Ele viu Patrice olhar o relógio. Sorriu com sarcasmo:

— Casar não toma tanto tempo assim, não é?

Morrer também não toma muito tempo, pensou Patrice, em segredo.

— Você não quer... não quer que eu vá com você? — perguntou com um sussurro.

— E para quê? — retrucou ele, com insolência. — Não quero você. Só quero aquilo que, no final, vem com você. Trate de ir para o andar de cima, para o seu pequeno leito imaculado. (Pelo menos imagino que seja. Afinal, com esse Bill à solta pela casa...)

Patrice chegou a sentir um calor nas faces. Mas nada mais tinha importância, não ligava mais para nada. Exceto o fato de que a arma se achava a um quarteirão dali, e ele estava aqui. E os dois, ele e a arma, tinham de se encontrar.

— Fique quietinha no seu canto — ele a aconselhou. — Nada de viagens inesperadas para fora da cidade, Patrice. A menos que você queira que eu, de repente, me apresente e declare ser o pai do menino. Agora tenho a lei a meu favor, sabia? E vou direto procurar a polícia.

— Bem... Você me espera aqui um instante? Vou... vou voltar num segundo. Vou lhe trazer algum dinheiro. Você vai precisar... até... até que fiquemos juntos de novo.

— O seu dote? — disse ele, com ironia. — Tão cedo? Bem, para falar a verdade, não estou precisando. Tem uns caras nesta cidade que jogam cartas muito mal. Em todo caso, por que me dar aquilo que já é meu? Um bocado de cada vez. Posso esperar. Não me faça favor algum.

Patrice pôs o pé para fora do carro, com relutância.

— Onde posso achar você, no caso de ser preciso?

— Vou ficar por perto. Vai ter notícias minhas, de vez em quando. Não tenha receio de me perder.

Não, tinha de ser nessa noite, nessa noite, ela repetia para si mesma, sem parar. Antes que as trevas terminassem e viesse o raiar do dia. Caso ela esperasse, perderia a coragem. Essa cirurgia tinha de ser executada de um só golpe, esse tumor no seu futuro tinha de ser extirpado.

Não importa aonde ele vá nesta cidade, nesta noite, Patrice jurou a si mesma, vou encontrar o seu rastro, vou achá-lo e pôr um ponto final na sua vida. Mesmo que eu tenha de destruir a mim mesma para fazê-lo. Mesmo que eu tenha de fazê-lo diante de cem pessoas.

A porta do carro fechou. Ele tocou o dedo no chapéu com um ar sarcástico.

— Boa noite, senhora Georgesson. Tenha doces sonhos. Tente dormir pensando numa fatia de bolo de casamento. Se não tiver bolo de casamento, tente um naco de pão dormido. De um jeito ou de outro, você continua sendo a mesma coisinha ordinária de sempre.

O carro deslizou ao seu lado. Os olhos de Patrice fixaram-se na placa de trás, cravaram-se nela, memorizaram seus números e letras, ainda quando o carro acelerou e ganhou velocidade. Foi ficando pequeno. A luz vermelha de trás virou na esquina seguinte e desapareceu. Mas a placa pareceu pairar ali diante dos seus olhos, como uma tabuleta fantasma, suspensa contra o fundo da noite, durante longos minutos.

NY 09231

Então, também isso se dissolveu no ar.

Alguém caminhava pela rua silenciosa, bem perto dela. Patrice pôde ouvir o tique-taque dos saltos altos. Era ela mesma. As árvores iam passando por ela, lentamente. Alguém estava galgando os degraus de pedra da varanda. Ela ouvia o ruído de fricção dos passos que subiam. Era ela mesma. Alguém se achava de pé diante da porta da casa, agora. Ela pôde ver o reflexo obscuro na vidraça à sua frente. Movia-se como ela se movia. Era ela.

Patrice abriu a bolsa e tateou seu interior em busca da chave da porta. Sua chave, essa era boa. A chave que deram para ela. Ainda estava ali. Por algum motivo, isso a deixou surpresa. Estranho voltar para casa desse jeito, como se nada tivesse acontecido, e procurar a chave na bolsa, e colocar a chave na porta, e... e entrar na casa. *Ainda* voltar para casa, assim, e *ainda* entrar na casa.

Tenho de entrar aqui, ela se defendeu. Meu bebê está dormindo nesta casa. Está dormindo no andar de cima, neste instante. É aqui que preciso estar; não tenho outro lugar para ir.

Lembrou-se de como precisara mentir nesta noite, pedir que a sra. Hazzard cuidasse de Hughie para ela, enquanto ia visitar uma amiga nova. O sr. Hazzard estava numa reunião de negócios e Bill tinha saído.

Patrice acendeu a luz no saguão de baixo. Fechou a porta. Depois, ficou ali de pé, um instante, sua respiração agitada, as costas coladas na parede. Estava tudo tão quieto, tão quieto nessa casa. As pessoas dormindo, as pessoas que acreditavam em você. Pessoas que não esperavam que você trouxesse para essa casa o escândalo e o assassinato, em troca de toda a bondade que lhe deram.

Ficou ali imóvel, de pé. Tão silenciosa, tão parada, que não era possível sequer suspeitar o motivo que a trouxera de volta, o que ela viera fazer ali.

Nada restara. Nada. Nem casa, nem amor, nem sequer um filho. Ela perdera o direito a esse amor vindouro, havia maculado o seu futuro. Ela também havia perdido o seu filho, ele se voltaria contra a mãe, quando ficasse grande o bastante para saber o que ela fizera.

Ele, um homem, fizera tudo isso a ela. E não bastou ter feito uma vez; viera agora fazer o mesmo, de novo. Arruinara duas vidas dela. Esmagara a pobre, simplória e inofensiva moça de dezessete anos, de San Francisco, que tivera o azar de cruzar o seu caminho. Fizera em pedaços aquela moça, pisara nos seus sonhos pueris e cuspira neles. E agora esmagara a dama de mentira a quem chamavam Patrice.

Ele nunca mais esmagaria ninguém!

Uma careta torturada desfigurou o seu rosto por um momento. O seu punho fechado foi ao encontro da testa, e ficou ali. Uma inalação de extrema suavidade, mas também de terrível resolução, sacudiu todo o seu corpo. Em seguida, ela avançou titubeante, de lado, na direção da biblioteca, como um bêbado cômico destituído da coordenação necessária para olhar de frente na direção para a qual tenta caminhar.

Acendeu o grande abajur de leitura, no centro da mesa. Dirigiu-se para o armário de bebidas, abriu-o, serviu um pouco de conhaque e bebeu. O conhaque pareceu abrir caminho, a fogo, por dentro dela, mas Patrice dominou a sensação com um esforço resoluto.

Ah, sim, a gente precisa disso quando vai matar alguém.

Pôs-se a procurar a arma. Primeiro, tentou nas gavetas da mesa, e não estava ali. Só papéis e outras coisas. Mas ele dissera que havia uma arma ali, naquela noite, e então deveria haver, em algum canto dessa sala. Nunca diziam uma mentira, por mais ligeira que fosse; nem ele, nem a sra. Hazzard, nem... nem Bill, na verdade. Essa era a grande diferença entre eles e ela. Por isso eles tinham paz... e ela não tinha paz alguma.

Em seguida, Patrice tentou na escrivaninha do sr. Hazzard. O número de gavetas e escaninhos era maior, mas ela vasculhou todos, um por um. Algo reluziu quando Patrice moveu para o lado um pesado caderno de contabilidade, na última gaveta de baixo, e lá estava ela, empurrada para o fundo.

Patrice retirou-a. Seu aspecto inofensivo, a princípio, foi quase uma decepção. Tão pequena, para realizar algo tão grande. Para tirar uma vida. Níquel polido e osso. E aquele bojo canelado, no meio, onde se achavam ocultos, ela supunha, os poderes da morte. Em sua falta de familiaridade, experimentou bater de leve no tambor da arma com o canto da mão, e puxou-o, tentando abrir, sob o risco de provocar um disparo prematuro, imaginando que, apenas por manter seus dedos longe do gatilho, evitaria um tiro. De súbito, com uma facilidade espantosa diante do caráter acidental do seu contato com a arma, o tambor se inclinou e abriu para baixo. Câmaras redondas, negras e vazias.

Ela vasculhou mais um pouco o interior da gaveta. Descobriu a mesma caixinha de papelão que entrevira na primeira busca, e que pusera de lado num gesto afobado. Dentro, algodão, como se fosse para conservar cápsulas de um remédio altamente perecível. Mas, em vez disso, os cartuchos, envoltos em aço, de nariz achatado. Apenas cinco deles.

Ela os introduziu nas câmaras, um por um, nas covas que eram o seu destino. Uma das câmaras ficou vaga.

Patrice fechou a arma.

Imaginou se caberia na sua bolsa. Tentou guardá-la ao comprido, o lado chato voltado para cima, e coube.

Fechou a bolsa, levou-a consigo e saiu da biblioteca, dirigiu-se para o fundo do saguão.

Pegou a lista telefônica de classificados, procurou no item "Garagens".

Ele podia deixar o carro na rua, de noite. Mas Patrice achou que Steve não faria isso. Era do tipo que tinha muito orgulho do seu carro, do seu chapéu e do seu relógio. Era o tipo de homem que dava valor a tudo, menos à sua mulher.

Na lista, as garagens estavam em ordem alfabética e Patrice começou a ligar para elas conforme essa disposição.

— O senhor tem aí um carro de Nova York, que fica guardado durante a noite, com a placa C9231?

Na terceira tentativa, o vigia da noite respondeu:

— Sim, temos. Entrou faz apenas uns minutos.

— Senhor Georgesson?

— Sim, isso mesmo. O que deseja, senhora? O que quer de nós?

— Eu... eu estava nesse carro ainda há pouco. O homem que o dirige acabou de me deixar em casa. E descobri que deixei uma coisa com ele. Preciso muito recuperar esse objeto. Por favor, é importante. O senhor me diria onde posso encontrá-lo?

— Não estamos autorizados a fazer isso, senhora.

— Mas eu não posso entrar em casa. Ele ficou com a minha chave, entende?

— Por que não toca a campainha? — replicou a voz grosseira.

— Seu estúpido! — ela perdeu a paciência, e sua fúria acabou por lhe conferir uma eloqüência plausível. — Para início de conversa, eu não podia ter saído com ele! Não quero chamar atenção dos outros. *Não posso* tocar a campainha!

— Entendi, senhora — zombou o homem do outro lado, com aquele tom pastoso que ela sabia que a voz ia ter. — Entendi. — E emitiu um duplo estalar da língua, à guisa de pontuação. — Espere aí que eu vou dar uma olhada.

Ele largou o telefone. Quando voltou, disse:

— Ele tem deixado o carro com a gente faz algum tempo, já. O endereço na nossa ficha é Decatour Road 110. Não sei se ainda é...

Mas ela já tinha desligado.

40

Patrice usou sua própria chave para abrir a porta da garagem. Não estava ali o pequeno carro conversível, de dois lugares, que Bill em geral usava. Mas o carro grande, o sedã, estava. Ela saiu de ré. Desceu do carro um instante, voltou atrás a fim de fechar a porta da garagem.

Havia em torno disso o mesmo sentimento de irrealidade de antes. Uma espécie de fantasia, de sonho, um estado de sonambulismo, embora em plena consciência. O tique-taque dos passos sobre o piso de cimento da entrada da garagem ainda era de outra pessoa, embora fosse dela mesma — ressoando embaixo dos seus pés. Era como se Patrice tivesse experimentado uma violenta ruptura na personalidade, e um dos seus eus, aterrorizado e indefeso, contemplasse um fantasma assassino brotar da fenda e dar início à sua caçada mortal. Ela só conseguia seguir os passos dessa coisa escura, esse outro eu, não podia recapturá-lo nem reabsorvê-lo, uma vez solto. Daí (talvez) a objetividade distanciada dos passos, a reprodução especular dos seus próprios movimentos.

Entrando de novo no carro, ela foi de ré até a rua, alinhou-o e deixou que seguisse adiante. Não de forma brusca, mas com a suave progressão de um motorista com perfeito domínio de seus movimentos. Outra mão — não a sua —, tão firme, tão segura, tão pura, lembrou-se de baixar a trava da porta e conservá-la fechada e segura, com um ágil toque da mão.

Do lado de fora, as luzes da rua passavam correndo por ela, como bolas luminosas, vindo em sua direção numa pista de boliche. Mas cada lance era um erro de pontaria, elas passavam ora longe demais de um lado, ora longe demais do lado oposto. Ela mesma e o carro eram o pino-mestre, no centro da pista, que as bolas nunca conseguiam derrubar.

Patrice pensou: deve ser o destino, jogando boliche contra mim. Mas eu não ligo, podem me atacar à vontade.

Em seguida, o carro parou de novo. Era muito fácil ir adiante para matar um homem.

Ela não refletiu sobre aquilo com atenção, para ver como era. Não importava como era; ela ia entrar lá, ia acontecer lá dentro.

Pisou o acelerador de novo, passou pela porta e dobrou a esquina. Ali, fez a volta pois a rua era contramão, virou o carro para a direção de onde havia acabado de chegar, manobrou para cima da calçada, e parou ali, fora de vista.

Pegou sua bolsa no banco ao lado, como faz uma mulher quando está prestes a sair de um carro, e segurou-a debaixo do braço.

Desligou a ignição e saiu do carro. Caminhou de volta, dobrando a esquina, para o local de onde acabara de vir, com os passos ligeiros, preocupados, de uma mulher quando volta para casa tarde da noite, ansiosa para sair da rua. Vemos muitas vezes mulheres assim; preocupadas consigo mesmas, com uma concentração redobrada, pois sabem que à noite correm um risco maior de serem abordadas do que durante o dia.

Patrice se viu sozinha em uma faixa sombria e noturna da calçada, diante de uma construção desconexa e híbrida, de dois andares, metade comercial e metade residência. O andar térreo era uma sucessão de lojas apagadas; o andar de cima, uma longa fileira de janelas. Via-se a forma branca de uma garrafa de leite em uma das janelas. Uma delas estava acesa, mas com a persiana abaixada. Não a janela que tinha a garrafa de leite.

Entre duas lojas, meio escondida, quase secreta em sua discrição, havia uma porta ornamentada com pequenas placas de madeira entrecruzadas, formando um desenho igual ao de um *waffle*. Essas placas eram perceptíveis porque havia uma luz frouxa em um saguão por trás da porta, fazendo todo o possível para atravessar a escuridão.

Patrice aproximou-se da porta, tentou abri-la e a porta foi para trás sem a menor resistência, não tinha tranca, era apenas para manter as aparências. Dentro, havia um aquecedor enferrujado, uma escada de cimento que levava ao andar de cima e, ao lado, logo no início da escada, uma fileira de caixas de correio e botões de campainha. O nome dele estava no terceiro botão que Patrice verificou, mas riscado por cima do cartão do inquilino anterior, e não com um cartão próprio. Steve tinha rabiscado com lápis o nome do antigo locatário e depois escrito o seu nome por baixo. "S. Georgesson." Não estava muito claro.

Ele não fazia nada direito, exceto esmagar a vida dos outros. Isso ele fazia muito bem, era um especialista.

Patrice subiu a escada e seguiu pelo saguão. Era um lugar mal construído, com ar de instalação provisória. Durante a escassez da guerra, devem ter suprimido o sótão ou a área de depósito das lojas que ficavam embaixo e improvisado esses apartamentos, em cima.

Que lugar para viver, pensou ela, de modo sombrio.

Que lugar para morrer, pensou ela, sem nenhum remorso.

Dava para ver uma réstia de luz por baixo da porta dele. Patrice bateu, e depois bateu de novo, suave como na primeira vez. O rádio estava ligado lá dentro. Dava para escutar nitidamente através da porta.

Patrice ergueu a mão e alisou o cabelo para trás, enquanto esperava. Uma mulher alisa o cabelo — se preciso

— apenas antes de se encontrar com alguém, ou quando alguém vem ao seu encontro. Por isso ela alisou o cabelo, agora.

Dizem que a mulher fica apavorada numa hora dessas. Dizem que fica dominada por uma excitação incontrolável. Dizem que fica cega pela emoção violenta.

Dizem. Mas o que eles sabem? Patrice não sentia coisa alguma. Nem medo, nem agitação, nem fúria cega. Apenas uma determinação surda e penosa a dominava.

Ele não ouviu, ou então não ia abrir a porta. Ela tentou girar a maçaneta e essa porta também, como a outra, lá embaixo, estava destrancada, abriu-se. Por que não estaria aberta, raciocinou Patrice, o que ele tinha a temer dos outros? Não eram os outros que tomavam as coisas dele, mas ele que tomava as dos outros.

Patrice fechou a porta depois de entrar, a fim de manter o assunto apenas entre os dois.

Steve não se mostrou aos olhos de Patrice. O quarto estava impregnado da presença dele, mas era um apartamento de dois cômodos, quarto e sala, e ele devia estar no cômodo seguinte, devia ter ido para o quarto quando ela chegou. Dava para ver a luz oblíqua vindo através da porta.

O paletó e o chapéu que ele tinha usado no carro, com ela, essa noite, estavam jogados numa cadeira, o paletó atravessado no assento, o chapéu largado por cima. Um cigarro que ele não apagara de todo poucos momentos antes se achava em um cinzeiro de vidro, queimando teimosamente. A bebida que ele começara a tomar, e depois abandonara no meio, e ia voltar a qualquer momento para terminar — a bebida com a qual ele estava celebrando o seu êxito dessa noite —, se achava na beirada da mesa. O bloco branco do gelo ainda não derretido vigiava por trás do vidro, através do uísque cor de palha, no qual boiava.

A visão daquilo trouxe à sua memória a imagem de um quarto alugado em Nova York. Ele tomava seus drinques diluídos; gostava de bebidas fortes, mas tomava drinques diluídos quando bebia o seu próprio uísque.

— Assim tem sempre um pouco mais para depois — costumava dizer para ela.

Agora não teria mais. Era o seu último drinque. (Você devia ter tomado uísque puro, pensou Patrice consigo mesma, implacável.)

Uma espécie de rangido a incomodava. Uma pulsação, algum tipo de dissonância. Era para ser música, mas nenhuma música chegaria até Patrice na forma de música, do jeito que ela se achava agora. A hipertensão dos seus sentidos filtrava a música em um som semelhante a uma escova friccionada numa folha-de-flandres coberta de estrias. Ou talvez — a idéia passou pela sua cabeça — aquilo estivesse dentro dela e não em algum lugar do lado de fora.

Não, ali estava. Ele possuía um rádio portátil, de pilha, junto à parede. Patrice aproximou-se.

"*Che gelida mannina...*", uma voz distante cantava; ela não sabia o que aquilo queria dizer. Sabia apenas que não se tratava de uma cena de amor, mas de uma cena de morte.

A mão de Patrice deu uma torcida brusca no botão do rádio, como se fosse o pescoço de uma galinha, e sobreveio um estupor de silêncio nos dois cômodos miseráveis. Este aqui fora, e aquele outro lá dentro.

Agora ele sairia para ver quem havia desligado o rádio.

Patrice virou-se para encarar a porta. Ergueu a bolsa diante do peito. Abriu a bolsa, tirou a arma e ajustou a mão em torno do cabo, do modo que a mão devia ficar. Sem alvoroço, sem o menor tremor, todos os movimentos com uma coordenação perfeita.

Patrice apontou a arma para a porta.

— Steve — ela o chamou, num tom de voz de conversa, da sala para o quarto, em meio ao silêncio absoluto. — Venha aqui um segundo. Quero ver você.

Nenhum temor, nenhum amor, nenhum ódio, absolutamente nada.

Ele não veio. Teria visto Patrice através de um espelho? Teria adivinhado tudo? Seria ele tão covarde assim, fugindo até mesmo de uma mulher?

O resto de cigarro continuava a se desfazer em emaranhados de fumaça. O cubo de gelo continuava a vigiar dentro do copo de uísque, quadrado e sem desgastes da erosão.

Patrice avançou na direção da porta.

— Steve — repetiu. — Sua esposa está aqui. Para ver você.

Ele não se mexeu, não respondeu.

Patrice atravessou a porta, a arma virando à frente dela como uma espécie de leme em miniatura. O segundo aposento não era paralelo ao primeiro; ficava alinhado em ângulo reto. Era bem pequeno, apenas uma alcova para dormir. Tinha uma lâmpada no teto, como se uma bolha luminosa se tivesse formado na superfície de cal do teto. Além disso, havia um abajur ao lado da cama de ferro, também aceso, mas virado ao contrário. Estava de cabeça para baixo, a parte de cima voltada para o chão, o fio grotescamente dando voltas no ar.

Ela o surpreendera no momento em que se aprontava para dormir. Sua camisa estava jogada na extremidade da cama. Era tudo o que ele havia despido. E agora ele tentava se esconder de Patrice, em algum ponto do chão, embaixo da cama, no canto do quarto. A mão despontava sob a cama — ele tinha se esquecido de ocultá-la — agarrando o lençol, repuxando o tecido em dobras compridas e enrugadas. E via-se a ponta da cabeça, enfiada sob a cama — só uma pequena parte da cabeça —, curvada no esforço de se esconder, mas sem conseguir se inclinar o suficiente. E então, no lado oposto, embora não se visse a outra mão, mais rugas repuxadas corriam sobre a beirada do lençol em um ponto, como se a outra mão estivesse em algum lugar ali embaixo, fora de vista, se agarrando com força à vida.

E quando Patrice olhou para o chão, na extremidade oposta da cama, avistou a ponta de uma perna, estirada para o lado numa postura relaxada e frouxa. Não se via a outra perna, devia ter ficado mais encolhida, junto ao corpo.

— Levante-se — exclamou, com zombaria. — Pensei que eu odiasse um homem. Agora já não sei o que você é. — Contornou o pé da cama e as costas dele se tornaram visíveis. Não se mexia, mas todas as linhas do corpo exprimiam um impulso reprimido de fugir.

Patrice abriu a bolsa, puxou algo de dentro e jogou sobre ele.

— Aqui estão os cinco dólares que você me deu. Lembra?

A nota caiu sobre as espáduas de Steve e ficou ali, aberta, atravessada sobre a sua espinha, apoiada na curva acentuada que suas costas formavam, parecendo estranhamente um rótulo ou uma etiqueta mal colada sobre ele.

— Você ama tanto o dinheiro — disse Patrice, com sarcasmo. — Agora, aqui estão os juros. Vire-se e pegue.

Patrice atirou antes mesmo de saber se ele ia virar. Como se houvesse uma espécie de senha naquelas palavras para que a arma disparasse por conta própria, sem esperar por ela. A explosão a surpreendeu, sentiu a vibração subindo pelo braço inteiro, como se alguém tivesse desferido um golpe contundente no osso do seu pulso, e o jato de fogo que brilhou por um momento na ponta do cano a fez piscar os olhos e desviar a cabeça para o lado, de modo involuntário.

Ele não se mexeu. Nem sequer a nota de cinco dólares saiu das suas costas. Ressoava um gemido grave e estranho proveniente da haste tubular que formava a cabeceira da cama, como ocorre quando uma vibração vai diminuindo pouco a pouco, e havia uma cicatriz negra no reboco da parede, bem ao lado da cabeceira, que parecia ter acabado de nascer assim que os olhos de Patrice a descobriram ali.

A mão de Patrice estava agora no ombro de Steve, ao passo que a sua mente tentava dizer:

— Eu não.. eu não...

Ele virou-se, mole, acachapado ao chão, de uma maneira quase brincalhona, como se Patrice ameaçasse fazer-lhe cócegas e ele tentasse evitar.

Um gracejo indolente, era o que a atitude do homem parecia exprimir. Havia até uma espécie de sorriso cortando sua boca como um talho.

Os olhos dele pareciam fixos em Patrice, fitando friamente, com aquele mesmo ar zombeteiro e distante que sempre mostraram diante dela. Como se dissessem: "E o que você vai fazer agora?".

Mal se podia dizer que havia algo errado com ele. Apenas um risquinho escuro no canto exterior de um dos olhos, como um remendo de couro usado em lugar de um esparadrapo; como se ele se tivesse machucado ali e depois houvesse coberto a ferida. E, no ponto onde sua cabeça estivera pousada de encontro à espessura lateral da roupa de cama, havia uma mancha peculiar, as bordas com uma descoloração maior do que o centro.

Alguém gritou no pequeno cômodo isolado. Não um grito esganiçado, mas com uma torção gutural na voz, quase como o latido de um cão aterrorizado. Devia ter sido ela mesma, pois não havia ali ninguém para gritar, senão ela. Suas cordas vocais doeram, como se tivessem sido esticadas até romper.

— Ah, meu Deus! — ela soluçou a meia voz. — Eu não precisava ter vindo...

Afastou-se dele, assustada, com passos trôpegos. Não era aquele pequeno risco brilhante, aquela mancha cor de piche, tampouco o jeito como ele se achava caído, relaxado e mole, como se os dois tivessem se divertido muito e agora ele estivesse exausto, e achasse que exigiria um esforço demasiado levantar-se para ver Patrice sair. Eram os olhos dele que a feriam de medo, como facas, cada vez mais, até que o pânico caiu de um jato sobre ela, como se jorrasse de um chuveiro. O modo pelo qual os olhos pareciam cravados em Patrice, o modo pelo qual pareciam seguir seu movimento para trás, passo a passo. Patrice tentou desviar-se um pouco para o lado, mas isso não a desviou dos olhos dele. Tentou desviar-se um pouco para o outro lado, mas isso também não a livrou do seu olhar. Com desprezo, superioridade, ironia até o fim; sem a menor ternura por ela, jamais. Na morte, ele olhava para Patrice da mesma maneira que a olhara em vida.

Ela quase podia ouvir as palavras arrastadas que acompanhavam aquele olhar: "Aonde você pensa que vai? Por que essa pressa? Volte já aqui!".

A mente de Patrice berrava, em resposta: "Sair daqui!... Sair daqui!... Antes que venha alguém!.... Antes que alguém me veja!".

Virou-se, passou correndo pela porta, atravessou o outro cômodo, agitando freneticamente os braços, como se houvesse um moinho girando interminavelmente no sentido contrário, tentando puxá-la de volta para Steve, e não apenas um espaço de alguns poucos metros a serem percorridos.

Chegou à porta e chocou-se de encontro a ela. Mas em seguida, após o primeiro impacto, depois que o seu corpo foi detido pela porta, em vez de silenciar, a porta continuou a ressoar e ressoar com os golpes, como se houvesse dúzias de Patrices arremetendo de encontro a ela em uma sucessão interminável.

Madeira não bateria com tanta força, madeira não faria tanto barulho... Suas mãos subiram até os ouvidos e os taparam. Ela estava ficando louca.

Os estrondos não se espaçavam e não se faziam esperar. Eram agressivos, contundentes, contínuos. Já soavam ferozes e alimentavam mais ainda a sua própria fúria com cada segundo a mais de pausa. Afogaram, nos ouvidos dela mesma, o seu segundo grito sufocado de angústia. Um grito que continha mais temor genuíno do que o primeiro, ouvido no outro cômodo, havia pouco. Temor, agora, não do sobrenatural, mas do pessoal; um temor mais imediato, um temor mais forte. Temor agonizante, temor apanhado numa armadilha, como ela nunca antes imaginara que pudesse existir. *O temor de perder a coisa amada.* O maior temor que existe.

Pois a voz que soou do outro lado da porta, que jorrou para dentro, abafada, porém endurecida de tensa impaciência, era a voz de Bill.

O coração de Patrice soube disso antes mesmo de ouvir o som, e então seus ouvidos o reconheceram no instante em que a voz chegou, e as palavras o confirmaram depois de terem ressoado.

— Patrice! Abra. Abra essa porta. Patrice! Está me ouvindo? Eu sabia que ia achar você aqui. Abra essa porta e deixe-me entrar, senão eu a arrombo!

Ela pensou na tranca com um segundo de atraso, pois um segundo antes ele também tinha pensado nisso. Patrice lembrou que a porta estivera aberta o tempo todo, do modo como ela a havia encontrado antes. Patrice se atirou contra a porta com um soluço de desespero, mas tarde demais, no exato instante em que a maçaneta girava e a porta começava a abrir.

— Não! — ela ordenou, sem fôlego. — Não! — Tentou manter a porta fechada com o peso do seu corpo palpitante.

Patrice quase pôde sentir as correntes da respiração resfolegante de Bill de encontro ao seu rosto.

— Patrice... você... precisa... me... deixar... entrar... aí!

E, entre cada palavra, ela ia perdendo terreno, seus calcanhares eram arrastados para trás, numa resistência vã, sobre a superfície do chão.

Agora, Bill já podia vê-la, e Patrice podia ver a ele, através do vão oscilante criado por suas pressões opostas, alargando-se um pouco, em seguida estreitando-se de novo, para depois se alargar mais ainda do que antes. Os olhos de Bill, agora tão próximos dos olhos dela, transmitiam uma terrível acusação, muito pior do que a do morto, lá dentro. Não olhe para mim, não olhe para mim! Ela implorava aos olhos, em desespero, na sua mente. Ah, desviem-se de mim, pois não posso suportar seu olhar!

Patrice foi impelida para trás, de modo firme e irresistível, e mesmo assim continuava a tentar barrar o caminho de Bill até o fim, depois que o braço dele e o seu ombro já se achavam do lado de dentro, puxando insensatamente o corpo de Patrice de encontro ao seu, comprimindo as mãos dela até que começassem a ficar lívidas, contra a porta.

Então Bill deu o golpe de misericórdia àquela contenda desigual, e Patrice foi impelida para trás, acompanhando a curva da porta, como um trapo de pano ou uma folha colhida no meio do caminho. E Bill estava do lado de dentro, de pé diante dela, seu peito subindo e descendo com a respiração acelerada.

— Não, Bill, não! — ela continuava a suplicar, mecanicamente, mesmo após a causa da sua súplica já estar perdida. — Não entre. Se você me ama, não entre. Fique do lado de fora.

— O que você está fazendo aqui? — perguntou Bill, de forma concisa. — O que trouxe você aqui?

— Quero que você me ame — foi tudo o que ela pôde soluçar, como uma criança atordoada. — Não entre. Quero que você me ame.

Ele a segurou de repente e a sacudiu com força, pelo ombro, por um momento.

— Vi você. O que você veio fazer aqui? O que você veio fazer aqui, a essa hora? — Ele a soltou de novo. — O que é isso? — Apanhou a arma, da qual Patrice se esquecera completamente, em sua perturbação. A arma devia ter caído, ou ela a jogara no chão, quando veio correndo do quarto.

— Você trouxe isso com você? — Bill voltou-se para ela de novo. — Patrice, me *responda*! — insistiu com uma ferocidade empedernida, que Patrice desconhecia nele. — Para que você veio aqui?

A voz dela continuava a recuar e engasgar na garganta, como se fosse incapaz de vir à tona. Por fim, transbordou:

— Para... para... para matá-lo. — Patrice desmoronou de encontro ao corpo de Bill, o braço dele teve de amparála, firme e seguro, para mantê-la de pé.

As mãos dela tentaram subir rastejando pela lapela do paletó de Bill, pelo peito da sua camisa, na direção do seu rosto, como um mendigo desesperado suplicando uma esmola.

Um golpe violento da mão de Bill e as mãos dela baixaram de novo.

— E você o matou?

— Alguém... o matou. Alguém... já tinha matado. Lá dentro. Ele está morto. — Patrice estremeceu e escondeu o rosto no peito de Bill. Há um ponto a partir do qual não é mais possível ficar sozinha. É preciso ter alguém em quem se apoiar. É preciso ter alguém para nos amparar, mesmo que essa pessoa nos rejeite de novo, um pouco depois, e ainda que saibamos disso.

De repente o braço de Bill baixou e soltou-a. Era terrível estar sozinha, mesmo que fosse apenas naquele minuto. Patrice pensou como pôde suportar ter ficado sozinha todos aqueles meses, todos aqueles anos.

A vida era uma coisa tão louca, era uma coisa tão absurda. Um homem estava morto. Um amor estava aniquilado, extinto. Mas um cigarro ainda expelia fumaça, aceso num cinzeiro. E um cubo de gelo ainda flutuava, não derretido, em um copo de uísque. As coisas que a gente gostaria que durassem, não duravam; as coisas que não tinham importância, duravam para sempre.

Então Bill voltou, vindo do quarto, parou de pé, na porta, olhando para ela, de novo. Olhando para ela de um jeito bastante esquisito. Um olhar um pouco demorado demais, silencioso demais — ela não sabia definir o que não lhe agradava naquele olhar, mas não gostava de vê-lo olhando para ela daquele modo. Nos outros, aquilo não importava. Mas não no caso de Bill.

Em seguida, Bill ergueu a arma, que ainda segurava, e colocou-a junto ao nariz.

Patrice viu a cabeça de Bill balançar num horrível sinal de entendimento.

— Não. Não. Não matei. Ah, por favor, acredite...

— A arma foi disparada há pouco — retrucou Bill, calmamente.

Agora havia algo magoado na expressão dos olhos dele, como se estivessem tentando dizer a ela: por que você não quer contar para mim? Por que não limpa o terreno entre nós e me conta a verdade, para que depois eu compreenda suas razões? Bill não disse isso, mas os seus olhos pareciam dizê-lo.

— Não, não matei. Atirei nele, mas não acertei.

— Tudo bem — respondeu Bill, com calma, com aquele toque de cansaço que demonstramos quando não estamos acreditando em alguma coisa mas tentamos disfarçar para poupar a outra pessoa.

De súbito, Bill enfiou a arma no bolso lateral do seu paletó, como se ela já não fosse mais importante, como se fosse um detalhe superado, como se houvesse coisas muito mais urgentes a serem resolvidas agora. Abotoou o paletó com determinação, caminhou na direção de Patrice; seus movimentos possuíam uma espécie de intensidade flexível, que antes não demonstravam.

Um certo ímpeto, um certo vigor.

Enlaçou-a de novo com um braço protetor. (Aquele santuário que ela tentara encontrar durante toda sua vida. E só achara agora, tarde demais.) Mas, desta vez, com um impulso apressado na direção da porta, e não apenas a fim de ampará-la.

— Vamos sair daqui, depressa — ordenou Bill, severo. — Desça para a rua o mais depressa que puder.

Bill a empurrava para a frente, apressava os passos dela ao seu lado, na curva do seu braço protetor.

— Vamos. Você não pode ser vista aqui. Você devia estar louca para ter vindo aqui desse modo!

— Estava mesmo — soluçou Patrice. — Estou louca.

Agora, ela se debatia um pouco, resistindo a ele, tentando manter-se afastada da porta. De repente, soltou-se dele e recuou, encarando Bill. As mãos de Patrice continuavam a rechaçar os braços dele cada vez que tentavam recapturá-la.

— Não, espere. Há uma coisa que você precisa ouvir, primeiro. Uma coisa que você precisa saber. Tentei deixar você do lado de fora, mas agora você está aqui dentro comigo. Cheguei a este ponto; não irei além. — E depois ela acrescentou: — Você precisa saber como eu era.

Bill a segurou e sacudiu com violência, na sua exasperação. Como se quisesse pôr um pouco de bom senso na cabeça de Patrice.

— Não agora! Será que não entende? Há um homem morto no quarto ao lado. Não sabe o que isso significa se você for encontrada aqui? A qualquer momento, alguém pode muito bem meter o nariz nesse apartamento...

— Ah, seu tolo — gemeu Patrice, comovida. — É você que não está entendendo. O mal já foi feito. Será que *você* não entende isso? Eu *fui* encontrada aqui! — E sussurrou, quase inaudível: — Pela única pessoa que importa para mim. Agora, que sentido faz fugir, o que há para esconder? —

Esfregou nos olhos as costas da mão, fatigada. — Deixe que eles venham. Pode trazer todos eles para cá.

— Se você não quer pensar em si mesma — insistiu Bill, com veemência —, pense em mamãe. Pensei que você a amava, pensei que ela significava alguma coisa para você. Será que você não sabe o que uma coisa como essa pode fazer a ela? O que está tentando fazer? Matá-la?

— Alguém já usou esse argumento antes — ela explicou, de forma vaga. — Não consigo lembrar quem foi, nem quando.

Bill abriu a porta com cautela e espreitou para fora. Estreitou a abertura da porta, de novo, virou-se para ela:

— Não há sinal de ninguém. Não consigo entender como esse tiro não foi ouvido. Acho que os apartamentos contíguos estão desocupados.

Patrice não se mexeu.

— Não, este é o lugar e esta é a hora. Já esperei tempo demais para contar a você. Não darei mais um único passo, não vou atravessar essa porta...

Bill cerrou os dentes:

— Vou pegar você a força e levar para fora daqui, se for preciso! Vai me obedecer? Vai pôr essa cabeça no lugar e pensar direito?

— Bill, não tenho direito à sua proteção. Não sou...

A mão de Bill de repente tapou a boca de Patrice, mantendo-a fechada. Levantou-a do chão, enlaçou-a com força nos braços. Os olhos de Patrice voltaram-se para ele, tensos, em um mudo desamparo, acima da mão silenciadora de Bill.

Então ficaram muito juntos um do outro. Patrice já não se debatia.

Ele a levou para fora, através da porta e ao longo do corredor, e desceu aquela escada que Patrice havia subido de modo tão diferente, um pouco antes. Na porta da rua, Bill a colocou de novo com os pés no chão.

— Fique aqui um instante, enquanto dou uma olhada. — Pela passividade de Patrice, ele entendeu que sua resistência havia terminado.

Esticou a cabeça para fora.

— Ninguém à vista. Você deixou o carro depois da esquina, não foi? — Ela não teve tempo de imaginar como ele sabia disso. — Siga em frente, junto a mim. Vou levar você de volta para o carro.

Patrice enroscou seus dois braços no braço de Bill e, presa a ele desse modo, saíram discretamente, e seguiram depressa, bem junto à parede do prédio, onde a sombra era mais profunda.

Pareceu uma distância bem longa. Ninguém os viu; melhor ainda, não havia pessoa alguma por ali que pudesse vê-los. A certa altura, um gato saiu correndo do respiradouro de um porão, à frente deles. Patrice se apertou com força em Bill, por um momento, mas nenhum som escapou de sua boca. Prosseguiram, após uma breve pausa.

Contornaram a esquina e o carro estava ali, apenas alguns metros adiante.

Cruzaram a rua numa rápida diagonal, na direção do carro, e ele abriu a porta para ela e ajudou-a a entrar. Em seguida, de repente, a porta estava fechada outra vez, entre os dois, e Bill havia ficado do lado de fora.

— Aqui estão as chaves. Agora, leve o carro para casa e...

— Não — sussurrou Patrice com decisão. — Não! Não sem você! Aonde você vai? O que vai fazer?

— Você não compreende? Estou tentando manter você fora dessa história. Vou voltar para lá, de novo. É preciso. Para ter certeza de que não há nada que comprometa você. Você precisa me ajudar. Patrice, o que ele estava fazendo com você? Não quero saber o motivo, não temos tempo para isso, agora, só quero saber o *quê*.

— Dinheiro — respondeu ela, laconicamente.

Patrice viu os dedos de Bill se aferrarem com força à beirada da porta, a ponto de darem a impressão de estar tentando perfurar o metal.

— Como você deu a ele o dinheiro, em espécie ou em cheque?

— Um cheque — respondeu, assustada. — Só uma vez, cerca de um mês atrás.

Bill agora falava mais tenso.

— Você destruiu o cheque quando o banco o devolveu?

— O cheque nunca foi para o banco. Ele ficou com o cheque de propósito. Deve estar com ele ainda em algum lugar.

Pelo modo como Bill se retesou e inspirou lentamente, Patrice compreendeu que ele ficara mais assustado com isso do que com tudo que ela lhe dissera até então.

— Meu Deus — exclamou, com voz sufocada. — Preciso reaver esse cheque, ainda que leve a noite inteira. — Baixou a cabeça de novo, inclinou-a na direção de Patrice. — O que mais? Alguma carta?

— Nenhuma. Nunca escrevi para ele uma só linha, na minha vida inteira. Tem uma nota de cinco dólares jogada lá, junto dele, mas eu não a quero de volta.

— Em todo caso é melhor eu pegar isso de volta também. Mais nada? Tem certeza? Agora pense, Patrice. Pense bem.

— Espere; naquela noite, no baile... ele deu a entender que tinha o número do meu telefone. O nosso. Anotado em um caderninho preto que trazia com ele. — Patrice hesitou. — E uma outra coisa.

— O quê? Não tenha medo; me diga. O quê?

— Bill... ele me forçou a casar com ele esta noite. Em Hastings.

Dessa vez, ele ergueu a mão e deixou-a tombar como um malho contra a beirada da porta do carro.

— Estou feliz que ele esteja... — exclamou, com uma expressão sinistra. Não concluiu a frase. — Você assinou o seu nome?

— O sobrenome. Fui obrigada. Era esse o plano dele. A Justiça vai enviar a certidão para a casa dele, aqui, nesse endereço. O dinheiro faz milagres.

De repente, Bill deu a impressão de ter tomado uma decisão quanto ao que fazer.

— Vá para casa, Patrice — ordenou. — Volte para casa, Patrice.

Ela agarrou-se atemorizada ao braço dele.

— Não... O que você vai fazer?

— Vou voltar lá. É preciso.

Ela tentou detê-lo.

— Não! Bill, não! Alguém pode aparecer. Vão ver você lá, Bill — suplicou. — Por *mim*... não volte lá.

— Você não entende, Patrice? O seu nome precisa ficar fora disso. Há um homem morto lá naquele quarto. Eles não podem encontrar nada que ligue você a ele. Preciso pegar essas coisas, esse cheque, esse caderninho de anotações. Preciso me livrar dessas coisas. Melhor ainda, se eu pudesse tirar o homem de lá, deixá-lo em outro lugar, longe daqui, talvez demorasse mais tempo até ser identificado. Ele não é da região , não é provável que exista alguém que reclame às autoridades em caso de um desaparecimento repentino. Ele veio e se foi; uma ave passageira. Se ele for encontrado lá naquele quarto, ficará logo definido de quem se trata e isso trará, em seguida, uma série de outras coisas.

Patrice viu Bill contemplar pensativo a extensão da carroceria do carro, como se calculasse suas possibilidades como caixão.

— Vou ajudar você, Bill — disse ela, com uma súbita decisão. — Vou ajudar você... a fazer seja lá o que for. — E, em seguida, como ele a fitasse com ar de dúvida: — Deixe-me ajudar, Bill. Deixe. É uma maneira pequena de me... reabilitar por ter sido a causa de toda essa confusão.

— Está certo — respondeu Bill. — Não posso mesmo fazer nada sem o carro. Preciso disso. — Entrou no carro, empurrando-a de leve para o lado. — Deixe-me ficar no volante, um momento. Vou mostrar o que quero que você faça.

Dirigiu o carro até apenas um ou dois metros adiante, e parou de novo. Agora, estava estacionado de modo que apenas o capô se projetava além da linha do prédio da esquina, enquanto o resto permanecia abrigado pela parede. O banco do motorista se achava exatamente alinhado com a fileira de lojas, a partir da esquina.

— Olhe para aquela direção, de onde você está sentada — ele a instruiu. — Daqui pode ver aquela porta ali adiante?

— Não. Mas dá para ver a faixa da calçada onde está a porta.

— É isso o que quero dizer. Vou ficar de pé ali, acender um cigarro. Quando você vir isso, leve o carro até diante da porta. Enquanto isso não acontecer, fique aqui onde está. Se vir qualquer outra coisa, se notar que alguma coisa deu errado, não fique aqui. Ligue o carro e se afaste, sem dobrar a esquina. Vá direto para casa.

"Não", pensou Patrice, teimosamente. "Não vou fazer isso. Não vou fugir e abandonar você aqui." Mas não disse coisa alguma para Bill.

Bill havia saído do carro de novo, estava de pé diante de Patrice, observando com cuidado em todas as direções, sem virar demais a cabeça, apenas mantendo o corpo parado, espiando por sobre os ombros, primeiro para um lado, depois para o outro.

— Tudo bem — disse ele, afinal. — Está tudo bem, agora. Acho que já posso ir.

Bill bateu de leve nas costas da mão de Patrice, para a consolar, por um minuto.

— Não tenha medo, Patrice. Talvez tenhamos sorte, dessa vez. Somos novatos nesse tipo de coisa.

— Talvez tenhamos sorte — ela repetiu, num abismo de pavor.

Patrice o viu dar a volta a se afastar do carro.

Bill caminhava do mesmo jeito de sempre, e essa era uma coisa boa nele. Não caminhava furtivamente nem recurvado. Patrice se perguntou por que motivo isso teria alguma importância para ela, num momento como aquele. Mas de algum modo isso tornava menos horrível aquilo que ele — que eles estavam a prestes a realizar.

Bill deu a volta e entrou no prédio onde o homem jazia morto.

41

Parecia uma eternidade o tempo que ele ficou lá. Patrice nunca imaginou que o tempo poderia custar tanto a passar.

O gato voltou, o mesmo que a assustara antes, e Patrice observou o seu retorno cauteloso, lento e sinuoso para o local de onde eles o haviam enxotado. Patrice conseguiu ver o gato enquanto ele ainda se achava na rua, mas depois, quando se aproximou da linha dos prédios, a sombra mais fechada o engoliu.

Você pode matar um rato, Patrice se viu falando mentalmente com o gato, com inveja, e as pessoas o elogiam por isso. E o seu tipo de rato apenas morde, não suga o nosso sangue.

Algo reluziu ali adiante, depois se apagou.

Foi surpreendente a clareza com que ela viu a chama do fósforo. Não esperava que fosse capaz. Era pequena mas, por um momento, pareceu extremamente vívida. Como uma borboleta amarela luminosa, com as asas inteiramente abertas, presa por um segundo, contra um fundo de veludo negro, e em seguida libertada, para voar outra vez.

Imediatamente, Patrice ligou a ignição, contornou a esquina e levou o carro até junto de Bill, com uma habilidade furtiva. Nada mais do que um suave chiado e um sibilo dos pneus.

Bill tinha virado e entrado de volta no prédio, antes que Patrice chegasse ali. O cigarro que ele usara para avisá-la jazia no chão, já apagado.

Ela não sabia onde Bill tencionava colocar... colocar aquilo que ia trazer. Na frente ou atrás. Patrice estendeu a mão e abriu a porta de trás, do seu lado, deixou-a assim, pronta e à espera dele.

Em seguida, Patrice olhou firme, para a frente, através do pára-brisa, com um tipo estranho de rigidez, como se fosse incapaz de mover o pescoço.

Ouviu a porta abrir, e ainda não era capaz de girar o pescoço. Ela fez um esforço, com um repelão, mas o pescoço se achava travado em uma espécie de rigidez de terror mortal, incapaz de virar sua cabeça para o lado.

Escutou passos lentos, pesados, sobre a calçada áspera — os passos dele — e, acompanhando-os, um rumor mais brando, uma espécie de rangido, como quando dois sapatos se acham com o lado mais macio voltado para baixo, ou simplesmente inclinados de lado, e se arrastam desse modo, sem que o peso os pressione de todo no chão.

De repente, a voz de Bill arfou com premência (quase no seu ouvido, deu a impressão):

— A porta da frente, a porta da frente.

Ela não conseguiu virar a cabeça. Mas conseguiu pelo menos mover os braços. Estendeu-os, sem olhar, e abriu a trava da porta para Bill. Ela ouvia a própria respiração assobiar na garganta, como o som de um bico de chaleira quando chia, anunciando a proximidade de um transbordamento catastrófico.

Alguém se acomodou no banco ao seu lado. Exatamente da maneira que faz qualquer um, com a mesma pressão ruidosa sobre o couro. Ele esbarrou no lado dela, tocou-a aqui e ali.

O bloqueio muscular se partiu e Patrice virou a cabeça para o lado.

Ela estava olhando para o rosto dele. Não de Bill, não de Bill. Os olhos zombeteiros abertos na escuridão. A cabeça *dele* teve de virar na direção dela, como a dela havia virado na direção dele — não poderia permanecer inerte! — para tornar completo o pavoroso confronto. Mesmo na morte ele não a deixava em paz.

Um grito estrangulado se retorceu na sua traquéia.

— Não, nada disso — disse a voz de Bill, ao lado do cadáver. — Dê a volta para o banco de trás. Eu quero ficar no volante. Quero que ele fique junto de mim.

O som da sua voz produziu um efeito estabilizador sobre ela.

— Eu não tinha intenção de fugir — sussurrou Patrice, de modo obscuro. Saiu do carro, entrou de novo pelo outro lado, amparando-se no veículo para se apoiar no breve trajeto de uma porta à outra. Ela nem soube como foi capaz de fazê-lo, mas fez.

Bill devia saber o que ela estava passando, embora não olhasse para Patrice.

— Eu bem que disse para você ir para casa — lembrou Bill, com calma.

— Estou bem — respondeu ela. — Estou bem. Vamos em frente. — Sua voz soou metálica, como um disco muito gasto, tocado por uma agulha empenada.

A porta fechou com um estalo e o carro se pôs em movimento.

Bill fez o carro rastejar vagarosamente nos primeiros momentos, segurando o volante apenas com uma das mãos. Patrice o viu estender a outra mão e baixar um pouco a aba do chapéu sobre o rosto ao seu lado.

Bill ainda achou oportunidade de lhe dizer algumas palavras de encorajamento, cônscio da presença dela no banco de atrás, embora não tivesse voltado os olhos para ela.

— Pode me ouvir?

— Sim.

— Tente não ficar assustada. Tente não pensar no assunto. Tivemos sorte até agora. O cheque e o caderninho estavam com ele. Ou nós fazíamos isso ou não tínhamos saída. Encare as coisas desse ponto de vista. É o único modo. Você está me ajudando, também, dessa maneira. Veja, se você ficar tensa demais, eu vou ficar tenso demais também. Você me contagia.

— Estou bem — disse ela, com o mesmo balido mecânico de antes. — Vou ficar calma. Vou manter o controle. Vamos em frente.

Após isso, nada falaram. Como seria possível, em uma viagem como aquela?

Patrice conservou os olhos voltados para fora. Ficou olhando pela janela o mais que pôde; depois, quando isso se tornou cansativo, dirigiu os olhos para o teto do carro, por um momento, a fim de descansar. Ou para o chão, à sua frente. Para qualquer direção, exceto para a frente, onde aquelas duas cabeças (ela sabia) estariam balançando de leve, sincronizadas na mesma vibração.

Ela tentou fazer o que Bill dissera. Tentou não pensar no assunto. "Estamos voltando para casa, vindo de um baile", disse para si mesma. "Ele está me levando para casa, de volta do Country Club, só isso. Estou usando aquele vestido de malha preta com discos dourados. Olhe, está vendo? Estou usando aquele vestido preto com discos dourados. Tivemos uma discussão, por isso eu vou atrás e ele vai sozinho na frente."

A testa de Patrice se achava um pouco fria e molhada. Ela a enxugou.

"Ele está me levando para casa, de volta do cinema", disse para si mesma. "Vimos...vimos... vimos..."

De repente, perguntou para ele em voz alta:

— Qual era o nome desse filme que acabamos de ver?

— Muito bem — respondeu Bill, logo em seguida. — É isso mesmo. É uma boa idéia. Vou dizer o nome de um filme. Vamos levar a idéia adiante. — Levou apenas um momento para lembrar-se de um filme. — Mark Stevens em *Sinfonia do passado* — respondeu, de súbito. Haviam assistido a esse filme séculos atrás (na última terça-feira). — Recorde a história desde o início até o final. Se você se perder, eu ajudo.

Patrice respirava com esforço e sua testa continuava a se umedecer o tempo todo.

"Ele compunha canções", disse Patrice para si mesma, "e levou sua irmã de criação para um... espetáculo de variedades, e ouviu uma das suas músicas cantadas no palco..."

O carro fez uma curva e as duas cabeças no banco da frente se inclinaram juntas, uma delas quase pendeu sobre o ombro do outro. Alguém as separou.

Patrice tratou de fechar os olhos às pressas.

"Em que altura a canção que dá título ao filme aparece na história?" Ela hesitou. "Era no número de abertura, que os dois ouviram da galeria do teatro?"

Bill havia parado num sinal e um táxi parou ao lado deles, janela com janela. "Não, essa música foi..." Olhou para o táxi. "Foi..." Olhou para o táxi de novo, do jeito vago que olhamos para algum objeto, quando estamos tentando recordar alguma coisa que nada tem a ver com aquilo. "A música foi 'Hello my baby'. Um número de dança, lembra? A música-título só veio no final. Ele não conseguia achar uma letra para pôr na melodia, lembra?"

O sinal abriu. O táxi saiu na frente, retomando com mais presteza o movimento. Patrice comprimiu as costas da mão na boca, cravou nela os dentes. "Não posso", suspirou para si mesma. "Não posso." Queria gritar para Bill: "Ah, abra a porta! Deixe-me sair! Não sou corajosa! Pensei que podia, mas não posso... Não quero saber de mais nada, me deixe sair do carro agora mesmo, aqui mesmo onde estamos!"

Pânico, é isso que chamam de pânico.

Ela mordeu com força a sua própria pele e o ardor do arrebatamento frenético cessou.

Bill agora dirigia um pouco mais depressa. Mas não depressa demais, não depressa o bastante para atrair suspeitas ou chamar a atenção de algum olhar errante. Agora, estavam nos arredores da cidade, seguindo a estrada que margeava os trilhos da ferrovia. Aqui, o normal era o carro andar um pouco mais depressa.

Levou certo tempo para Patrice entender que a parte mais arriscada havia passado. Que estavam fora de Caulfield, livres da cidade. Ou pelo menos livres da sua parte mais movimentada. Nada havia acontecido. Nenhum fato desfavorável. Não haviam arranhado a lataria de algum outro carro. Nenhum policial se aproximara deles, para adverti-los acerca de alguma infração, ou para espiar dentro do carro. Todas essas coisas, que Patrice tanto temia, não se haviam concretizado. Fora uma viagem completamente livre de incidentes. Os dois podiam perfeitamente estar sozinhos no carro, levando em conta o risco que corriam... para quem visse de fora. Mas de dentro...

Por dentro, ela se sentia toda contraída, e velha; como se houvesse rugas permanentes no seu coração.

"Não foi só ele que morreu nesta noite", Patrice pensou. "Eu também morri, em algum ponto do caminho, neste carro. Quer dizer que não deu certo, foi tudo em vão. Era melhor ter ficado lá, ainda viva, levar a culpa e receber o castigo."

Agora se encontravam em campo aberto. A última fábrica de caixas de papelão, construída a uma distância sensata dos limites da cidade, a última chaminé de uma cervejaria abandonada, até isso já havia ficado para trás. A pista da estrada começara a subir de forma muito gradual; a larga faixa dos trilhos da ferrovia, por efeito de um contraste ilusório, parecia afundar ainda mais. A bem construída proteção de concreto que acompanhava a margem da estrada na saída da cidade não chegava até aqui; agora, havia apenas um declive natural, extremamente íngreme, mas coberto de capim e arbustos.

Bill parou de repente, sem nenhum motivo aparente. Com duas rodas fora da estrada, no lado da ferrovia, ele parou o carro. Era todo o espaço que havia, só dava para duas rodas do carro; e mesmo assim era uma posição bastante precária. O declive começava logo ao lado da porta do carro.

— Por que aqui? — ela perguntou, num sussurro.

Bill fez um sinal.

— Escute. Está ouvindo? — Era um som de nozes se estraçalhando. Como uma vasta quantidade de nozes rolando, sendo partidas e abertas.

— Eu queria tirá-lo da cidade — Bill explicou. Saiu e desceu o declive, os pés escorregando, até que Patrice só conseguia vê-lo da cintura para cima, e ficou olhando para baixo. Em seguida, Bill pegou alguma coisa — talvez uma pedra, ou algo assim — e Patrice viu que ele a atirava para longe. Depois ele virou a cabeça um pouco e deu a impressão de ficar ouvindo.

Por fim, voltou para o carro, apoiando os pés de lado, para ganhar mais impulso na subida do declive.

— É um vagaroso trem de carga — disse ele. — Indo para fora da cidade. Está no trilho de dentro, quer dizer, este bem junto de nós, aqui embaixo. Pude ver um farol passando no teto de um dos vagões. É uma composição extraordinariamente comprida... Acho que os vagões estão vazios... E vem vindo muito devagar, quase rastejando. Joguei uma pedra e a ouvi chocar-se contra o teto de um dos vagões.

Ela já tinha adivinhado, e podia sentir sua pele arrepiar-se.

Bill se curvou sobre o corpo no banco da frente, vasculhou os seus bolsos. Arrancou algo do bolso de dentro do paletó. Uma etiqueta ou algo assim.

— Eles não seguem direto, como fazem os trens de passageiros. O trem deve ter que parar naquela passagem de nível, não muito longe daqui, você sabe qual é. A locomotiva deve estar chegando lá, agora...

Patrice reprimiu sua repulsa; de novo, estava decidida, embora dessa vez a coisa fosse mais difícil do que havia sido na porta do prédio.

— Eu devo... Você quer que eu...? — E Patrice se preparou para sair do carro ao lado dele.

— Não — respondeu Bill. — Não. Fique no carro e tome conta da estrada. O declive é tão íngreme que, quando passamos de certa altura, levando... alguma coisa, basta deixar que caia sozinha até o fundo. Mais embaixo, o terreno foi capinado, e a queda é bastante acentuada.

Abriu a porta do carro o máximo possível.

— Como está a estrada? — perguntou.

Patrice olhou para trás, por toda a extensão da estrada. Depois, para a frente. A pista em aclive à sua frente tornava a visibilidade ainda melhor.

— Vazia — ela respondeu. — Não há sinal de luzes se movendo em parte alguma.

Bill baixou o rosto, fez algo com seu braço e depois as duas cabeças e os dois pares de ombros se ergueram ao mesmo tempo. Um minuto depois, o banco da frente estava vazio.

Patrice virou-se e olhou para a estrada, olhou para a estrada com toda a atenção.

"Nunca mais poderei sentar no banco da frente deste carro", a idéia passou pela sua cabeça. "Eles vão ficar imaginando o motivo, mas vou sempre resistir, sempre vou lembrar o que esteve ali nesta noite."

Bill teve muito trabalho para levar o corpo pela borda do barranco, teve de travar o peso dos dois ao mesmo tempo, e o peso era dobrado. Quando de repente um dos dois tombou, após um tropeção, o coração de Patrice subiu até a garganta, como se houvesse uma polia, uma correia giratória, ligando os dois homens ao seu coração.

Em seguida, Bill recobrou o equilíbrio.

Depois, quando ela conseguia enxergar Bill apenas da cintura para cima, ele se curvou, como se largasse alguma coisa à sua frente, e quando se reaprumou de novo estava só, Patrice só via Bill e mais ninguém.

Ele se limitou a ficar de pé, esperando.

Era um jogo, uma aposta dramática. O último vagão, o vagão onde viajam os agentes ferroviários, podia ter passado de repente e... não haveria mais trem algum para levar para longe a carga que eles haviam trazido. Haveria apenas os trilhos lá embaixo, revelando o que jazia estirado sobre eles, tão logo o dia clareasse.

Mas Bill havia acertado. O ruído de casca de nozes quebrando diminuiu, começou a sumir. Uma espécie de tremor de madeiras sacudindo veio avançando, passou por eles e seguiu adiante. Depois, um outro. Depois, o silêncio.

Bill se abaixou de novo.

As mãos de Patrice cobriram seus ouvidos, mas era tarde demais. O som a atingira antes.

Foi um baque oco, repugnante. Como ocorre quando largam um saco pesado. Só que, numa queda assim, um saco arrebenta. E esse não arrebentou.

Patrice baixou a cabeça sobre o colo e cobriu os olhos com as mãos.

Quando ergueu o rosto de novo, Bill estava de pé, ao seu lado. Parecia um homem que se mantinha sob controle, mas sem saber ao certo por quanto tempo poderia conter a perturbação.

— Ele ficou firme — disse Bill. — Preso naquele passadiço, ou seja lá o que for, que atravessa o meio do telhado dos vagões. Mesmo no escuro, deu para ver o corpo. Mas não deu para ver o chapéu dele. Caiu e rolou pelo lado do trem.

Patrice quis gritar: "Pare! Não me conte nada! Não quero saber de nada! Já sei demais!". Porém não gritou. E, em todo caso, o assunto estava encerrado.

Bill voltou para o carro e segurou o volante, sem esperar que o trem recomeçasse a andar.

— Logo voltará a andar — disse ele. — Tem que andar. Já vinha seguindo viagem até aqui. Não vai ficar parado ali o resto da noite.

Levou o carro até o leito da estrada de novo e em seguida fez uma volta inteira, virando na direção de Caulfield outra vez. E nada passou por eles, nada passava pela estrada. Em nenhuma outra noite esta estrada poderia se achar tão vazia.

Bill deixou os faróis iluminarem a pista à sua frente.

— Quer vir para a frente e ficar ao meu lado? — ele perguntou, com voz serena.

— Não! — Patrice respondeu, sufocada. — Não posso! Não *nesse* banco.

Ele pareceu compreender.

— Eu apenas não queria que você ficasse sozinha — explicou, compassivo.

— De um jeito ou de outro, vou ficar sempre sozinha daqui para a frente, onde quer que eu sente — murmurou Patrice. — E você também. Os dois estaremos para sempre sozinhos, mesmo juntos.

42

Patrice ouviu o barulho dos freios e sentiu que o carro parava. Bill saiu e veio para o banco de trás, ao lado dela. Ficaram parados, como estavam, por longos momentos. Ela, com o rosto comprimido junto ao peito da camisa dele, enterrado no corpo de Bill, como se quisesse esconder-se daquela noite e de tudo que havia acontecido. Ele, com uma das mãos por trás da cabeça de Patrice, segurando-a ali, amparando-a.

Não se mexiam nem falavam, a princípio.

Agora, preciso contar a ele, Patrice continuava a pensar, apavorada. Agora chegou a hora. E como é que vou conseguir?

Ela ergueu a cabeça, enfim, e abriu os olhos. Bill havia estacionado além da esquina, perto da sua própria casa. (A própria casa *dele*. Como poderia voltar a ser dela, outra vez? Como ela poderia entrar lá de novo, após o que havia ocorrido esta noite?) Bill havia parado o carro logo após a esquina, fora de vista da casa, e não em frente à porta. Estava dando a ela uma oportunidade de lhe contar; devia ser esse o motivo de estacionar ali.

Bill pegou um cigarro, acendeu-o e o ofereceu a Patrice, com ar interrogador. Ela balançou a cabeça. Então, Bill jogou o cigarro para fora, pela janela do carro.

A boca de Bill se achava tão perto da sua que Patrice podia sentir o aroma fresco do tabaco no seu hálito. Nunca mais ficará tão perto como agora, pensou ela, nunca mais;

não depois que eu tiver terminado o que tenho de contar para ele.

— Bill — ela sussurrou.

Foi fraco demais, suplicante demais. Com essa voz mirrada, ela jamais conseguiria chegar ao final. E havia palavras tão pesadas à sua frente.

— O que é, Patrice? — perguntou Bill, com voz tranqüila.

— Não me chame assim. — Ela virou-se para Bill com uma ansiedade desesperada, obrigando sua voz a se manter firme. — Bill, há uma coisa que você precisa saber. Não sei por onde começar, não sei como... Mas, ah, você tem que me ouvir, pelo menos dessa vez você tem que me ouvir!

— Shh, Patrice — disse ele, num tom tranqüilizador. — Shh, Patrice. — Como se ela fosse uma criança irrequieta. Com a mão, afagou o cabelo de Patrice; para baixo, e depois para baixo, de novo, e mais uma vez para baixo.

Ela gemeu, quase como se estivesse sentindo dor.

— Não... não... não...

— Eu sei — disse Bill com ar quase indiferente. — Sei o que você está tentando me dizer, com tanto esforço e sofrimento. Que você não é Patrice. Que não é a esposa de Hugh. Não é isso?

Ela procurou os olhos de Bill, e ele olhava ao longe, através do pára-brisa, para a frente do carro. Havia algo quase abstrato na sua expressão.

— Já sei disso. Sempre soube disso. Acho que soube desde as primeiras semanas em que você esteve aqui.

O lado da sua cabeça pousou delicadamente sobre a cabeça de Patrice, e ficou ali, numa espécie de carícia implícita.

— Assim você não precisa fazer tanto esforço, Patrice. Não precisa partir seu coração. Não há nada para você me contar.

Ela soltou um soluço exausto. Tremeu um pouco com a sua frustração.

— Até a última oportunidade para me redimir você me tirou — murmurou ela, abatida. — Até essa pequena oportunidade.

— Você não precisa se redimir de nada, Patrice.

— Cada vez que você me chama assim é uma mentira. Não posso voltar para aquela casa com você. Não posso nunca mais entrar lá. Já é tarde demais, dois anos de atraso, dois anos, mas pelo menos deixe que eu conte tudo a você. Ah, meu Deus, me deixe desabafar! Patrice Hazzard morreu no acidente de trem, junto com o seu irmão. Eu fui abandonada por um homem chamado...

Mais uma vez, ele colocou a mão sobre a boca de Patrice, como fizera no apartamento de Georgesson. Porém com mais delicadeza, dessa vez.

— Não quero saber — disse Bill. — Não quero ouvir. Não entende, Patrice? — Depois, retirou a mão, mas agora ela estava em silêncio, pois era isso o que Bill desejava. E essa era a maneira mais fácil. — Não entende como me sinto? — Por um instante, voltou os olhos para um lado e para outro, como se procurasse em vão algum modo de convencê-la. Algum modo que não se achava ali, à disposição. Depois, dirigiu os olhos para ela, de novo, a fim de tentar mais uma vez; falando baixo e com voz emocionada.

— Que diferença faz se existiu outra Patrice, outra que não você, uma moça que jamais conheci, em outro lugar, em outro tempo? Imagine que *havia* duas. Existem mil Marys, mil Janes. Mas cada homem que ama Mary ama apenas a sua Mary e, para ele, não existem outras no mundo inteiro. E isso acontece comigo. Uma moça chamada Patrice surgiu na minha vida, um dia. E essa é a única Patrice que existe para mim no mundo inteiro. Não amo o nome, amo a mulher. Afinal, que tipo de amor você acha que é o meu? Acha que se ela tiver recebido o nome de um padre meu amor existe e se ela tiver dado o nome a si mesma meu amor não existe mais?

— Mas ela *roubou* o nome, tomou-o de uma morta. E ela pertenceu antes a outro homem, e depois veio para a sua casa com um filho...

— Não, ela não fez nada disso — ele a contradisse com terna teimosia. — Você ainda não entendeu, ainda não entendeu; porque você não é o homem que a ama. Ela não poderia ter feito isso; porque ela não existia antes que eu a conhecesse. Ela só começou a existir a partir daí. Só passou a existir depois que meus olhos a viram, depois que o meu amor começou. Antes disso, não havia nem sombra dela. O meu amor lhe deu vida, e quando meu amor terminar ela terminará junto com ele. É preciso, porque ela é o meu amor. Antes, havia um vazio. Um lugar vago. É o que acontece com qualquer amor. Não pode voltar atrás, para antes de si mesmo. E é a você que eu amo. A mulher que criei para mim mesmo. A mulher que tomo em meus braços, agora, neste carro. A mulher que eu beijo assim, agora... agora... agora... agora... Não uma certidão de nascimento. Não um nome numa certidão de casamento lavrada em Paris. Não um monte de ossos mortos retirados de um vagão de trem e sepultados em algum ponto perto dos trilhos. O nome do meu amor é Patrice, para mim. Meu amor não conhece outro nome, meu amor não quer outro nome.

Ele a puxou para perto de si, dessa vez com uma violência tão súbita que ela quase ficou aturdida. E quando os lábios de Bill encontraram os lábios dela, entre o penhor de cada beijo, ele lhe dizia:

— Você é Patrice. Sempre foi Patrice. Será sempre Patrice. Eu lhe dou este nome. Conserve-o para mim, para sempre.

Permaneceram desse modo por um longo tempo; unidos, agora, plenamente integrados. Feitos um só pelo seu amor; feitos um só pelo sangue e pela violência.

Enfim, ela sussurrou:

— Você sabia, e nunca...?

— Não logo de saída, não de supetão. A vida não caminha desse jeito. Foi uma coisa lenta, gradual. Acho que desconfiei, pela primeira vez, uma ou duas semanas depois da sua chegada. Não sei quando senti certeza, pela primeira vez. Acho que foi no dia em que comprei a caneta.

— Você deve ter me odiado, naquele dia.

— Não tive ódio de você naquele dia. Tive ódio de mim mesmo, por me permitir uma trapaça como aquela. (No entanto, eu não podia deixar de ter feito aquilo, não podia, por mais que eu tentasse!) E sabe o que foi que eu tirei daí? Apenas o medo. Em vez de *você* ficar assustada, eu que fiquei. Fiquei com medo de que você se assustasse com aquilo, e que eu perdesse você. Eu sabia que nunca a denunciaria; tinha medo demais de perder você. Mil vezes quis lhe contar: "Eu sei, eu sei tudo sobre você". E tinha medo de que você fosse embora e eu a perdesse. O segredo não pesava tanto em você; era em mim que ele pesava mais.

— E, no começo? Como é que você não disse nada no começo? Com certeza, você não me perdoou logo de saída.

— Não, não perdoei. Minha primeira reação foi de mágoa, aversão. Em relação àquilo que você desejava. Mas, por algum motivo, eu não consegui ter muita certeza. E a vida de outras duas pessoas muito queridas estava envolvida, também. Sobretudo, havia minha mãe. Eu não podia correr o risco de fazer isso com ela. Logo depois de ter perdido Hugh. Eu sabia que isso poderia matá-la. E simplesmente plantar algumas sementes de desconfiança teria sido igualmente nefasto, teria arrasado com a sua felicidade. Além do mais, eu queria ver no que essa história ia dar, qual era o seu jogo. Achei que se eu lhe desse corda bastante... Pois bem, eu lhe dei corda e mais corda, e não havia jogo algum. Só havia você. Cada dia ficava mais difícil me manter em guarda contra você. Cada dia ficava um pouco mais fácil olhar para você, pensar em você, e gostar de você. Então veio aquela noite do testamento...

— Você sabia o que tinha feito, e mesmo assim deixou que eles levassem adiante e...

— Não havia nenhum perigo real. Patrice Hazzard foi o nome que eles haviam escrito. Caso fosse necessário, teria sido fácil anular o testamento; ou então exigir o cumprimento literal dele, digamos assim. Provar que você e Patrice Hazzard não eram a mesma pessoa e, portanto, que você não era beneficiada pelo testamento. A lei não é como o amor; a lei dá valor aos nomes. Sondei um pouco, em sigilo, o nosso advogado, sem, é claro, deixar transparecer o que eu tinha em mente, e o que ele me explicou me deixou tranqüilo. Mas o que esse incidente me esclareceu, de uma vez por todas, foi que não havia jogo algum, nenhum motivo secreto. Ou seja, não era o dinheiro que estava no fundo da sua história. Patrice, o medo e a honesta aversão que li no seu rosto naquela noite, quando vim até a porta do seu quarto para lhe contar, não poderiam ter sido fingidos nem pela mais competente atriz de teatro. O seu rosto ficou branco como um lençol, os seus olhos se voltaram para todos os lados, como se você quisesse fugir correndo daquela casa, naquele mesmo instante. Toquei sua mão e estava gelada. Há um ponto em que o fingimento pára, e o coração vem à tona. E isso me trouxe a resposta. Eu soube, a partir daquela noite, o que você pretendia, na verdade, o que a levara a fazer aquilo: amparo, segurança. Eu via isso estampado no seu rosto cem vezes por dia, depois que eu havia entendido tudo. Vi muitas e muitas vezes. Toda vez que você olhava para o seu filho. Toda vez que você dizia: "Vou subir para o meu quarto". A maneira que você dizia "*meu* quarto". Vi isso nos seus olhos, mesmo quando você estava apenas olhando para um par de cortinas na janela, ajeitando o pano, afagando o tecido. Quase podia ouvir você dizendo: Elas são minhas, eu moro aqui. E toda vez que eu via isso, alguma coisa acontecia comigo. Eu a amava um pouco mais do que antes. E desejava que você possuísse tudo aquilo por direito, de forma permanente, de modo que nada e ninguém pudesse tirá-lo de você, outra vez...

Bill baixou a voz ainda mais, até que Patrice mal pôde escutar a mensagem que ele sussurrou:

— Ao meu lado, como minha esposa. E ainda desejo isso. Esta noite mais do que nunca, cem vezes mais do que antes. Você vai me responder agora? Vai me dizer se me aceita?

O rosto de Bill nadava, num movimento fluido, diante dos olhos de Patrice, erguidos para ele.

— Leve-me para casa, Bill — disse ela, com voz entrecortada, feliz. — Leve Patrice para a sua casa, com você, Bill.

43

Por um instante, quando Bill freou o carro e Patrice voltou o rosto na direção da casa, seus sentidos exaustos acolheram a terrível impressão de que a casa estava em chamas, de que todo o seu interior estava pegando fogo. E a seguir, quando Patrice se encolheu junto a Bill, se deu conta de que o fulgor da luz proveniente do interior da casa, um clarão refulgente contra o fundo da mortalha da madrugada, era um brilho constante, não estremecido, como ocorre com o fogo. A luz jorrava de todas as janelas, em cima e embaixo, e se derramava em gradações de intensidade por sobre o gramado, chegando até a calçada da frente e a rua, mais adiante, mas era o brilho estático das salas e quartos acesos. Luzes acesas em razão de alguma emergência.

Bill chamou sua atenção e apontou, sem dizer uma palavra, para a placa de trás do carro estacionado ali, logo adiante deles, onde se viam as fatídicas letras MD, de médico. Iluminadas, ameaçadoras, salientes, colhidas pelo foco circular dos faróis do seu carro. Proeminentes como a caveira e as tíbias cruzadas em um frasco de veneno. E inspirando o mesmo terror.

"Dr. Parker", o nome passou, num relâmpago, pela cabeça de Patrice.

Bill abriu a porta com um empurrão, saltou do carro e ela veio logo atrás.

— E nós ali parados, conversando esse tempo todo — ela o ouviu exclamar.

Cruzaram a calçada de pedras, Patrice nos calcanhares de Bill, vencida pelas pernas compridas dele. Ele não teve tempo de usar sua chave. Quando a pegou e a aproximou da fechadura, a porta já estava fora de alcance, tia Josie surgiu de pé na sua frente, assustada, num roupão estampado de flores, com o rosto tão cinzento quanto o cabelo.

Eles não lhe perguntaram de quem se tratava; não era preciso.

— Desde onze e meia — ela disse, de forma elíptica. — *Ele* está com ela desde meia-noite.

Tia Josie fechou a porta depois que os dois entraram.

— Se vocês tivessem pelo menos telefonado — disse, num tom de acusação. — Se pelo menos tivessem dito onde poderiam estar, eu teria chamado vocês. — E depois acrescentou, porém mais para Bill do que para Patrice: — Quase de manhã. Espero que a festa tenha sido boa mesmo. Deve ter sido bem animada. Só sei de uma coisa: de todas as festas a que você foi em toda a sua vida, esta foi a que custou mais caro.

Patrice soltou um grito estridente, tomada por um estremecimento: "Como você está certa! Não foi bom, ah, não foi... mas, ah! Como custou caro!".

O dr. Parker aproximou-se deles no saguão do andar de cima. Havia uma enfermeira ao seu lado. Eles pensaram que o médico estaria lá dentro, ao lado dela.

— Ela está dormindo? — perguntou Patrice, ofegante, mais apavorada do que reconfortada com sua própria pergunta.

— Ty Winthrop está lá dentro sozinho com ela há meia hora. Ela insistiu. Quando as pessoas se acham muito doentes, nós as mantemos sob nosso controle; mas quando se acham mais doentes ainda, já não podemos fazê-lo. Tenho conferido seu pulso e sua respiração a cada dez minutos.

— Está muito mal? — Patrice perguntou, abalada. Percebeu a expressão ferida no rosto de Bill e ainda encontrou tempo para abrir parênteses e sentir pena dele, no instante mesmo em que fazia a pergunta.

— Não existe um perigo imediato — respondeu Parker. — Mas não posso prometer coisa alguma para daqui a uma ou duas horas. — E então olhou para os dois direto nos olhos e disse: — Dessa vez foi ruim. O mais sério de todos.

Era o último, Patrice soube então com toda certeza.

Sentiu-se desmoronar por um momento e um ou dois soluços reprimidos escaparam de sua boca, enquanto Bill e o médico a levavam até uma cadeira, ao lado da porta do quarto da enferma, e a acomodaram ali.

— Não faça isso — o médico a advertiu, com um leve toque de frieza, talvez profissional, talvez pessoal. — Não é uma ocasião apropriada para isso.

— É só que estou tão exausta — Patrice explicou, com voz embargada.

Ela quase pôde ler os pensamentos do médico: "Nesse caso, você deveria ter voltado para casa um pouco mais cedo".

A enfermeira passou um frasco de amônia sob o nariz de Patrice, retirou o chapéu da sua cabeça, afagou seu cabelo para acalmá-la.

— Meu filho está bem? — Patrice perguntou após um momento, um pouco mais calma.

Foi tia Josie quem respondeu:

— Sei cuidar dele — disse ela, um pouco bruscamente. Patrice não podia contar com o seu favor, naquele momento.

A porta se abriu e Ty Winthrop saiu do quarto. Estava tirando os óculos do rosto.

— Eles ainda não voltaram...? — Começou a falar, e então viu os dois ali. — Ela quer falar com você.

Os dois se adiantaram no mesmo instante.

— Você não — disse ele para Bill, detendo-o. — Só com Patrice. Ela quer falar com Patrice a sós, sem mais ninguém no quarto. Repetiu isso várias vezes.

Parker fez sinal para que ela esperasse um pouco.

— Deixe-me verificar o pulso dela, antes.

Patrice olhou para Bill, enquanto estavam ali, à espera, para ver como ele estava reagindo àquilo. Bill sorriu, tranqüilo.

— Eu compreendo — murmurou. — É a maneira de ela ver a *mim*. E é também uma maneira muito boa. A melhor de todas.

Parker voltou, de novo.

— Não fique com ela mais que um ou dois minutos — advertiu com ar de desaprovação, olhando de lado para Winthrop. — E depois talvez todos nós possamos ficar juntos para que ela descanse um pouco.

Patrice entrou. Alguém fechou a porta por trás das suas costas.

— Querida Patrice — disse uma voz serena.

Ela se aproximou da cama.

O rosto ainda se achava na sombra, por causa da maneira como haviam colocado o abajur.

— Você pode levantar um pouco o abajur, querida. Ainda não estou no caixão.

Os olhos dela fitaram Patrice do mesmo modo que haviam feito na primeira vez, na estação de trem. Eram doces. Sorriam nos cantos. Feriam um pouco, eram muito *confiantes*.

— Eu não podia imaginar... — Patrice ouviu a si mesma dizendo. — Nosso passeio de carro foi mais longe do que havíamos planejado... A noite estava tão linda...

Duas mãos se estenderam debilmente na sua direção.

Patrice, de repente, tombou de joelhos e sufocou aquelas mãos de beijos.

— Eu a adoro — gemeu. — Isso é verdade; ah, pelo menos isso é verdade! Se eu pudesse convencer a senhora disso. Minha mãe. Você é minha mãe.

— Não precisa me convencer, querida. Já sei disso. Adoro você, também, e meu amor sempre soube que você me amava. É por isso que você é a minha menina. Lembre que eu lhe disse isso: *você é a minha menina.*

E, a seguir, falou, com muita suavidade:

— Eu perdôo você, minha querida. Perdôo você, minha menina.

Bateu de leve na mão de Patrice, num gesto consolador.

— Case com Bill. Dou a ambos minha bênção. Aqui... — Apontou frouxamente na direção do seu próprio ombro. — Embaixo do meu travesseiro. Mandei Ty pôr uma coisa aqui para você.

Patrice enfiou a mão, puxou um envelope comprido, lacrado, sem destinatário.

— Fique com isso — disse a sra. Hazzard, tocando a beirada do envelope, por um momento. — Não mostre a ninguém. É só para você. Não abra até... que eu não esteja mais aqui. É para o caso de você precisar. Quando se achar em grande necessidade, lembre-se de que eu lhe dei isso... e então abra o envelope.

Suspirou profundamente, como se o esforço de falar a tivesse esgotado de uma forma insuportável.

— Beije-me. É tarde. Muito tarde. Posso senti-lo em cada centímetro do meu pobre corpo velho. Você não pode saber o quanto é tarde, Patrice, mas *eu* posso.

Patrice curvou-se sobre ela, tocou os lábios dela com os seus.

— Adeus, minha filha — despediu-se, num sussurro.

— Boa noite — emendou Patrice.

— Adeus — ela insistiu, com doçura. Havia um sorriso discreto e orgulhoso no seu rosto, um sorriso indicador de maior discernimento, como de uma pessoa que sabe estar melhor informada do que a outra.

44

Uma vigília solitária junto à janela, até muito depois de o dia ter nascido. Sentada ali, vigiando, esperando, rezando, se desesperando, morrendo um pouco. Vendo as estrelas se apagarem e a alvorada subir lentamente no leste, com uma palidez feia e grisalha. Ela nunca teve menos vontade de ver o dia nascer, pois a escuridão pelo menos encobria suas dores, como um manto, mas a cada momento a luz aumentava e a dissolvia um pouco mais, até que a noite atingiu seu ponto de dissolução, e se foi, sem deixar rastros.

Imóvel como uma estátua na janela azulada, a testa apoiada contra o vidro, formando uma pequena ruga no ponto onde a pele havia aderido à vidraça. Os olhos fitavam o vazio, pois o vazio era tudo o que restava para ver.

Encontrei meu amor, afinal, apenas para perdê-lo, apenas para jogá-lo fora. Por que fui descobrir, nesta noite, que eu o amava? Por que eu precisava saber? Não poderia ter sido poupada disso?

O dia não estava exatamente amargo, agora. O dia eram cinzas espalhadas à sua volta, frias, esmigalhadas e consumidas. Era inútil que as cores rosa, azul e amarelo tentassem tingir o dia, como tintas guache aplicadas de uma paleta celestial; era inútil. O dia estava morto. E ela se achava sentada ali, ao lado do seu ataúde.

E se existisse algo como penitência, absolvição pelos pecados cometidos no passado e que não podem mais ser desfeitos, apenas lastimados, ela o teria merecido nessa longa vigília. Mas talvez isso não exista.

Suas chances estavam mortas e suas esperanças estavam mortas, e ela não tinha mais o que expiar.

Patrice virou-se e, lentamente, olhou para o lado. Seu filho estava acordado, sorrindo para ela, e dessa vez ela não tinha como sorrir de volta para ele. Patrice não podia sorrir, teria sido muito estranho colocar um sorriso na sua boca.

Patrice virou o rosto, de novo, de forma que não precisasse olhar para o filho por muito tempo. Por que, de que adianta chorar? Chorar para um bebê. Os bebês choravam para as suas mães, mas as mães não deviam chorar para os seus bebês.

Do lado de fora, o homem atravessava o seu gramado, puxando aquela mangueira atrás de si. Quando a mangueira ficou bem esticada, o homem a deixou no chão, voltou para a outra extremidade e abriu a torneira. A grama começou a brilhar, no ponto onde o bocal da mangueira jazia inerte, antes que o homem pudesse voltar até lá e segurar a mangueira outra vez. Na verdade, não dava para ver a água saindo, porque o bocal estava muito baixo, junto ao chão, mas dava para ver uma espécie de agitação iridescente da grama, naquele ponto, revelando que mais abaixo algo estava em movimento.

Então o homem viu Patrice na janela, ergueu o braço e acenou para ela, do modo que havia feito no início, naquele primeiro dia. Não porque ela fosse ela, mas porque o mundo dele estava em perfeita ordem, e era uma linda manhã, e ele queria cumprimentar alguém a fim de mostrar como se sentia.

Patrice desviou a cabeça. Não para evitar a saudação amistosa do homem no gramado, mas porque soou uma batida na porta. Alguém batia na sua porta.

Patrice se levantou, tensa, caminhou até a porta e a abriu.

Um homem idoso, solitário, se achava de pé ali, em silêncio, reservado. O pai de Bill estava muito abatido, muito esgotado. Um estranho que, por engano, a tomava por sua filha.

— Ela acabou de morrer — sussurrou, desalentado. — Sua mãe acabou de morrer, minha querida. Eu não sabia com quem falar, para dar a notícia... então, vim bater na sua porta. — Ele parecia incapaz de fazer qualquer coisa exceto ficar ali de pé, desorientado, confuso.

Patrice também ficou de pé, imóvel. Era tudo, também, que era capaz de fazer, no momento. Era toda a ajuda que ela podia lhe oferecer.

45

As folhas estavam morrendo, como ela havia morrido. A estação estava morrendo. A vida antiga estava morrendo, estava morta. Eles a haviam acabado de enterrar.

"Que estranho", refletiu Patrice. "Para continuar, poder ir em frente rumo a algo novo, é preciso que haja morte, primeiro. Sempre tem que haver uma espécie de morte antes, de um tipo ou de outro. Assim como aconteceu comigo."

As folhas morriam radiantes. O negro nebuloso do véu de Patrice diminuía os espasmos apopléticos das cores escarlate, laranja e ocre que se viam nas folhas, matizava-os com uma coloração mais suportável, na veemência do pôr-do-sol, enquanto a limusine fúnebre seguia para casa em velocidade solene, pelo campo.

Patrice estava sentada entre Bill e seu pai.

"Agora, sou a mulher da família", pensou ela. "A única mulher da sua casa, na sua casa. É por isso que vou sentada entre os dois, em uma posição de destaque, e não na extremidade do banco."

E embora ela não soubesse como exprimir essa idéia, nem para si mesma, seus próprios instintos lhe diziam que o lugar e a sociedade de que ela fazia parte eram basicamente matriarcais, que a mulher constituía essencialmente o foco de cada lar, o centro de cada pequeno grupo familiar. Não de forma explícita, agressiva, não exteriormente. Mas por trás das paredes da casa, onde se achava o lar de verdade. Agora, ela havia assumido essa primazia. A adolescente magricela que um dia se viu parada, de pé, diante de uma porta que nunca iria abrir.

Havia um homem com quem ela iria casar e de quem seria esposa. Havia um homem de quem ela iria cuidar com devoção filial, suavizando sua solidão e amparando-o no seu declínio da melhor maneira possível. Não havia enganos, mentiras, em seus planos; tudo isso estava terminado, e era passado.

Patrice segurou a mão do sr. Hazzard com delicadeza, apertando-a na sua própria mão, de um lado. Do outro, a mão de Patrice se enroscava de forma graciosa ao redor do braço robusto de Bill. Para indicar: Você é meu, E eu sou sua.

A limusine havia parado. Bill saiu e ajudou Patrice a descer. Em seguida, os dois ajudaram o pai, cada um de um lado, e caminharam os três, lentamente, sobre as pedras da calçada familiar, até a varanda e a porta da casa familiares.

Bill tocou a campainha e a substituta de tia Josie abriu a porta para eles com toda a alacridade de um novato. Tia Josie, é claro, um membro efetivo da família, havia assistido aos serviços fúnebres com eles, estava voltando para casa na limusine menor.

Ela fechou a porta em silêncio respeitoso, e eles estavam em casa.

Foi ela, Patrice, quem os viu primeiro. Estavam na biblioteca.

Bill e o pai, seguindo na frente, amparando-se um ao outro abraçados na cintura, haviam atravessado a porta esquecidos de tudo. Patrice se deixara ficar para trás, um momento, a fim de transmitir, em surdina, algumas ordens necessárias.

— Sim, senhora Hazzard — disse a substituta de tia Josie, com obediência.

Sim, sra. Hazzard. Foi a primeira vez que Patrice ouviu isso (tia Josie sempre a chamava de "senhorita Pat"), mas daqui para a frente ela ouviria isso por toda a sua vida, como um direito seu. Sua mente revolveu aquelas palavras na sua língua, saboreando o efeito. Sim, sra. Hazzard. Posição. Segurança. Indestrutibilidade. O fim de uma jornada.

Em seguida, ela avançou e, ao passar pela porta, viu os homens ali.

Estavam sentados, um diante do outro. Dois homens. A posição das suas cabeças era reveladora — não mostravam pesar, não demonstravam suficiente constrangimento por se acharem ali, naquela situação, naquela hora. Seus rostos, quando Patrice os viu, não pareciam dizer: "Assim que vocês estiverem prontos para nos atender". Diziam, isso sim: "*Nós* já estamos prontos para atender vocês agora. Venham falar conosco".

O medo estendeu um dedo comprido e veio tocar o fundo do seu coração. Patrice havia parado.

— Quem são esses dois homens? — sussurrou para a moça que abrira a porta. — O que estão fazendo aqui?

— Ah, esqueci de dizer. Eles vieram há uns vinte minutos, pedindo para falar com o senhor Hazzard. Expliquei sobre o funeral e sugeri que talvez fosse melhor voltar mais tarde. Mas disseram que não, disseram que preferiam esperar. Eu não pude fazer nada com eles. Tive que deixar que ficassem aqui.

Patrice atravessou a porta.

— Ele não se acha em condições de falar com ninguém, agora. Você vai ter que entrar lá e...

— Ah, não se trata do velho senhor Hazzard. É com o senhor Hazzard filho que eles querem falar.

Patrice então compreendeu. Seus rostos já lhe haviam dito, o modo severo com que ambos a fitaram, durante um ou dois segundos em que ela esteve de pé diante da porta.

As pessoas em geral não olham para a gente desse modo, não as pessoas comuns. Mas policiais olham. Aqueles a quem a lei confere o poder de investigar, identificar e interrogar.

O dedo, agora, se transformara em uma gelada mão, comprimindo e torcendo o coração de Patrice, sob o seu domínio.

Detetives. Já. Tão cedo, tão impiedosamente, tão fatalmente cedo. E logo hoje, logo num dia como este.

Os manuais escolares estavam certos, os textos que afirmavam que a polícia era infalível.

Patrice virou-se e subiu a escada, depressa, para alcançar Bill e seu pai já perto do alto, ainda juntos, na subida pausada e exaustiva.

Bill virou a cabeça com ar indagativo, ao ouvir os passos afobados de Patrice subindo atrás deles. O sr. Hazzard não virou a cabeça. O que significavam agora, para ele, passos na escada? Os únicos passos que ele desejava ouvir nunca mais soariam.

Patrice fez um leve sinal para Bill por trás das costas do sr. Hazzard. Um rápido aceno com o dedo a fim de demonstrar que era algo que devia ficar apenas entre eles dois. Em seguida, falou, tentando dar um tom casual à sua voz:

— Bill, depois que você tiver deixado seu pai no quarto, eu queria falar com você um instante.

Bill veio falar com Patrice, no quarto dela, quando ela afastava dos lábios um copo pequeno de conhaque. Bill fitou-a, com ar curioso.

— O que você tem? Sentiu-se mal lá fora?

— Foi sim — Patrice respondeu. — Mas não lá fora, aqui em casa. Bem aqui. Agora.

— Você parece estar tremendo.

— E estou. Feche a porta. — E quando Bill havia fechado: — Ele está dormindo?

— Vai pegar no sono daqui a um ou dois minutos. Tia Josie está lhe dando um pouco daquele sedativo que o doutor deixou.

Patrice apertou as mãos uma na outra, como se tentasse partir os próprios ossos.

— Eles estão aqui, Bill. A respeito da noite passada. Eles já estão aqui.

Bill não precisou perguntar, sabia o que Patrice queria dizer com "a noite passada". Só havia uma noite para eles, para sempre, só haveria uma noite para eles. E por mais que as noites se multiplicassem, se tornariam todas "aquela noite", talvez; era essa a única alteração.

— Como você sabe? Eles lhe disseram?

— Não foi preciso. Eu sei. — Patrice se agarrou à lapela do paletó de Bill, como se tentasse rasgá-la. — O que vamos fazer?

— *Nós* não vamos fazer nada — disse ele, de modo significativo. — *Eu* farei aquilo que for preciso, seja o que for.

— Quem é? — Patrice estremeceu, quando ouviu baterem na porta, e se apertou junto a Bill. Seus dentes quase chegavam a bater, de tanta tensão.

— Quem é? — Bill perguntou, com voz forte.

— Tia Josie — veio a resposta, do outro lado da porta.

— Largue-me, pode deixar — Bill pediu a Patrice, em voz baixa. — O que é, tia Josie?

Ela enfiou a cabeça pelo vão da porta e disse:

— Aqueles dois homens lá embaixo estão dizendo que não podem esperar mais pelo senhor Hazzard.

Por um momento, uma diminuta esperança insinuou-se no coração ferido de Patrice.

— Disseram que, se o senhor Hazzard não descer, virão aqui em cima falar com ele.

— O que eles querem? Disseram a você? — perguntou a tia Josie.

— Eu perguntei duas vezes e eles sempre responderam a mesma coisa. "O senhor Hazzard." Afinal, que tipo de resposta é essa? São uns atrevidos.

— Tudo bem — disse Bill, para concluir. — Já estou avisado.

Ela fechou a porta de novo.

Bill ficou um momento irresoluto, esfregando a mão na nuca. A seguir, se aprumou com relutância, endireitou os ombros, puxou as mangas da camisa para baixo e virou-se para a porta.

— Bem — disse ele. — Vamos acabar com isso.

Patrice correu para junto dele.

— Vou com você.

— Não vai, não! — Segurou a mão dela e soltou-a do seu braço, num gesto rude de rejeição. — Vamos deixar isso bem claro, desde já. Você vai ficar aqui em cima, e vai ficar fora dessa história. Está me ouvindo? Não importa o que aconteça, você vai ficar fora dessa história.

Bill jamais havia falado com ela desse modo.

— Você vai me aceitar como seu marido? — ele perguntou.

— Sim — Patrice respondeu, num sussurro. — Já lhe disse isso.

— Então isso é uma ordem. A primeira e a última, assim espero, que darei a você. Veja bem, não podemos contar duas histórias diferentes. Vamos contar uma só: a minha. E nela você não tem a menor idéia de coisa alguma. Assim, não pode me ajudar, pode apenas me prejudicar.

Patrice agarrou a mão de Bill e colou os lábios sobre ela, numa espécie de gesto de boa sorte.

— O que vai contar a eles?

— A verdade. — O olhar que dirigiu para Patrice foi um pouco estranho. — O que você esperava que eu fosse contar? Não tenho nada a esconder, na medida em que apenas eu esteja envolvido.

Bill fechou a porta e se retirou.

46

Quando Patrice viu suas mãos abrindo caminho, descendo à sua frente, uma após a outra, no corrimão da escada, enquanto seus pés seguiam logo atrás, mais devagar, sempre um degrau atrás, ela se deu conta de que seria impossível obedecer à ordem de Bill, permanecer enclausurada lá em cima, sem saber, sem ouvir; que leviandade de Bill esperar isso dela. Se lhe obedecesse, Patrice não poderia estar envolvida como estava, não poderia sequer ser considerada uma mulher. Isso não era se intrometer em assuntos alheios; não nos intrometemos em algo que nos diz respeito de forma tão íntima, como aquilo dizia respeito a ela. Era um direito dela saber.

As mãos apoiadas no corrimão, descendo, uma após a outra, e o resto dela seguindo sorrateiramente, o corpo curvado de temor. Como um aleijado descendo um escada com esforço.

Vencido um quarto do caminho, o rumor tomou a forma de vozes distintas. Na metade, as vozes se tornaram palavras. Patrice não foi além daí.

As vozes não estavam exaltadas. Não havia alvoroço ou discussão irritada. Eram apenas homens conversando calma e polidamente. De algum modo, aquilo a deixou mais assustada ainda.

Eles repetiam algo que Bill devia ter acabado de dizer.

— Então o senhor de fato conhece um homem chamado Harry Carter, senhor Hazzard.

Patrice não escutou a resposta dele. Como se ele considerasse o bastante ter afirmado uma só vez.

— O senhor poderia nos explicar que tipo de relação, de ligação, existe entre o senhor e o senhor Carter?

Bill soou um pouco irônico, ao responder a isso. Patrice nunca o vira falar daquela maneira com ela, mas captou uma nova inflexão na sua voz, e identificou-a como ironia.

— Vejam bem, senhores. Os senhores já sabem. Devem saber, se não, por que motivo estariam aqui? Querem que eu repita para os senhores, é isso?

— O que queremos é ouvir a resposta do senhor mesmo, senhor Hazzard.

— Muito bem, então. Ele é um detetive particular. Como os senhores já sabem. Eu o escolhi e contratei seus serviços. Como os senhores já sabem. E eu lhe pagava honorários, ele estava sendo remunerado, para vigiar, manter-se de olho nos movimentos daquele senhor Georgesson, no qual os senhores estão interessados. Como os senhores já sabem.

— Muito bem, já sabemos disso, senhor Hazzard. Mas o que ainda não sabemos, o que ele não pôde nos revelar, uma vez que nem ele mesmo sabia, é qual a natureza do seu interesse em Georgesson, por que razão o senhor queria vigiar esse homem.

E outro policial prosseguiu do ponto em que o primeiro havia parado.

— O senhor se importaria em nos explicar isso, senhor Hazzard? Por que queria vigiar Georgesson? Que razão o senhor tinha para isso?

No meio da escada, o coração de Patrice pareceu pular para fora e cair estirado no chão.

"Meu Deus", ecoou em sua mente, numa exclamação atormentada. "É agora que eu entro na história!"

— Trata-se de um assunto extremamente privado — retrucou Bill, com firmeza.

— Entendo. Não pretende nos contar.

— Não disse isso.

— No entanto, preferiria não nos contar.

— O senhor está colocando na minha boca palavras que eu não pronunciei.

— Porque o senhor não se mostra disposto a nos oferecer as suas próprias palavras.

— É essencial que os senhores saibam disso?

— Não estaríamos aqui se não fosse assim, posso lhe garantir. Esse seu detetive, Carter, foi quem nos informou da morte de Georgesson.

— Entendo. — Patrice ouviu Bill respirar profundamente. E ela o imitou, na escada. Duas respirações, e um único medo.

— Georgesson era um jogador — disse Bill.

— Sabemos disso.

— Um vigarista, um trapaceiro, um consumado e conhecido especulador em negócios escusos.

— Sabemos disso.

— Agora vem a parte que os senhores não sabem. Há uns... digamos, quatro anos, ou três anos, pelo menos, meu irmão mais velho, Hugh, estava na última série no Dartmouth College. Viajou a fim de passar as férias de Natal em casa, conosco. Chegou até Nova York, mas não passou dali. Nunca apareceu em casa. Não estava no trem que o deveria ter trazido, no dia seguinte. Recebemos um telefonema interurbano de Hugh, e ele se achava em apuros. Estava praticamente sendo mantido lá contra a sua vontade. Havia entrado numa partida de baralho, ao que parece, na noite anterior, com esse Georgesson e mais alguns amigos, combinados uns com os outros, é claro, e arrancaram de Hugh não sei quantos mil dólares, que ele não pagou, e esses jogadores exigiam um pagamento antes de libertá-lo. Pegaram Hugh de jeito, e a coisa tinha todos o sinais de uma encrenca em grande escala. Hugh era apenas um garoto de boa índole, acostumado a lidar com gente honesta, cavalheiros, não aquele tipo de escória, e não soube como se safar sozinho. Eles o engabelaram a noite inteira com muita conversa fiada, lhe deram bebidas fortes, empurraram umas coristas para cima dele em diversos locais para onde o haviam levado antes... bem, seja como for, em razão da saúde de minha mãe e do bom nome da família, não se podia nem pensar em procurar a polícia. Chamaria muita atenção. Assim, meu pai foi até lá em pessoa, e eu fui com ele, a propósito, e ajeitou as coisas para Hugh. Ao custo de cinqüenta centavos por dólar, ou algo assim. Tomou de volta o vale que eles haviam extorquido de Hugh. E o trouxemos para casa conosco. Foi isso que se passou. Não é uma história muito nova, essas coisas vivem acontecendo. Mas, é natural, eu não ia me esquecer desse Georgesson de uma hora para outra. Pois bem, quando eu soube, algumas semanas atrás, que ele se achava aqui em Caulfield, circulando abertamente por aí, imaginei se era coincidência ou não, mas não quis arriscar. Entrei em contato com uma agência de detetives em Nova York e eles me enviaram Carter, a fim de tentar descobrir o que Georgesson fazia aqui. E aí os senhores têm a sua história. Isso responde a sua pergunta? É suficiente?

Os policiais não responderam que sim, Patrice percebeu. Ela aguardou, mas não ouviu os policiais dizerem que estavam satisfeitos.

— Ele não se aproximou do senhor nem da sua família, de algum modo? Não o molestou?

— Não nos procurou.

(O que era tecnicamente correto, Patrice concordou, com sarcasmo; ela mesma teve que ir ao encontro dele, em todas as vezes.)

— Os senhores teriam sido informados antes, caso ele tivesse se aproximado de nós — Bill assegurou. — Eu não teria esperado que viessem me procurar; eu mesmo os teria procurado.

Com uma naturalidade catastrófica, seguiu-se um comentário sem lógica alguma. Patrice ouviu, de repente, um dos policiais perguntar:

— Quer pegar seu chapéu, senhor Hazzard?

— Está no saguão — Bill respondeu, friamente. — Eu o apanho quando nós passarmos por lá, antes de sair.

Eles deixaram a sala. Com um soluço infantil, quase como uma menina fugindo de duendes, no escuro, Patrice virou-se e subiu as escadas às pressas, de volta para o seu quarto.

— Não...! Não...! Não...! — ela gemia, numa repetição febril.

Estavam prendendo Bill, estavam acusando-o, estavam levando Bill com eles.

47

Perturbada, Patrice se deixou cair sobre o banco diante da sua penteadeira. Sua cabeça rodava a esmo sobre os ombros, como se ela estivesse bêbada. Seu cabelo estava desfeito, encobrindo um olho.

— Não...! Não...! — ela insistia. — Não podem... Não é justo...

Não o soltariam... Jamais o soltariam outra vez... Bill nunca mais ia voltar... Ele nunca mais voltaria para ela...

— Ah, pelo amor de Deus, me ajude! Não posso mais suportar isso!

E então, como nos contos de fadas, como nos livros de história de antigamente, onde tudo sempre acabava bem, onde o bem é o bem e o mal é o mal, e o feitiço é sempre quebrado a tempo para o final feliz, ali estava aquilo... bem diante dos seus olhos...

Parado ali, à espera. Apenas pedindo para ser apanhado. Um envelope branco, retangular, lacrado. Uma carta da morta.

Uma voz oculta ali dentro parecia sussurrar para ela, através dos cantos do envelope, num tom débil, distante:

"Quando você estiver em grande apuro, e eu já não me achar aqui, abra isto. Quando estiver em extrema necessidade, e inteiramente sozinha. Adeus, minha filha; minha filha, adeus..."

"Eu, Grace Parmentier Hazzard, esposa de Donald Sedgewick Hazzard, no meu leito de morte e na presença de meu advogado e conselheiro de toda a vida Tyrus Winthrop, que reconhecerá de forma apropriada a minha assinatura neste documento e dará testemunho da sua veracidade quando for convocado para tanto pelas autoridades legalmente constituídas, faço aqui a seguinte declaração, por minha própria e espontânea vontade, e dou fé de que é verdade:

"Que aproximadamente às dez e meia da noite de 24 de setembro, achando-me sozinha em minha casa, apenas em companhia da minha devotada amiga e governanta, Josephine Walker, e de meu neto, recebi um telefonema interurbano de Hastings, no estado vizinho. Quem ligou foi um certo Harry Carter, detetive particular contratado por mim e pela minha família. Ele me informou de que, alguns momentos antes, minha adorada nora, Patrice, a viúva do meu falecido filho Hugh, fora levada contra a sua vontade para Hastings por um homem com o nome de Stephen Georgesson e lá foi compelida a tomar parte de uma cerimônia de casamento com ele, sob coação. E que, nesse meio tempo, enquanto ele falava comigo, os dois se achavam no caminho de volta para cá, para esta cidade, juntos.

"Recebida esta informação, e estando de posse do endereço do supramencionado Stephen Georgesson, eu me vesti, chamei Josephine Walker e lhe disse que ia sair, e ficaria fora por pouco tempo. Ela tentou me dissuadir e me persuadir a revelar o meu propósito e aonde ia, mas eu nada disse. Dei instruções para que me aguardasse bem junto da porta da frente, a fim de permitir minha entrada assim que eu chegasse de volta, e que, em nenhuma circunstância, naquele momento ou em qualquer outro, ela revelasse a quem quer que fosse que eu havia deixado a casa naquela oportunidade e em tais circunstâncias. Obriguei-a jurar sobre a Bíblia e, ciente da natureza das suas convicções religiosas e da forma como fora educada, eu sabia que ela jamais quebraria aquele juramento, a despeito do que viesse a acontecer.

"Apanhei e levei comigo uma arma que, em geral, ficava guardada em uma escrivaninha na biblioteca da minha casa, tendo primeiro introduzido os cartuchos no tambor. A fim de dificultar ao máximo a minha identificação, cobri o rosto com o véu de luto que usei por ocasião da morte do meu filho mais velho.

"Percorri uma curta distância a partir da porta da minha casa, inteiramente só e desacompanhada, e, na primeira oportunidade, peguei um táxi. Nele, me dirigi para a residência de Stephen Georgesson, a fim de procurá-lo. Quando cheguei, descobri que ele ainda não havia voltado e, portanto, esperei, sentada no táxi, a uma pequena distância da sua casa, até que o vi voltar e entrar. Assim que ele havia entrado, eu entrei atrás, e ele me recebeu em seu apartamento. Levantei meu véu a fim de que ele visse o meu rosto e pude perceber que ele sabia quem eu era, embora nunca antes tivesse me visto.

"Perguntei se era verdade que ele havia acabado de obrigar minha nora a tomar parte de um pacto de matrimônio com ele, conforme eu fora informada.

"Ele prontamente admitiu, indicando o local e a hora.

"Foram as únicas palavras que trocamos. Nada mais foi dito. Nada mais precisava ser dito.

"Imediatamente, apanhei a arma na bolsa, apontei para ele, bem de perto, e disparei, enquanto ele permanecia ali de pé, na minha frente.

"Atirei apenas uma vez. Teria atirado outras vezes, se necessário, a fim de matá-lo; era minha intenção explícita matar esse homem. Porém, esperando para ver se ele não voltaria a se mexer, e constatando que não se movia, mas permanecia estatelado no mesmo local onde havia tombado, então, e só então, desisti de atirar outras vezes, e saí do apartamento.

"Voltei para a minha casa no mesmo táxi que me havia levado lá. Após um breve intervalo, senti-me extremamente mal em virtude da excitação e da tensão que havia sofrido. E agora, ciente de que estou morrendo, em plena posse das minhas faculdades e com total discernimento de minhas ações, desejo dar fé desta declaração antes que eu venha a falecer e, no caso de outras pessoas serem acusadas em falso, desejo que esta venha a ser apresentada às autoridades legalmente incumbidas do assunto. Mas apenas em tal caso, e não de outro modo.

"(*Assinado*) Grace Parmentier Hazzard.

"(*Testemunhado e atestado*)

"Tyrus Winthrop, advogado."

Patrice chegou à porta da casa, no andar de baixo, tarde demais. A calçada estava vazia quando Patrice chegou lá, e ficou ali, cravada no chão, atônita e com os cabelos em desalinho. Tinham ido embora, e Bill fora com eles.

Patrice ficou de pé, diante da porta. Vazia, na calçada vazia.

48

E, então, ali estava ele, enfim.

Era tão real, tão fotograficamente real, que, por paradoxo, ela mal podia acreditar que o estava vendo. Até o tecido em espinha de peixe do seu paletó se salientava, como se uma lente de aumento se encontrasse sobre o pano, especialmente para a inspeção de Patrice. A magreza do rosto dele, o tênue matiz sombreado nos pontos onde Bill precisava se barbear, Patrice podia ver tudo nele de forma tão nítida, como se estivesse muito mais perto do que na verdade estava. Talvez o cansaço produzisse esse efeito, por um processo inverso de concentração. Ou os olhos se dilatassem em razão do grande esforço para vê-lo, de modo que agora eles o enxergavam com uma nitidez anormal.

Em todo caso, ali estava ele.

Bill virou-se e veio na direção da casa. Antes de dar o último passo que o levaria para fora do campo de visão de Patrice, abaixo do local onde ela se achava, os olhos de Bill ergueram-se para a janela e a viram ali.

"Bill", disse ela, em silêncio, através do vidro, e suas duas mãos colaram-se à vidraça, como se emoldurassem a palavra inaudível em uma bênção.

"Patrice", disse ele, em silêncio, lá debaixo; e embora ela não tivesse ouvido, nem sequer tivesse visto seus lábios se moverem, Patrice sabia que era aquilo que ele havia dito. Apenas o seu nome. Tão pequeno, e tão importante.

De súbito, Patrice saiu correndo do quarto, tão loucamente como se estivesse fugindo do fogo. A cortina da janela voltou à posição original e a porta, aberta de um só golpe, ricocheteou na parede e também voltou à posição original, fechando com estrépito, tão logo Patrice havia cruzado o limiar. A cabeça espantada da criança virou-se para ela demasiadamente devagar para conseguir acompanhar a sua fuga impetuosa.

Em seguida, Patrice se deteve, repentinamente, logo após a curva da escada, e esperou por ele ali, incapaz de ir adiante. Ficou de pé, aguardando que Bill viesse até ela.

Bill tirou o chapéu, como se aquele momento fosse igual a qualquer outro em que ele estivesse voltando para casa, e subiu a escada na direção do local onde Patrice o aguardava. A cabeça de Patrice, como se estivesse cansada de ficar sozinha, baixou sobre o ombro de Bill e permaneceu ali, encostada na dele.

A princípio, nada falaram. Limitaram-se a permanecer de pé, um junto ao outro, as cabeças encostadas. Não havia mensagem alguma; só havia... estar juntos.

— Voltei, Patrice — foi tudo que ele disse, enfim.

Ela estremeceu um pouco e se aninhou mais junto dele.

— Bill, agora, o que eles irão...?

— Nada. Terminou. Está tudo acabado. Pelo menos, no que me diz respeito. Foi apenas para fins de identificação. Tive que ir com eles e olhar para o morto, e foi tudo.

— Bill, eu abri este envelope. Ela diz que...

Patrice entregou o envelope para Bill. Ele leu.

— Você mostrou isto a alguém mais?

— Não.

— Não mostre. — Bill o rasgou ao meio e guardou no bolso.

— Mas imagine que...

— Não é necessário. Os companheiros de jogo dele a essa altura já estão todos sendo fichados. Os policiais me contaram que descobriram evidências de ter ocorrido um grande jogo de cartas lá, naquela noite.

— Não vi nada.

Bill dirigiu para ela um olhar eloqüente.

— Eles viram. Na hora em que chegaram lá.

Patrice abriu um pouco os olhos para Bill.

— Eles estão dispostos a seguir nessa direção. Então vamos também deixar que as coisas sigam desse modo, Patrice. — Soltou um suspiro pesado. — Estou um bagaço. Sinto-me como se tivesse ficado de pé uma semana inteira. Gostaria de dormir para sempre.

— Não para sempre, Bill, não para sempre. Porque eu vou estar à sua espera, e isso iria demorar muito...

Os lábios dele procuraram a face de Patrice, e beijaram-na com uma espécie de assombro cego.

— Leve-me até a porta do quarto, Patrice. Gostaria de dar uma olhada no menino, antes de ir descansar.

O braço de Bill contornou fatigadamente a cintura de Patrice.

— O *nosso* menino, daqui em diante — ele emendou, com brandura.

49

"O sr. William Hazzard casou ontem com a sra. Patrice Hazzard, viúva do falecido Hugh Hazzard, em uma cerimônia discreta na igreja episcopal de São Bartolomeu, nesta cidade, celebrada pelo reverendo Francis Allgood. Não houve convidados. Após o casamento, o sr. e a sra. Hazzard partiram imediatamente em viagem de lua-de-mel para as montanhas do Canadá." — *Todos os jornais matutinos e vespertinos de Caulfield.*

50

Uma vez concluída a leitura do testamento — o que se deu numa segunda-feira, cerca de um mês após o regresso dos noivos —, Winthrop pediu aos dois que ficassem mais alguns minutos, quando a sala estivesse vazia. Foi até a porta e fechou-a depois que os demais presentes haviam se retirado. Em seguida, dirigiu-se à parede, abriu o cofre embutido e retirou de lá um envelope. Sentou-se atrás da sua escrivaninha.

— Bill e Patrice — disse ele —, isto é algo destinado apenas a vocês.

Eles trocaram um olhar.

— Não faz parte do testamento, por conseguinte não concerne a mais ninguém, senão a vocês dois. É dela, está claro. Foi transcrito no seu leito de morte, pouco menos de uma hora antes de falecer.

— Mas nós já... — Bill tentou dizer.

Com a mão virada para cima, Winthrop fez sinal para que se calasse.

— Havia dois documentos. Este é o segundo. Ambos ditados a mim, naquela mesma noite, ou melhor, naquela mesma manhã. Este veio logo após o outro. O primeiro ela deu para Patrice naquela mesma noite, como vocês sabem. O outro foi entregue a mim. Eu devia mantê-lo comigo até o dia de hoje, conforme fiz. Segundo suas instruções, isto era para os dois, igualmente. Não poderia ser entregue a um sem a presença do outro. Uma vez entregue, não poderia ser aberto por um sem a presença do outro. E, por fim, só deveria ser entregue no caso de se casarem. Se vocês não estivessem casados agora, como ela desejava que estivessem — e vocês sabiam o quanto ela o desejava —, o documento deveria ser destruído por mim, sem ser aberto. Solteiros, não seria para nenhum de vocês. Unidos em matrimônio, é um último presente que ela deixou para os dois. Todavia, vocês não precisam lê-lo, se não quiserem. Podem destruí-lo, fechado. Estou obrigado a não revelar o seu conteúdo, muito embora eu o conheça, é claro, pois anotei as palavras dela ao lado do seu leito, testemunhei e reconheci sua assinatura, na minha condição de seu advogado. Vocês podem, portanto, ler ou não o documento. Caso o leiam, uma vez concluída a leitura, devem destruí-lo do mesmo modo.

Winthrop aguardou um instante.

— Então, querem que eu o entregue a vocês ou preferem destruí-lo?

— Queremos recebê-lo, é claro — sussurrou Patrice.

— Queremos recebê-lo — Bill fez eco.

O advogado estendeu o envelope ao comprido.

— Tenha a gentileza de pôr seus dedos deste lado. E você, deste outro. — Retirou os seus próprios dedos e os noivos se viram segurando o envelope sozinhos. — Espero que isso lhes traga o acréscimo de felicidade que sua mãe desejava que tivessem. Sei que essa é a razão que a levou a fazer isso. Pediu-me que abençoasse os dois, em nome dela, quando eu lhes entregasse o envelope. O que faço agora. Isso conclui minha missão neste assunto.

Eles esperaram várias horas, até que estivessem sozinhos, juntos, no seu quarto, naquela noite. Quando Bill vestiu seu roupão, e viu que Patrice já tinha vestido um penhoar de seda por cima da sua camisola, tirou o envelope do bolso do seu paletó e disse:

— Vamos ler? Você quer ler, não quer?

— Claro. Veio dela. Nós queremos ler. Eu mal pude esperar que estivéssemos a sós.

— Eu sabia que você queria isso. Venha aqui. Vamos ler juntos.

Bill sentou-se numa poltrona, ajustou o quebra-luz do abajur por cima do ombro. Patrice debruçou-se ao lado dele, sentada no braço da poltrona, enlaçou um braço nos seus ombros.

A massinha do lacre se esfarelou e a aba do envelope se abriu, sob os dedos de Bill.

Numa atenção silenciosa, as cabeças bem juntas uma da outra, eles leram:

"Meus filhos adorados,

"Quando este documento chegar a vocês, já estarão casados. (Pois se não estiverem, ele não chegará às suas mãos; o sr. Winthrop lhes dará explicações a respeito disso.) Vocês estão felizes. Espero que eu lhes tenha dado essa felicidade. Gostaria de lhes dar ainda um pouco mais. E confio e rezo para que, na sua abundância, vocês guardem um pouco para mim, muito embora eu já tenha partido e não me encontre mais entre vocês. Não desejo que sombra alguma venha passar por suas mentes a cada vez que pensarem em mim. Não posso suportar que pensem algo ruim a meu respeito.

"Eu não fiz aquilo, é claro. Não tirei a vida daquele jovem. Talvez vocês já tivessem adivinhado isso. Talvez vocês me conhecessem bem demais para saber que eu não poderia ter feito uma coisa dessas.

"Eu sabia que ele estava fazendo algo para ameaçar a felicidade de Patrice, apenas isso. Por essa razão contratamos o sr. Carter para investigar aquele homem. Mas na verdade eu nunca cheguei a pôr os olhos nele, jamais o vi.

"Eu estava sozinha na casa, nesta noite (pois, como é o senhor Winthrop que escreve isto para mim, ainda estamos nesta noite, embora vocês só venham a ler isto daqui a muito tempo). Mesmo Donald, que nunca sai de casa sem mim, teve que tomar parte de uma importante e urgente reunião na fábrica. Era para resolver a questão da greve, intervindo o mais cedo possível, e insisti para que fosse até lá, embora ele não quisesse. Fiquei sozinha, apenas com tia Josie e a criança.

"O sr. Carter telefonou por volta das dez e meia e me contou que tinha más notícias; uma cerimônia de casamento acabara de ter lugar, unindo os dois em Hastings. Recebi o telefonema no térreo. O choque provocou-me um ataque. Como não queria alarmar tia Josie, tentei subir a escada sozinha e ir para o meu quarto. Quando alcancei o alto da escada, senti-me exausta e tudo o que pude fazer foi me recostar ali mesmo, incapaz de me mover ou de chamar alguém.

"Enquanto estava ali, assim desamparada, escutei a porta da rua abrir e reconheci os passos de Bill, lá embaixo. Tentei chamar a atenção dele, mas minha voz estava fraca demais, ele não conseguia ouvi-la. Escutei seus passos se encaminhando para a biblioteca, ficou ali por alguns momentos, em seguida saiu outra vez. Mais tarde, lembrei ter ouvido algo estalar entre as mãos dele, nesse momento, enquanto se achava de pé junto à porta. E eu sabia que ele nunca usava isqueiro. Em seguida, saiu da casa.

"Quando tia Josie apareceu, algum tempo depois, encontrou-me ali e me levou para a minha cama. Enquanto eu esperava pelo médico, pedi que ela fosse à biblioteca verificar se estava lá a arma que guardávamos na gaveta da escrivaninha. Ela não compreendeu por que eu queria saber isso, e não lhe expliquei. Mas quando tia Josie voltou e disse que a arma havia sumido, tive medo do que aquilo poderia significar.

"A essa altura, eu sabia que estava morrendo. A gente sabe. Tive tempo para refletir, deitada ali, no decorrer daquelas longas horas. Pude pensar com muita clareza. Sabia que havia uma circunstância na qual tanto Patrice quanto Bill poderiam necessitar da minha proteção, quando eu já não me encontrasse ali para oferecê-la. No entanto, sabia que eu deveria ajudá-los da melhor maneira possível. Queria que gozassem sua felicidade. Acima de tudo, queria que meu neto tivesse segurança, pudesse começar sua vida sem nada que o perturbasse. Eu sabia de que modo poderia proporcionar-lhes isso.

"Portanto, tão logo o dr. Parker permitisse, chamei Ty Winthrop para junto de mim. Para ele, em caráter privado, ditei o testemunho juramentado que vocês tiveram por verdadeiro até agora.

"Espero, meus queridos, que vocês não tenham sido obrigados a usá-lo. Rezo para que não o tenham usado e nunca precisem fazê-lo.

"Mas isto é uma retratação. Esta é a verdade, destinada apenas a vocês dois. Dizemos a verdade àqueles que amamos, não precisamos juramentar nem reconhecer em cartório nossas palavras. Não pesa sobre mim culpa alguma. Este é o meu presente de casamento a vocês. Para tornar sua felicidade ainda mais completa do que já é.

"Queimem esta declaração depois de terem lido. Este é o último desejo de uma mulher moribunda. Abençôo vocês dois.

"Sua devotada mãe."

O fósforo estalou de leve. Faixas negras correram pelo papel, em seguida se encontraram, antes que se pudesse ver a chama. Houve um sopro silencioso e, de repente, a luz amarela reluziu em volta da folha inteira.

E estava queimado, por trás dessa luz amarela. Eles viraram a cabeça e olharam um para o outro. Com um medo estranho e novo, que nunca antes haviam sentido. Como quando o mundo desmorona e nada resta sob os pés para se apoiar.

— Ela não fez aquilo — Bill sussurrou, alarmado.

— Não foi ela — Patrice murmurou, assustada.

— Então...?

— Então...?

E cada par de olhos completou: "Foi você".

As noites de verão são muito agradáveis em Caulfield. Cheiram a heliotrópio, jasmim e trevos. As estrelas são calorosas e próximas de nós. A brisa é doce como o beijo de um bebê. O sussurro sereno das árvores frondosas, a luz das lâmpadas banhando os gramados, o silêncio da perfeita paz e segurança.

Mas não para nós.

A casa em que vivemos, em Caulfield, é muito agradável. Seu gramado verde-azulado, sempre bem regado e fresco; a brancura deslumbrante dos pilares da varanda, sob o sol; a graciosa simetria da balaustrada, que traça uma curva enquanto desce ao lado da escada; o lustro dos soalhos antigos e suntuosos; os exuberantes tapetes felpudos; em todos os quartos, há uma poltrona acolhedora como um velho amigo. As pessoas dizem: "O que mais se pode querer? Isto é um lar".

Mas não para nós.

Eu o amo tanto. Ainda mais do que antes, mais do que nunca. Eu o amo de um modo doloroso. E ele me ama. No entanto, sei que algum dia, neste ano ou no próximo, de repente ele vai fazer as malas, partir e me deixar. Embora ainda me ame, e nunca deixe de me amar, mesmo depois de ter partido.

Ou, se ele não for embora, eu irei Vou pegar minha mala, passar pela porta para nunca mais voltar. Vou deixar para trás o meu coração, deixar para trás o meu filho e deixar para trás a minha vida, mas nunca mais vou voltar.

Isto é certo, seguro. A única dúvida é qual de nós será o primeiro a romper.

Lutamos contra essa coisa. De todas as formas que sabíamos, de todas as formas que existem. Não adiantou, não adiantou nada. Não tem jeito. Fomos apanhados, caímos numa armadilha. Pois, se ele é inocente, o culpado tem de ser eu. E, se eu for inocente, o culpado tem de ser ele. Mas eu *sei* que sou inocente. (Embora Bill possa também saber que ele é inocente.) Não há escapatória, não há saída.

Aquilo está em cada beijo que damos um no outro. De algum modo, sempre o trazemos oculto entre os lábios. Está em toda parte, está em todos os momentos, é *nós*.

Não sei qual era o jogo. Não sei direito como devia ser jogado. Ninguém nos explicou. Só sei que devemos ter jogado de forma errada, erramos, em algum momento. Não sei sequer quais são as apostas. Só sei que não são para nós.

Perdemos. É tudo o que sei. Perdemos. E agora o jogo acabou.

ESTA OBRA FOI COMPOSTA PELA HELVÉTICA EDITORIAL EM BASKERVILLE E IMPRESSA PELA PROL EDITORA GRÁFICA EM OFF-SET SOBRE PAPEL OFF-SET BAHIA SUL PARA A EDITORA SCHWARCZ EM DEZEMBRO DE 1996.